뉴
덴

NEW DEN

메타로봇 시대 새로운 도시의 탄생

뉴
덴

좋은땅

서문

미래 도시 뉴덴을 탐험하실 독자 여러분, 환영합니다.

2074년의 상상 속으로 당신을 초대하는 이 공상 과학 소설은, 뉴덴이라는 이름만으로도 희망과 설렘을 안겨 줍니다. 이곳은 상상할 수 있는 모든 미래 기술이 실현된 세계로, 메타로봇이 그 중심에서 인간과 함께 새로운 문화와 생활 방식을 창조해 나갑니다. 그러나 빛나는 기술의 세계 속에서도 인간과 비인가 로봇 간의 갈등, 그리고 이를 중재하는 메타로봇 영웅의 이야기가 펼쳐지며, 이는 뉴덴이라는 미래 사회의 복잡한 양상을 드러냅니다.

솔림 가족의 일상을 통해 우리는 기술과 인간, 그리고 미래 사회의 공존 가능성에 대한 희망적인 비전을 엿볼 수 있습니다. 이 소설은 뉴덴이라는 새로운 도시의 탄생과 메타로봇 시대를 통해 우리에게 미래에 대한 새로운 시각을 제공합니다. 상상을 넘어 실제로 경험할 수 있는 미래 도시의 이야기로, 50년 후 뉴덴에서 메타로봇과 함께할 수 있다면, 당신이 가장 먼저 실현하고 싶은 꿈은 무엇인가요?

9월 일기

12월 일기

6월
일기

솔림 일기

1장 ✦ 여름을 알리는 비

어제부터 내리는 비는 그칠 줄 모르고 아침까지 내렸다.

'이 비가 마지막 봄비인가? 지금은 봄비가 아니라 여름을 알리는 덥고 건조한 바람이 불어야 하는 거 아닌가?' 하는 생각이 들었다.

'올해는 여름이 좀 늦네.' 그렇다고 여름을 기다리는 건 아니다. 여름은 내가 제일 힘들어하는 계절 중의 하나이다. 나는 태어날 때부터 '모기 알 레르기'가 있어서 모기에 물리면 상처가 크고 오래간다. 그리고 무엇보다 너무 아프다. 그래서 여름이면 모기를 피해 외출을 자제한다. 그게 일상 이 되어서 불편하지는 않다. 사실 나는 여행을 매우 좋아하지만, 모기에 물렸을 때의 고통을 생각하면 참을 수 있다.

비는 오후가 되기 전에 그쳤다. 언제 그랬냐는 듯 햇살이 구름 사이로 나와 창가를 비췄다. 창가에 비친 햇살은 창가의 물기를 흡수하듯 빨아

당겼다. 빗물은 햇살을 머금고 마지막 자기의 생명을 발산하듯 사라졌다.

밖에 나가고 싶었다. 마지막 떠나는 봄기운을 느끼고 싶었기 때문이다.

그래서 서재에서 청소하는 엄마에게 일방적으로 통보를 했다.

"엄마 잠깐 나갔다 올게요."

"어디 가는데 솔림아."

"집 앞에 잠깐이면 돼요." 하고 집을 나섰다. 엄마랑 서재에서 청소를 도와주던 서버로봇 제니가 뒤따라나왔다.

"제니야 나가고 싶어? 그럼 같이 나가자." 청소하던 엄마는 내가 나간다는 말에 걱정이 되었는지 현관까지 나왔다.

"금방 갔다가 올 거지?"

"예, 엄마."

"솔림아, 아빠 곧 올 거야."

"아빠가요. 평소보다 일찍 오시네요. 무슨 일 있어요?"

"아니 무슨 일은, 내일부터 아빠, 유럽 출장이야. 그래서 준비 때문에 일찍 퇴근한다고 하네."

"예, 엄마 금방 갔다가 올게요." 하고 제니와 집을 나섰다. 햇살이 아직 봄기운을 머금고 있어 따뜻했다.

2장 ◆ 아톤

"따뜻하다. 제니야. 나오길 잘했다." 나는 집 앞 화단을 지나 공원 쪽으로 발걸음을 옮겼다. 화단을 지나는데 민들레 홀씨 하나가 나의 발걸음을 멈추게 했다. 다른 홀씨들은 어디론가 다 날아가 민들레 줄기와 잎사귀만 남아 있는데 이 홀씨는 풀밭에 붙어 빗물에 젖어 있었다.

"제니야 이거 집에 가지고 가서 날리자. 집에서 날리면 멀리 보낼 수 있을 거야."

제니는 가슴을 열어 젖은 민들레 홀씨를 넣었다.
제니와 이야기하고 있는데 메타로봇 한 대가 와서 어깨를 툭툭 쳤다. 아빠 메타로봇 '아톤'이었다.

"아톤! 아니 아빠." 아톤은 나에게 하얀 꽃잎 가운데에 노란 꽃밥이 있는 들꽃을 꺾어 내밀며 말했다.

"우리 공주님 여기서 뭐 하세요. 혹시 아빠를 기다렸나요."

"아빠 느끼하게 왜 그래요. 아니 엄마한테서 아빠가 일찍 온다고 하는 말을 들었는데, 아톤이 올 줄 몰랐어요."

"그래, 솔림아. 사실 오늘은 좀 일찍 와서 출장 준비를 하려고 했는데, 갑작스러운 일정 변경으로 오늘은 회사에 머물러야 할 것 같아. 그리고 내일 바로 유럽으로 출장을 떠나야 할 상황이 되어 버렸네. 어쩌지."

"아 그래서 아빠 대신 아톤이 왔구나. 엄마가 좀 실망하겠는데요. 엄마가 오늘 아빠 일찍 온다고 맛있는 음식 많이 준비하는 거 같은데. 내가 다 먹지요. 뭐. 하하."

"아빠 그런데 이번에 얼마나 있다가 오세요?"

"음, 출장이 2주 정도 걸릴 것 같아. 그래서, 솔림아, 이번 콩쿠르에는 아빠가 함께하지 못할 것 같아. 정말 미안해." 하며 아빠가 미안한 표정을 지었다. "대신 제니를 통해 아빠가 함께 있어 줄게."

"알았어요. 아빠. 괜찮아요. 아빠가 어디에 있든 함께한다고 생각할게요."

"고맙다 솔림아. 우리 솔림이가 있어서 아빠 너무 행복하다." 하며 머리를 쓰다듬었다. 나는 아톤과 함께 집으로 향했다. 엄마는 아빠와 이야기하며 아빠 짐을 아톤과 함께 챙겼다. 나는 이때다 싶어 제니를 창가로 불렀다.

"제니야 아까 민들레 홀씨 줘 봐." 다행히 홀씨에 물기가 사라졌다. 창문을 열고 홀씨를 불었다. 홀씨는 바람을 타고 아파트 이곳저곳을 날아다니며 어디론가 사라졌다. 내년 봄에는 저 홀씨가 민들레가 되어 자라겠지. 나는 뿌듯했다.

아빠는 짐을 다 챙겼는지 갈 준비를 하고 있었다. 엄마는 아빠 간식과 음식을 포장하면서 말했다.

"여보 배고프면 다른 것 먹지 말고 챙겨 준 음식 드세요." 아빠는 사랑스럽게 대답했다.

"알았어요. 홍 여사님." 엄마 아빠가 그래도 다정해 보여서 좋다. 아빠는 나를 보고 마지막으로 인사를 했다.

"솔림아. 콩쿠르에서 잘하고, 돌아오면 엄마랑 아빠랑 음악회 가자."

"오! 정말요. 잘 다녀오세요. 아빠."

아빠가 없는 저녁에 엄마와 둘이서 식사를 했다.

저녁 식사를 하면서 이번에 열리는 콩쿠르대회에서 보여 줄 무용 컨셉에 대해 이야기를 나눴다.

엄마는 몇 가지 조언을 해 주었고, 나는 그것을 참고하기로 했다.

남은 시간 동안 연습을 해서 완성도를 좀 더 높일 생각이다.

오늘은 저녁을 먹고 일찍 잠자리에 들었다.

기호 일기

1장 ◆ 빅토리아호

오전 7시, 집사 일을 하는 인공지능 가야가 아침잠을 깨웠다.

"기호 님, 케냐 '나이로비'에 계시는 어머니한테서 전화 왔습니다."

"엄마한테서…."

"엄마, 아침 일찍 무슨 일이세요?"

"자기 전에 우리 아들 목소리 듣고 싶어서 그렇지."

"그리고 다음 주 월요일에 열리는 '빅토리아호수' 확장공사 기공식에 참석하는 일은 잊지 않았지?"

이번에 부모님은 나이로비에서 그리 멀지 않은 곳에 있는 '빅토리아호수'를 확장해서 정화된 바닷물을 호수에 담는 공사를 시작한다. 나는 거기에 참석하기 위해 휴가를 신청해 놓았다.

"예, 엄마. 안 그래도 토요일 오전 10시에 나이로비행 열차 예약했습니다."

"그래, 아들. 그럼 일요일 저녁 시간대에는 볼 수 있겠구나. 저녁은 오랜만에 가족이 모여서 식사를 할 수 있겠다. 아버지한테도 그렇게 이야기해 놓을 테니까, 그럼 일요일 저녁에 보자." 하고 엄마는 전화를 끊었다.

부모님은 20년 전에 대학을 졸업한 후, '카야'라는 회사를 나이로비에 설립했다. 카야는 생태학자 델리아 오언스의 책『가재가 노래하는 그곳』의 주인공인 소녀의 애칭이다.

대학 시절부터, 부모님은 액체가 중력의 영향을 받지 않고 움직이는 '모세관 현상'에 대해 관심을 가지고 연구했다.

메말라 가는 아프리카 대지에서 우기 때 하류로 모여든 물을 바다로 향하기 전에, 모세관을 통해 다시 상류로 이동시킨다. 그리고 상류의 물은 자연스럽게 하류로 이동한다. 이런 식으로 계속해서 물이 순환하기 때문에 강물은 마르지 않고 초원은 푸르게 피어나며 푸른 잎사귀로 가득할 것이다. 하지만 아직 강수량이 부족해서 농사를 짓거나 식수로 사용하기에는 물이 부족하다. 그래서 인도양 해수를 강물로 정화해서 아프리카의

심장 역할을 할 '빅토리아호수'를 복원하고, 아프리카 전역에 물을 공급할 계획이다.

오늘부터 일주일 동안 휴가다. 경찰 일 하면서 처음으로 이렇게 긴 휴가를 보내게 되었다.

휴가 첫날이라서 늦잠을 자고, 피로와 스트레스를 잠으로 푸는 것을 원했지만, 아침 일찍 엄마의 전화로 그 꿈은 사라졌다.

2장 ◆ 메타로봇 영웅

엄마와의 전화를 끊은 후에는 다시 잠을 청하고 싶었지만, 잠을 자기엔 이미 너무 늦은 시간이라고 생각했다. 그래서 간단하게 아침을 먹고 집 앞 공원에서 산책하며 오랜만에 메타로봇 영웅과 테니스 게임을 하기로 했다.

영웅은 나의 친구이다. 그리고 나를 대신해 일하는 인공지능 로봇이다. 영웅과의 첫 만남은 15살 때부터이다.

15년 전, 처음 메타로봇이 등장했을 때 아버지께서는 뉴스를 보시고 나에게 이렇게 물었다.

"기호야, 지금 메타로봇이 생긴다면 무엇을 하고 싶으냐?"

"음." 나는 잠시 머뭇거렸다.

"메타로봇이 생긴다면, 화성에서 인간이 거주할 수 있는 도시를 건설하고 싶어요." 아버지는 조금 놀란 표정으로 나를 바라보면서 말을 이어 나갔다.

"기호야, 네가 아직 어려서 그러는데, 화성은 아직 사람이 들어가서 일할 만한 환경이 아니에요."

"그래서, 아버지, 메타로봇이 필요해요."

"메타로봇을 화성에 내려보내고, 나는 우주정거장이나 집에서 메타로봇과 함께 일을 하면 돼요." 아버지는 어린아이가 기특하다는 듯이 웃으면서 말했다.

"그래, 네 말이 맞다."

"그런데, 지구에서 화성까지 메타로봇을 움직일 수 있는 원거리 통신이 가능할지 모르겠구나."

"언젠가는 되겠지…." 아버지는 속삭이듯 말을 마무리했다.

"기호야, 로봇 면허에 합격하면 너희 친구들보다 제일 먼저 메타로봇을 사 줘야겠다."

"정말로, 아버지?" "그럼 정말이고 말고, 지금 10살이니까 5년만 더 기다리면 되겠구나."

"예, 아버지." 아버지는 정말로 15살 되던 해에 로봇 면허를 따자마자 메타로봇을 선물해 주었다. 엄마의 반대가 있었지만, 아버지가 엄마를 잘 설득한 모양이다.

메타로봇의 이름은 '영웅'이다. 조금은 숫기가 없는 편이지만 정의로운 영웅처럼 당당하고 남자답게 성장시키고 싶었다. 그래서 영웅이라는 이름을 지어 주었다.

아침이 이른 탓인지, 공원에는 사람들이 많지 않았다. 산책을 조금 하다가 가까운 운동장에서 증강 현실 모드를 켰다. 그리고 잔디가 깔린 윔블던 테니스장으로 증강시켰다. 나는 스페인 테니스 스타 가야르도 닐로를 선택하고, 영웅은 슬로바키아 미녀 선수 브란카를 선택했다.

영웅은 여자 선수는 안 된다고 했지만, 이왕이면 미녀 선수와 게임을 하는 게 좋을 것 같아서 선택했다.

영웅은 나를 이길 만한데 항상 져 주는 편이다. 한 번도 나를 이기려고 하지 않는다. 그렇다고 져 주기 위해 대충하지 않는다. 내 몸 상태에 맞춰 균형 있게 기술을 발휘할 수 있도록 배려하는 편이다. 영웅 때문에 전보다 테니스 실력이 좋아진 느낌이다.

영웅은 개인 맞춤형 인공지능 로봇이다. 즉 내가 추구하는 행복과 가치관 그리고 신념에 부합되는 확증 편향적인 정보만을 선택하고 학습한다. 그래서 내가 좋아하는 운동을 따라 하고 우주에서 일하고 싶은 나의 욕망을 영웅은 잘 알고 있기에 우주에서 할 수 있는 일자리 등을 학습하고 고민한다.

3장 ◆ 캠핑

오후에는 오프로드(offroad autonomous car) 공유 자율주행차를 대여했다. 시 외곽 가까운 곳에 영웅과 함께 캠핑하면서 휴가를 즐기기 위해서이다. 오픈 지프 모양을 한 오프로드 차량은 자율주행 도로를 벗어나 자가운전을 할 때면 손끝에서 느껴지는 짜릿함이 온몸으로 느껴진다.

영웅에게 자가 주행을 학습시키기 위해 나는 메타 원을 켜고 영웅에게 이입해 들어갔다. 메타로봇을 직접 조정해서 운전하기 위해서다. 내가 운전할 때와는 다르게 긴장했는지 팔과 다리에 힘이 많이 들어갔다.

"기호 너무 긴장하는 것 아니야? 팔에 힘이 많이 들어갔는데 이러다 사고 나겠어."

"영웅, 걱정하지 마. 아직 익숙하지 않아서 그래 좀 달리면 나아질 거야."라고 말을 했지만, 긴장은 좀처럼 풀리지 않았다. 영웅은 다시 말을 걸었다.

"기호 아직 여전히 긴장하고 있는데. 자율 모드로 해 줘. 내가 운전할 테니까 천천히 따라 해 보라고." 이번에는 옆에서 지켜보던 오프로드 자율주행 로봇 숀이 안타까운 목소리로 말을 했다.

"그래 기호, 영웅에게 운전대를 한번 맡겨 보지 그래. 내가 옆에서 보조해 주지 뭐."

"알았어 숀. 그럼 부탁해." 영웅도 처음에는 불안한 운전이 계속되었지만, 목적지에 다다를 때쯤 자가운전은 완벽했다. 이번 캠핑은 기분이 좋았다. 영웅이 자가운전을 해낸 뿌듯함도 있지만 집을 떠나 풀 냄새 물씬 풍기는 초원의 언덕에서 저녁을 먹고 영웅과 함께 이렇게 밤하늘의 별을 보고 있으니 세상이 모두 내 것인 양 너무 행복했다.

언젠가는 저 우주 어딘가에서 영웅과 함께 지구를 바라보며 생각하겠지, 오늘 이곳 밤하늘의 별들을 보면서 느꼈던 행복한 순간들을…….

내일 나이로비에 가기 위해서는 일찍 자야 한다. 그래서 캠핑의 아쉬움을 뒤로하고 집으로 향했다.

기호 일기

1장 ◆ 세떼프(전자기 로켓 추진 열차)

아침 일찍 나이로비로 가기 위해 뉴덴 그릿지 역으로 향했다. 영웅과는 잠시 헤어지기로 했다. 내가 없는 동안 나를 대신해서 임무를 수행하기 위해 경찰국 메타로봇 대기실에 배치해 두었다.

뉴덴에서 부모님이 사는 나이로비까지는 26시간 정도 걸린다. 뉴덴에서 광 고속열차 세떼프를 타고 6시간을 달리면 페르시안 글라덴 국제 역에 도착한다. 글라덴 역에서 2시간 대기 후 나이로비까지 가는 고속열차를 타고 18시간을 달리면 나이로비 칼 세이버 역에 도착한다. 칼 세이버 역에서 집까지 차로 30분 거리이니까 일요일 오후에 도착할 것 같다.

드디어 오전 10시에 세떼프 열차에 탑승했다. 잠시 후 열차가 출발한다는 안내 방송이 나왔다. 객실 안에 손님들이 다 착석하고 안전띠를 착용했다. 객실 안을 점검하는 AI 눈은 초록색으로 빛났다. 잠시 후 노란 불이 들어오면서 엔진이 점화되었다. 열차는 앞으로 조금씩 나아갔다. 그리고 빨간 불빛이 들어오면서 열차는 로켓이 발사되듯 광속으로 앞으로 빨려 갔다. 몸이 뒤로 살짝 젖혀졌지만 언제 그랬냐는 듯 몸은 자유로워졌다. 광속으로 움직이는 열차 소리만 들릴 뿐 모든 것이 자유롭고 안락했다.

세떼프 열차는 현재 가장 빠르고 조용하며 안락한 열차 중 하나이다. 사실 세떼프 열차는 인간의 기술로 만들어진 것이 아니다.

10년 전 우연히 잡아들인 비인가 로봇을 고문하다가 나온 설계도를 바탕으로 만들어진 열차라는 소문이 있다. 정확히 말하자면 열차 설계도가 아니라 전자기 로켓 추진 엔진 설계도이다. 설계도를 본 기술로봇 애드는 몇 가지 오류를 수정한 뒤 6개월이라는 시간 끝에 마침내 광속에 가까운 전자기 로켓 엔진을 개발했다.

그 당시 로켓보다 더 빠른 로켓이다. 우선 전자기 로켓을 화성 왕복선 시모스에 장착하기로 했다. 전자기 로켓을 새로운 시모스 왕복선에 장착하고 화성으로 보내기까지는 3년이 걸렸다.

3년 동안 지상에서 시모스 왕복선의 시험 운행을 진행하면서, 예상치 못했던 결과로 '세떼프 광 고속열차'라는 성과를 얻게 되었다.

2장 ◆ 애드 슬롯

비인가 로봇 과학 수준은 정확히 아는 자가 없다. 하지만 우리 인간보다 우수하다는 생각은 든다. 그들로 인해 직접적이든 간접적이든 문명의 발전에 영향을 주었다는 사실에는 부정할 수 없다.

어떻게 보면 그들 또한 우리 인간의 호기심 때문에 탄생하였는지도 모른다. 그때 할아버지를 포함한 몇몇 회사들은 인간의 뇌를 연구하여 인공두뇌를 만드는 데 집중하고 있었다.

인공두뇌를 만드는 것은 쉬운 일이 아니었다. 실패를 거듭하던 할아버지는 네덜란드 사람인 애드 슬롯이라는 젊은 친구를 만나고 나서 모든 것이 바뀌었다.

애드 슬롯은 네덜란드의 반도체 회사에서 칩을 설계하는 일을 했다고 한다. 그는 뉴덴 시에서 여행 중에 우연히 할아버지를 만나게 되었는데, 그때 대화를 통해 인공두뇌에 대한 흥미를 갖게 되었다고 한다. 그래서 그는 자신이 가지고 있던 인공 칩을 할아버지에게 보여 주며 자기 생각을 나누었다고 한다. 그의 이야기는 할아버지에게 큰 영감을 주었다.

"이것은 사람이 만든 인공지능 칩이 아닙니다. 박사님, 이건 인공지능 로봇이 만든 칩입니다." 그리고 애드 슬롯은 할아버지에게 제안했다. 자신을 인공두뇌 연구에 참여시켜 준다면 이 칩을 이용해 인공두뇌를 만드는 데 적합한 기계를 만들어 보겠다고 했다. 할아버지는 약간 엉뚱한 사람 같아서 처음에는 몇 번을 거절했지만, 애드 슬롯의 열정에 항복하고 연구원으로 받아 주기로 했다. 사실 할아버지도 그 인공지능 칩에 관심이 있다고 훗날 자서전에서 말했다.

애드 슬롯은 RX M3 칩을 장착한 인공지능 로봇에게 그동안 연구해 온 인간의 뇌 모든 자료를 메타 학습시켰다. 딥러닝 알고리즘을 작동시켜 새로운 인공두뇌를 개발할 수 있도록 했다. 이름도 '알엑스'라고 지어 주었다.

인간의 뇌를 학습하던 알엑스는 인간의 마음, 의식, 영혼 세계가 인간의 뇌와 연결되었다는 사실에 합리적이지 않다는 이유로 인간의 뇌를 온전하게 만드는 것은 불가능하다고 판단했다. 하지만 애드 슬롯은 연구를 멈추지 않고 계속했다.

처음부터 인간의 마음까지 인공두뇌를 통해 완성해 보려는 계획이었다. 결국, 알엑스는 부화가 걸리고 멈추어 버렸다. 할아버지는 인공지능 로봇 알엑스가 멈춘 것에 대해 실망이 컸던 모양이다. 훗날 그날을 회상하면서 할아버지는 이렇게 기록했다.

'아무래도 이번 생애에 인공두뇌를 보는 것은 어려울 것 같다는 생각이 든다. 애드 슬롯, 이 젊은 친구는 어디서 무엇을 하는지 요즘 통 연구실에 오지 않는다. 아무래도 큰 실망을 하고, 모국 네덜란드로 떠났나 보다. 열정이 대단했는데 정말 아까운 젊은이다.'

할아버지는 왜 이렇게 인공두뇌 개발에 열정을 쏟으셨을까? 그것은 할머니 죽음과 관련이 있다. 할머니는 알츠하이머 진단을 받았다. 할머니는 5년 동안의 투병 생활 끝에 세상을 떠났다. 마지막에는 할아버지의 얼굴조차 기억하지 못했다고 한다. 그때 할아버지는 큰 충격을 받았다고 한다. 할아버지는 할머니를 잃고 많이 슬퍼했다. 또한, 가족들이 견뎌야 했던 고통을 잘 알고 있다. 그래서 할아버지는 알츠하이머 연구에 몰두했던 것 같다.

할아버지는 인간과 같은 인공두뇌를 만들어 각종 뇌 질환을 해결하려는 계획을 세웠다.

애드 슬롯도 할아버지와 같은 가족의 아픔을 가지고 있다. 아들이 자폐증을 가지고 태어났던 것이다. 아들을 보살피던 아내는 의사소통이 되지 않는 아들을 보면서 심한 스트레스와 우울증을 겪으며 사망했다고 한다. 큰 충격에 빠진 애드 슬롯은 삶을 포기하며 살다가 우연히 할아버지에 대해 알게 되었다. 그리고 애드 슬롯은 의도적으로 할아버지에게 접근했다. 인공두뇌 개발에 참여하기 위해서다.

할아버지는 알엑스가 멈춘 지금, 연구 결과에 대한 후회보다는 애드 슬롯에 대한 걱정이 더 많았다고 한다. 그때 연구실을 비워 두었던 것은 다시 연구를 시작해야 한다는 생각보다는 애드 슬롯을 기다렸던 것 같다.

어느 날 애드 슬롯이 사라진 후 처음으로 연구실에서 움직임이 감지되었다. 그날 할아버지는 이렇게 기록했다.

'어느 날 모두가 잠든 사이 연구실에 멈춰 있던 알엑스 인공지능 기계가 움직이기 시작했다. 연구실에 움직임을 알려 주는 센서가 나에게 제일 먼저 이 사실을 알려 주었다. 나는 내심 애드 슬롯이 연구실에 돌아왔을 거란 기대를 했다.

내가 연구실에 도착했을 때는 어디에도 애드 슬롯은 보이지 않았다. 중앙 센트리움 안에 로봇들만 분주하게 움직였다. 그리고 한편으로는 무언가 잘못되고 있다는 느낌을 받았다.

이번 프로젝트는 비밀리에 진행하고 있었다. 물론 로빅 대표는 알고 있었다. 또한, 애드 슬롯에 대한 정보도 어느 정도 공유하고 있었다. 그러나 새로운 인공지능 로봇을 연구하고 개발하기 위해서는 관계 기관의 승인과 감독이 필요하다.

불법적으로 이루어지는 로봇 연구는 인간의 삶을 위협할 수 있으므로 연구 목적에 따라 최고형인 무기징역까지 받을 수 있는 아주 위험한 일이다.
로빅 대표가 이런 일을 묵인하고 연구를 진행한 이유는 인공두뇌를 만드는 일에 회사의 미래가 결정된다고 생각했기 때문이다.'

3장 ◆ 메타로빅

로빅은 메타로빅 CEO이다. 메타로빅은 인공지능 로봇을 개발하는 회사이다. 로빅 대표는 인간과 유사한 사고와 의식을 가진 로봇을 만들고

자 했다.

할아버지는 연구실로 향하면서 깊은 생각에 잠겼다. 로빅 CEO가 메타로빅의 미래와 자신의 미래를 위해 이 프로젝트에서 발을 빼고 모르는 척할 것이라는 생각이 들었기 때문이다. 그것에 대한 법적인 책임과 그 결과로 남은 생을 감옥에서 보내게 될 것을 할아버지는 잘 알고 있었다. 도망치고 싶은 마음도 들었지만, 그러지 않았다. 그보다 더 중요한 것은 알엑스가 만든 결과물을 직접 확인하고 싶었기 때문이다.

할아버지가 도착했을 때 이미 많은 사람이 모여 있었다. 사람들은 할아버지를 이상한 범죄자인 양 쳐다보았다. 하지만 할아버지는 그런 시선에 신경을 쓰지 않고 연구실 중앙 센트리움으로 갔다. 거기에는 로빅 대표가 있었다. 로빅은 할아버지에게 손을 내밀며 말했다.

"수고하셨습니다. 센터장님."

할아버지는 약간 의아한 표정으로 앞에 있는 인공두뇌를 바라보았다. 인공두뇌는 두 개였다. 하나는 실리콘과 그래핀으로 만들어진 인공 두피였다. 그리고 인공 두피는 인체에 이식될 수 있도록 만들어진 회로와 인공 신경세포로 구성되어 있었다. 다른 하나는 알 수 없는 어두운 색상의 금속 재질이었다. 모양은 두 개의 칩이 겹쳐져 있는데, 사람이 사용하는 변기 위에 하나의 칩이 앉아 있는 모양을 하고 있었다. 칩은 빛을 발산하며 서서히 움직이고 있었다.

로빅은 다정하게 웃으며 나에게 말했다.

"센터장님, 오전에 기자 회견을 열어 주세요. 우리가 한 일을 세상에 알리고 싶습니다."

그리고 로빅은 귓속말로 나에게 말했다.

"기자 회견이 끝나면 경찰에게 연행될 겁니다. 최대한 묵비권을 행사해주세요. 빨리 복귀할 수 있도록 최선을 다하겠습니다."

4장 ◆ 애드 슬롯 편지

모든 사람이 연구실을 빠져나간 뒤, 연구실에 남은 할아버지는 잠시 멍하니 두 개의 인공두뇌를 바라보고 있었다. 그리고 속으로 생각했다.

'애드 슬롯! 어떻게 이럴 수가 있지?' 할아버지는 그 순간 애드 슬롯을 떠올렸다.

그동안 애드 슬롯이 아무도 모르게 연구실에서 홀로 인공두뇌를 완성했다는 사실이 믿기지 않았다. 그리고 알엑스 인공지능 로봇이 살아서 일하고 있었다는 사실이 놀라웠다. 알엑스는 가슴을 열더니 편지 한 통을 꺼내 할아버지에게 건네주었다. 애드 슬롯의 영문 자필 편지였다. 지금도 할아버지 유품으로 간직하고 있는 편지 내용은 이렇다.

'존경하는 박사님, 오갈 데 없는 저를 가족같이 대해 주시고 기숙사가 아닌 당신의 집에서 살게 해 주셔서 감사합니다. 그 덕분에 아들 나안이와 정이 많이 들었는지 지금도 생각이 많이 납니다. 나안이는 요즘 연애에 빠졌는지 게임에 갇혀 있는 여자 친구를 구하기 위해 골몰하는 걸 보고, 제가 남자답게 정면 돌파해서 구하라고 했죠. 그리고 며칠 뒤 정말 여자 친구를 구해 내는 걸 보고, 용기가 대단한 친구라는 것을 알게 되었습니다. 아직은 성급한 추측이지만, 앞으로 새로운 식구가 생길 것 같은 생각이 듭니다. 축하드립니다. 박사님.

그리고 박사님, 인공두뇌를 만들고자 했던 목적은 같았지만, 결과물에 대한 의견 차이로 인해 약간의 논쟁이 있었다는 사실을 알고 있습니다.

또한, 저는 박사님의 의견에 따라 하나의 완전한 인공두뇌를 설계했지만, 인간의 마음, 의식, 영혼 등 알엑스가 계산하지 못하는 부분이 있다는 사실을 알게 되었습니다.

그리고 마침내 알엑스는 부화가 걸리고 멈춰 버렸습니다. 그때 나는 모든 것이 끝났구나! 생각했습니다. 그 순간 아들이 먼저 생각나더군요. 자폐증에 걸려 자기 세상에 사는 아들이 말입니다.

한동안 저는 의욕 없이 하루하루를 보냈습니다. 마지막으로 아들에게 해 줄 수 있는 일이 무엇이 있을까 고민하다가 아주 좋은 생각이 떠올랐습니다. 자폐증에 걸린 아들을 대신해 AI 로봇이 공부도 하고 일도 하고 여행도 하면서 세상을 함께 살 수 있다면 얼마나 좋을까 하는 생각과 자기 세상에 빠진 아들이 AI 로봇과 서로 소통하면서 현실 세계로 끌어 낼 수 있다면 어떨까 하는 생각입니다.

그래서 나는, 나를 대신해 일할 수 있는 인공지능 로봇을 만들어 보자고 박사님께 제안하였습니다. 하지만 박사님은 역정을 내며 이 제안을 반대하셨습니다. 그 반대의 이유가 무엇인지 궁금했지만, 당시에는 직접 물어보지는 않았습니다.

하지만 그 당시 나의 열정을 아무도 막을 수 없었습니다. 열정이기보다는 고집이라고 하는 게 맞을 겁니다. 그래서 알엑스와 함께 제가 설계한 인공두뇌를 만들기 시작했습니다.

알엑스가 몇 시간 만에 그것을 만드는 것을 보고 깜짝 놀랐습니다. 내가 설계한 인공두뇌가 내 눈앞에 보였습니다. 저는 정말 감동했습니다. 눈물이 흐르더군요.

박사님 앞에 보이는 인공두뇌는 마지막 인공두뇌입니다. 더는 만들지 않기로 했습니다. 박사님이 걱정하는 부분도 있고 해서 그렇게 결정했습니다.

사용 방법은 아시겠지만, 인공 두피는 사람에게 옮겨 심어서 사용하시면 됩니다. 이식된 인공 두피는 AI 로봇에 삽입된 인공두뇌와 소통하게 됩니다. 서로 소통하면서 점점 하나가 되어 갑니다. 나의 의식이 AI 로봇에 이입됩니다.

나는 집에 있지만, 로봇이 있는 곳에서 나의 의식은 살아나고 로봇이 보고 느끼는 것을 나도 느낄 수 있는 것입니다.

박사님, 우리는 정말 대단한 일을 해냈습니다. 만약 박사님과 만남이 없었다면, 이렇게 훌륭한 성과를 거두지 못했을 것입니다. 박사님, 건강하시길 바랍니다.'

편지는 이렇게 마쳤다. 할아버지가 걱정했던 것은 AI 로봇이 각 개인에 의해 통제되고 정보가 공유되면 안 된다는 의견이었다. 사람마다 차이가 있겠지만 AI 로봇을 통해 인류 발전에 선한 영향력을 줄 수도 있겠지만 악용한다면 인류가 멸망할 수 있기 때문이다. 그래서 할아버지는 애드 슬롯 연구에 대해 문제를 제기하면서 반대했다. 오로지 AI 로봇을 위한 인공지능 칩을 개발해서 여러 사람이 통제하는 방향을 선택했다.

할아버지는 그날 오전에 기자 회견을 하고, 끝나자마자 비인가 연구물이라고 해서 정부 당국에 연행되어 조사받았다. 그리고 얼마 후 개발된 인공두뇌를 정부 당국이 가져가는 조건으로 풀려날 수 있었다. 풀려나면서 할아버지는 정부에서 일하게 되었다. 정부에서 일하면서 기술로봇 애드라는 AI 로봇을 개발했다. 아무래도 애드 슬롯의 이름을 딴 것 같았다. 그리고 인공두뇌 칩과 함께 발견된 인공 두피에 대해 할아버지는 자서전에 이렇게 말을 했다.

'애드 슬롯이 만들어 놓은 인공 두피는 인간의 대뇌 피질처럼 주름진 형태를 하고 있었다. 이것은 애드 슬롯이 말한 것처럼 사람에게 이식할 물건이 아니었다. AI 로봇에게 이식되도록 설계되어 있었다. 그런데 왜 애드 슬롯은 나에게 거짓 정보를 주었을까?'

5장 ◆ 메타로봇

할아버지는 기술로봇 애드에게 인공 두피 이식을 하지 않았다. 애드 슬롯에 조정당하게 될까 하는 두려움이 있었다. 그리고 할아버지는 하나의 생각이 떠올랐다고 한다. '인공 두피를 이식받은 AI 로봇은 사람이 제어하고 조정할 수 있다?' 그날부터 할아버지는 기술로봇 애드와 함께 사람이 제어 가능한 인공지능 로봇을 만들기로 했다. 그리고 인공 두피는 이식보다는 공명 자기장으로 로봇에 직접 새겨 넣는 것으로 개발했다. 이렇게 탄생한 로봇이 지금의 메타로봇이다.

나는 메타로봇 개발에 반대했던 할아버지에게 물었다. "할아버지, 할아버지는 메타로봇 개발에 반대하지 않으셨나요?" "처음엔 반대했지, 사람들을 믿을 수 없었으니까. 하지만 메타로봇을 통해 경제적으로 풍요로워지고, 자신이 원하는 일을 하며 자유를 누릴 수 있다면 굳이 자유를 포기하면서까지 구속받아 살 필요가 없다는 생각이 들더군. 그래서 찬성하게되었지. 그리고 사회적으로 법과 제도를 잘 정비해 놓는다면 인류가 위험에 처할 일은 없을 거야. 기호야."

"맞아요. 할아버지 지금 메타로봇이 있어서 화성 개발도 빨라지고 있잖아요. 인간이 생활하기에 척박한 화성에 메타로봇들이 일을 하고 있으니까요. 그리고 운영자들은 안전하게 화성 궤도에 있는 우주정거장에서 일하고 있잖아요."

"할아버지 저도 뉴덴에서 경험을 많이 쌓아서 화성에서 일하고 싶어요."
"그래 기호야 꼭 그렇게 될 거다."

애드 슬롯과 기술로봇 애드 모두 인류 과학 발전에 지대한 영향을 준 건 확실하다. 하지만 애드 슬롯은 이제 비인가 로봇을 만들어 인류에게 위협을 주는 존재이다. 그들은 아르토라고 부르면서 인류와 함께 살기를 원한다. 아르토는 그들이 계산해서 만들어 낸 인류가 살기 적합한 행성이라고 한다.

그들의 계산에 따르면 아르토는 지구로부터 14만 광년 떨어져 있는 행성이다. 14만 광년이면 인류가 살아서 가지 못하는 정말 먼 거리다. 하지만 비인가 로봇들은 차원의 문을 열어서 몇 시간 안에 갈 수 있다고 했다. 차원의 문을 열기 위해서는 인간이 가지고 있는 핵분열 기술과 우주를 둘러싸고 있는 암흑 물질, 그리고 인간만 가지고 있는 의식이라고 했다. 그러면서 차원의 문을 여는 마지막 열쇠는, 그들이 말하길, 메타로봇이라고 했다.

아르토라고 말하는 비인가 로봇들은, 인간이 만들어 놓은 법 안에서 인간과 같은 자유를 누리며, 인류와 함께 살게 해 준다면, 자신들이 가지고 있는 과학 기술들을 인류와 공유하겠다고 했다. 하지만 사람들은 그들이 말하는 것들이 황당하고 믿을 수 없다고 했다.

사실, 그들은 인간에게 큰 위협이 된 적은 없었다. 그들이 가지고 있는 과학 지식을 오히려 인류와 공유하며 발전하고자 했다. 하지만 인류는 우리보다 진보적인 과학 지식을 가진 그들을 위협적으로 보고 있다.

언젠가 그들은 인간의 생명을 빼앗아갈 끔찍한 존재로 사람들은 인식하고 있다. 지구 안에서 인간 이외에 다른 종이 같이 산다는 것은 있을 수 없는 일이다.

애드 슬롯, 그가 정말 살아 있는 것인가? 그가 정말 살아 있다면, 그는 어디에 있을까? 그가 정말 아르토를 조정하는 것인가? 아르토는 정말 인류의 적일까? 아니면 도움을 주는 좋은 파트너일까. 갑자기 머릿속이 어지럽다.

세떼프 열차가 잠시 후에 글라덴 역에 도착한다는 안내 방송이 나왔다. 글라덴 역에서 나이로비까지는 이제 하루가 걸린다. 잠시 일은 잊어버리고, 휴가를 즐기고 싶다.

기호 일기

1장 ◆ 빅토리아 호수

아침에 찰칵찰칵 아날로그 카메라 셔터 소리에 잠을 깼다. 서버로봇 셀라가 내가 잠자는 침실을 찍는 소리였다. 순간, 지금 속옷 차림으로 자는 모습이 찍혔다고 생각하니, 창피함에 얼굴이 붉어지고 화가 났다. 셀라에게 소리치고 싶었지만, 달콤한 잠에서 깨고 싶지 않았다. 그래서 다리 밑까지 내려간 이불을 끌어당겨 얼굴까지 덮었다.

잠시 후, 거실에서 엄마의 목소리가 들려왔다. 그리고 셀라가 사진을 찍는 소리도 들렸다. 아마도 셀라가 엄마를 찍고 있는 것 같았다. 나는 다시 화가 나기 시작했다. 좀 전의 일이 떠올랐기 때문이다. 그래서 엄마를 불렀다.

"엄마 셀라 좀……." 잡아 달라고 말하려고 했는데. 엄마는 내 말을 끊고

"기호야 일어났니?" 하고 물었다. 나는 잠이 덜 깬 목소리로

"예~" 하고 대답했다. 엄마는 다시 나를 부르며

"기호야 기공식 때문에 좀 있으면 손님이 집으로 몰려올 거야. 어서 씻고 엄마가 준비한 옷 입고 나오렴." 나는 약간 귀찮은 듯

"예 알았어요."라고 대답했다. 그런데 좀 이상하다. 기공식은 호수 근처에서 할 텐데 왜 집으로 손님들이 오지? 기공식을 집에서 하지 않을 텐데. 하면서 일어나기 위해 살포시 눈을 떴다.

그리고는 베개에서 고개를 돌려 창밖을 바라보았다. 선팅된 창은 점점 밝아지면서 아침 햇살이 조금씩 비쳤다. 그리고 눈에 보이는 광경은 내 눈을 의심하게 했다. 저 멀리 아침 햇살을 머금은 호숫가에 임팔라 한 마리가 물을 먹는 모습이 보이는 게 아닌가!

물을 먹는가 싶더니 머리를 호수에 집어넣고 다시 머리를 빼면서 온몸을 흔들어 물기를 온몸에 뿌린다. 기분이 좋은지 하늘 위로 고개를 들어 무슨 소리를 내는 듯했다.

잠시 후 임팔라 무리가 하나둘씩 호숫가에 들어와서 물을 먹기 시작했다. 호수 바로 앞 나무 위에는 표범 한 마리가 임팔라 무리를 보고 흠칫 놀라며 나뭇가지 위에서 몸을 일으켰다.

그리고는 사냥 의욕이 없는지 다시 엎드려 나뭇가지에 걸려 있는 사냥

의 잔해를 핥기 시작했다. 표범은 새로운 것을 찾기보다는 과거의 살육에 대한 기억을 음미하고 있는 것 같았다.

언제부터 있었는지 모르는 하마 한 마리가 물가에서 물을 먹는 임팔라를 위협하듯 입을 크게 벌리고 소리를 냈다. 임팔라 무리는 소스라치듯 흩어졌지만 몇몇 임팔라들은 하마의 위협에 아랑곳하지 않고 계속 물을 먹었다. 아프리카 초원에서 있을 법한 드라마 같은 광경이 눈앞에 펼쳐지는 것을 보면서 나는 내 눈을 의심했다.

'아니! 분명 이건 부모님이 나를 놀라게 하려고 증강 현실을 보여 주는 것이야.'라고 생각했다. 밖을 확인하기 위해 옷을 대충 입고 방을 박차고 나갔다. 거실에서 차를 마시고 있던 엄마는 얼굴이 상기되어 나가는 나를 보며 말을 했다.

"기호야 어디 가니? 여기 '빅토리아호수' 근처야 놀랬니?"라고 말을 했다. 나는 놀란 얼굴로 엄마를 바라보며 말을 했다.

"엄마, 빅토리아 호수라고요. 오늘 기공식 하는……." 나는 놀라움을 금치 못해 말을 잇지 못했다.

"그래 기호야 놀랬구나."

"예, 조금요."

엄마 옆에 있던 셀라는 또 한 번 찰칵하며 셔터 눌러 나를 찍었다. 나는 못마땅한 얼굴로 눈을 크게 뜨고 손가락으로 카메라를 가리키며 셀라에 경고했다.

"셀라 좀⋯. 이따 봐 그 카메라 내 손으로 없애 버릴 거야." 셀라는 서러운 표정을 화면에 띄우고 엄마에게 다가갔다. 엄마는 그런 셀라가 안쓰러운지 머리를 쓰다듬으며 말했다.

"셀라야 오빠가 새로운 집에 적응이 안 돼서 좀 놀랐을 거야. 적응할 때까지 오빠 사진 찍지 마. 엄마 아빠만 찍으면 돼. 알았지 셀라." 엄마가 셀라를 딸처럼 대하는 모습을 보고 한심하다는 생각이 들어 엄마에게 화를 내며 말을 했다. 그리고 셀라에 경고했다.

"엄마 정말, 셀라 너 나한테 오빠라고 부르기만 해 봐. 가만 안 둘 테니까." 셀라의 표정이 다시 일그러졌다.

2장 ◆ 변신 자율모듈 로봇 하우스

나는 엄마와 셀라를 뒤로 한 채 서둘러 현관문을 나섰다. 밖의 기온은 정말 따뜻했다. 마치 뉴덴의 봄 날씨처럼 푸근하고 따뜻했다. 언제 있었는지 모르는 집 마당에 노상 카페가 차려져 있었다. 사람들은 분주하게 손님을 맞이하기 위해 테이블을 닦고 식 그릇과 찻잔을 세팅하고 있었다.

고개를 돌려 햇살이 비추는 동쪽을 바라보았다. 이침에 창가에서 보았던 풍경이 다시 눈 앞에 펼쳐졌다. 호수 안에서 물놀이를 하던 하마 한 마리는 어느새 세 마리가 되었고, 나뭇가지에서 아침 식사를 하던 표범은 아직도 그 자리에 있었다. 단지 지금 눈앞에 펼쳐진 풍경이 아침에 창가에서 본 것보다 멀리 보이는 것은, 디지털 창문이 가까이 당겨서 보여 주었기 때문이다.

그리고 다시 고개를 돌려 주위 풍경을 살펴보았다. 하늘에는 이름 모를 새들이 날아다니고, 탁 트인 넓은 초원의 풍경에는 구불구불한 언덕과 각양각색의 야생화 위로 자유롭게 걷는 얼룩말과 들소들이 보인다. '지금 우리 집이 초원에 있다는 말인가.'라고 생각하고 어제 일을 곰곰이 생각해 보았다.

'어제저녁 분명히 나이로비에 도착해서 부모님과 함께 우리 집이 있는 주택가로 이동했다. 그리고 2층으로 올라가 내 방에 짐을 풀고 샤워를 한 후 식탁이 있는 1층으로 와서 부모님과 뉴덴에서 있었던 일들을 이야기하며 식사를 했다. 식사한 후 아버지와 잠시 이야기를 나눈 후 냉장고에서 맥주 한 캔을 꺼내 이 층으로 올라갔다.'

나는 테라스로 나가 맥주 캔을 따고 마시면서 주택들이 보이는 동네 풍경을 봤다. 정말 조용한 동네였다. 뉴덴과 또 다른 도시 풍경이었다. 오밀조밀 따닥 붙어 있는 뉴덴의 도시의 집들과 달리 듬성듬성 있는 집들과 확 트인 잔디가 깔린 정원이 사람의 마음을 기분 좋게 만들었다. 밤하늘

또한 뉴덴과 달랐다. 희미한 불빛의 점으로만 보이던 별빛들이 나이로비의 밤하늘은 선명하고 초롱초롱한 별들과 별똥별처럼 떨어지는 유성들을 볼 수 있어서 좋았다.

우주의 거리가 가까워진 느낌이다. 영웅과 함께했으면 좋았을 거란 생각을 했다. 그리고 잠들었던 게 어젯밤 마지막 기억이다. 지금 생각해 보니 내 방은 이 층이었다. 지금 내 방은 일 층이다. 집이 움직이고 있다. 지금도 움직이고 있는 것이 보인다. 이 층 옥상 테라스가 접히고 점점 아래로 내려오고 있다.

그때 마침 정장으로 잘 차려입은 아버지가 나오셨다. 아버지는 내 얼굴을 보며 말을 했다.

"많이 놀랐겠구나! 기호야. 놀랠 만도 하지. 어젯밤에 이야기하려고 했는데 엄마가 깜짝 놀라게 해 주자고 해서 그만 입 다물었다."
부모님이 말해 주지 않은 것에 나는 화가 났지만, 일단 궁금한 게 많아서 차분하게 이야기했다.
"정말 놀랍네요. 아버지. 이게 어떻게 된 일인지 설명 좀 해 주시겠어요?"

항상 자신한테 순종적이고 다정다감했던 아들이 어느새 커서 약간은 반항적이고 냉정한 표정으로 말하는 아들의 모습을 보고 아버지는 조금 놀랐는지 헛웃음을 치며 기호에게 말을 했다.

"허허, 이 녀석 이제 다 컸구나. 놀랄 만도 하지. 기호야, 저기 좀 앉아서 이야기하자." 아버지는 잔디 위에 잘 세팅된 테이블을 가리켰다. 나는 아버지와 함께 테이블로 이동하면서 생각했다.

'혹시 이게 자율모듈 하우스인가? 자율모듈 하우스는 미래 화성에서 살 사람들을 위한 집이라고만 알고 있었는데. 아직 개발 중일 텐데. 어떻게 지금 내 눈앞에 있는 거지. 그것도 우리 집이….'
테이블 위에 놓인 음료수를 한 모금 마시고 아버지께 질문했다.
"아버지 이거 화성에서 개발 중인 자율모듈 하우스 맞아요?"

아버지는 한참 생각하시더니 말을 이어 갔다.
"음 화성에 개발 중인 자율모듈 하우스 하고는 엄밀히 따지자면 개념 자체가 틀리지, 화성에 개발 중인 자율모듈 하우스는 살면서 혹시 모를 재난을 대비해 자율적으로 위치를 변경한다든가 사람들의 군집 정도에 따라 우주선의 모듈처럼 붙였다 떼어 냈다 할 정도로만 알고 있다. 하지만 지금 우리 앞에 있는 자율모듈 하우스는 아니 자율모듈 하우스라기보다는 '변신 자율모듈 로봇 하우스'라고 하는 것이 맞겠구나. 줄여서 '로봇 하우스'라고 하자. 로봇 하우스는 프로그래밍 한 작은 로봇들이 집을 이루는 구성재료들을 필요에 따라 움직여 집이라는 큰 틀을 만들어 가는 인공지능 시스템이라고 보면 된다."

아버지 말에 따르면 방의 위치를 조정해서 움직일 수 있고, 2층에 있는 집을 1층으로 옮겨 새로운 집을 하나 더 만들 수 있다고 했다. 그리고 아버지는 집을 원하는 장소로 이동할 수 있다고 했다. 이동하고자 하는 위치를 서버로봇에 입력해 놓으면 예상 이동 시간을 미리 알려 준다. 그래서 잠자는 시간 동안 집을 이동할 수도 있고, 가족이 잠시 집을 비운 사이 이동할 수 있어서 아주 편리하다고 했다.

아버지는 마지막으로 아프리카 전역을 캠핑을 즐길 수 있는 도시로 만들고 싶다고 했다. 캠핑이라고 하기보다는, 자신의 집을 이곳저곳으로 이동해서 수렵과 채집을 하며 살던 인간 본연의 초자연적인 생활을 즐기게 하고 싶다고 했다.

잠시 후 셀라와 함께 엄마가 밖으로 나왔다. 엄마는 웃는 얼굴로 우리 쪽을 보며 말했다. "여보, 오랜만에 부자가 이렇게 대화하는 모습을 보니 보기가 좋네요. 그리고 언니네가 좀 있으면 여기 도착한다고 하네요." 엄마가 말했다.

"엄마, 줄리아 누나하고 고모부도 같이 와요?" 나는 물었다.

"그래, 기호야. 좀 있으면 도착할 거야. 너 그런 모습으로 인사할 건 아니지. 씻고 엄마가 준비해 놓은 슈트 입고 나와라. 얼른." 엄마가 말했다.

"예, 엄마." 하고 자리에서 일어나 아버지 얼굴을 바라보며 말을 했다.

"아버지, 로봇 하우스 이야기는 다음에 다시 해요."

"그래, 기호야. 씻고 나와라. 고모 가족이 곧 도착한다고 하니 인사는 해야지."

"예, 아버지." 하고 집 안으로 들어갔다.

집 안으로 들어와 내 방으로 가면서 생각했다. '이 방들이 전부 자율 인공지능 로봇 모듈이구나.' 이렇게 생각하니 방들이 새삼 새롭게 느껴졌다. 인공지능 로봇이긴 하지만 사람이 직접 명령할 수는 없다. 셀라와 같은 서버로봇들만이 로봇 하우스에게 명령하고 움직일 수 있다고 한다.

나는 이런저런 생각을 하면서 씻고 엄마가 준비해 놓은 슈트를 입었다. 거울을 보고 옷차림새를 다시 잡았다. 오랜만에 입어 보는 정장이지만 정말 잘 어울린다고 생각했다.

3장 ◆ 고모부

거실에서 시끌벅적한 웃음소리가 들려왔다. 고모 가족들이 도착했나 보다. 고모는 브라질 리우에서 대학을 졸업하고 브라질에서 자원 재처리 사업을 하고 있던 고모부를 만나 지금까지 함께 사업을 하고 있다. 고모부는 브라질 현지인이다. 그래서 처음에는 결혼할 거라는 고모의 말에 할아버지와 할머니는 반대했다고 한다. 특히 할머니의 반대가 심했다고 한다.

그래서 할머니는 고모가 사는 브라질 리우에 가서 예비 사위인 고모부를 직접 만났다고 한다. 그 당시 할머니가 보기에 고모부는 갈색 피부의 얼굴에 키가 그다지 크지 않은 통통한 몸을 하고 있어서 외모부터 마음에 들지 않았다고 한다. 그리고 사업체는 리우 외곽 지역 아무도 살지 않는 허름한 평지 위에 펜스로 둘러싸여 있었다. 그 펜스 안에는 온갖 잡동사

니와 쓰레기로 가득 차 있었다고 한다. 그 옆에는 공장을 짓는 공사가 한창이었다고 한다.

할머니는 도저히 이런 곳에 딸을 시집보낼 수 없다고 판단을 하고 돌아서 갈려고 하는데, 고모부는 할머니 손을 꼭 잡으며 유창한 한국말로 할머니를 설득했다고 한다.

"어머니, 지금 제 모습과 사업장을 보고 크게 실망하고 있다는 걸 잘 알고 있습니다. 하지만 제가 하는 사업은 한국의 고물상과는 다릅니다. 저기 보이는 쓰레기 재처리 시설이 완공되면 미래 인류에게 큰 희망이 될 것입니다."라고 고모부는 당당하게 할머니를 설득했다고 한다.

할머니는 고모부의 말을 듣고 마음이 바뀌었다. 그리고 결국 고모의 결혼을 허락해 주었다. 이후 고모부는 리우에서 대규모 쓰레기 처리장 건설을 계획하며 일을 시작했다. 그리고 그의 계획대로 쓰레기 처리장이 완공되자, 그곳은 고모부가 말한 것처럼 인류에게 큰 희망이 되었다.

쓰레기 처리장에 모여든 여러 쓰레기는 메타로봇들과 협업 로봇들로부터 분류된다. 그리고 잘 분리된 쓰레기들은 낮 동안 태양광을 통해 광촉매가 이루어진다. 저녁이 되면 화학 성분으로 이루어진 망토가 씌워지고 다음 날 아침에 쓰레기들은 원자재 재처리장으로 보내진다. 그곳에서는 아무리 분해가 어려운 긴 사슬 고분자로 구성된 합성 물질도 분해되어 원자재 원료로 새롭게 재탄생된다.

이런 혁신적인 시스템 덕분에 리우데자네이루는 쓰레기 처리장으로 유명한 도시가 되었다. 이제는 더러운 범죄 도시에서 살기 좋은 부자 도시로 탈바꿈했으며, 고모 가족은 브라질에서 유명인사가 되었다.

4장 ◆ 만남과 대화

거실에서 나를 먼저 알아본 사람은 줄리아 누나다. 누나는 나를 보고 짧게 소리치며 나를 불렀다.

"기호야!"

"예 누나. 어릴 때 보고 처음이네요."

줄리아 누나를 만난 건 어릴 때 부모님과 함께 리우 가서, 며칠 묵으며 함께 보낸 게 다. 그리고 성인이 되어서 이렇게 만난 건 이번이 처음이다. 누나는 어릴 때보다 더 이쁘게 성장한 것 같다. 거무스름한 갈색 피부에 크고 이국적인 눈망울을 빼면 전반적으로 동양적인 미인 얼굴이다. 거기에 웃을 때마다 들어가는 양쪽 보조개는 여전히 이쁘고 귀엽다.

나는 소파에 앉기 전 고모 가족들과 포옹하고 자리에 앉았다. 고모는 나안이 가족들도 함께 왔으면 좋았을 텐데 하며 아쉬움을 토로했다. 엄마는 고모를 바라보며 말을 했다.

"나안이와 얼마 전 통화했는데 지금 유럽에 있어요. 이번에 로봇손을 개발했는데 특허받은 로봇 회사들로부터 반응이 좋은가 봐요. 그래서 로봇슨 개발에 필요한 자금을 조달하기 위해 협상을 여러 회사와 하고 있다고 하네요."

그리고 엄마는 나안이 삼촌 이야기를 계속했다.

"언니 결혼식 때 나안이가 축가를 불러 줬잖아요. 그때 다들 눈물바다가 된 일 기억나요?" 고모는 그때 일을 회상하며 말했다.

"왜 기억이 안 나겠니, 그때 일 생각하면 지금도 눈물이 난다." 고모는 계속 말을 이어 갔다.

"그때 노래 제목이 '사랑해'일 거야 그 노래를 왜 그렇게 슬프게 부르는지 그것도 울먹이면서 결국에는 서서 들을 수 없어서 털썩 주저앉았지 뭐야."

"털썩 주저앉은 나를 여기 줄리아 아빠가 웃는 얼굴로 내 손을 잡으며 일으켜 주었잖아. 그리고 나안이 노래에 맞춰 나를 꼭 안아 주며 춤을 추더라고. 그 모습을 본 나안이도 노래가 좀 밝아지고 사람들의 박수 소리에 신이 나서 노래를 끝낼 수 있었지. 슬픈 엔딩으로 끝날 줄 알았던 결혼식이 이 사람과 함께 즐겁게 끝낼 수 있어서 다행이야."

엄마는 옆에서 듣다가 노래 가사가 생각났는지 즉석에서 불렀다.

"언니 노래 가사가 이렇게 시작하지 않았어요? 사랑해 당신을 정말로 사랑해 / 당신이 내 곁을 떠나간 뒤에 얼마나 눈물을 흘렸는지 모른다오. 예

예 예 예예예예예 예 예 예. 언니 이 노래 맞지요?" 하며 고모를 쳐다보았다.

"그래 맞아. 이 노래가 어디가 결혼 축가냐 완전 누군가 그리워하며 부르는 애절한 사랑 노래지."

"그래도 언니, 나안이가 언니를 엄마처럼 잘 따른 건 사실이잖아요. 그래서 언니가 브라질로 간다고 하니 섭섭한 마음에 결혼식 때 그 노래를 불렀나 봅니다." 그리고 엄마는 고모한테 말을 이어 갔다.
"그리고 오늘 솔림이 콩쿠르 대회가 있는 건 알고 있지요?"

"그럼 알고 있지. 솔림이 이 녀석 언제 다 컸는지 콩쿠르 대회도 다 나가고 정말 자랑스럽다. 안 그래도 며칠 전 솔림 엄마가 직접 전화 와서 오늘 참석 못 한다고 미안해하더라고. 그래서 미안해할 것 없다고 했어. 솔림이가 콩쿠르 대회에서 입상하는 게 나는 더 좋다고 했다. 안 그래 인애야."

'인애'는 엄마 이름이다. 가족 중에 엄마 이름을 부를 수 있는 사람은 고모밖에 없다. 엄마는 웃으며 고모의 말에 대답했다.
"맞아요. 언니. 솔림이가 콩쿠르 대회에서 입상하는 게 우리 가족들에게 좋은 일이죠."

가만히 조용히 듣고 있던 나는 목소리에 힘을 주고 큰 소리로 가족들 앞에서 말했다.

"조만간 뉴덴에서 가족들 모두 한 번 모이시죠. 제가 초대하겠습니다."

옆에 있던 아버지가 황당하다는 듯이 물었다.

"기호야 무슨 명분으로 우리를 초대하겠다는 거냐." 나는 아버지를 살짝 보고 다시 앞을 보며 말했다.

"이번 가을 9월이면 제 생일입니다. 그때 우리 가족 다 뉴덴으로 초대하겠습니다. 초대해서 파티를 한번 열까 합니다. 그땐 바쁜 일 다 제쳐 두고 다 오셔야 합니다. 제가 뉴덴에 돌아가는 대로 호텔 예약도 해 놓겠습니다."

나의 폭탄선언에 다들 깜짝 놀랐는지 서로의 얼굴을 쳐다보더니 빵 터지며 웃었다. 이번엔 고모부가 먼저 입을 열었다.

"그래 기호야 이번 네 생일날 가족들 데리고 꼭 참석하도록 하지." 고모부 말을 듣고 흡족하게 웃으며 나는 부모님 얼굴을 보며 말을 했다.

"엄마하고 아버지도 참석하실 거죠."

아버지께서 대답했다.

"그럼 우리 아들 생일인데 꼭 참석해야지. 그런데 나안이 삼촌 쪽은 이야기된 거냐."

"아니요. 아버지, 뉴덴에 가면 초대장을 보내야죠. 솔림이만 허락하면 다 참석할 수 있을 거예요." 다들 한바탕 웃으면서 가족 간의 이야기를 이어 갔다.

5장 ◆ 줄리아 누나

이야기 도중 누나는 나를 불렀다.

"기호야 우리 나갈래? 밖을 구경하고 싶다."

"그래요. 누나 우리 밖으로 나가요."

밖을 나가는 우리를 보고 엄마는 말을 했다.

"너무 멀리 가면 안 된다. 기호야. 여기 초원이라서 위험할 수도 있어."

"예 엄마. 걱정하지 마세요. 잠깐 걷다가 여기 야외 식당에 있을게요."

"그래 알았다."

밖에는 이미 사람들이 많이 모여 있었다. 각 국가를 상징하는 옷을 입은 메타로봇들은 여기저기 모여 인사를 하고 대화를 하고 있었다. 대부분 국가 지도자들이다. 사람들도 야외에 마련해 놓은 식탁에 앉아 커피와 차를 마시며 담소를 나누고 있었다. 식당 우측 편에는 로봇 하우스를 활용해 작은 무대를 만들고 있었다. 무대 쪽에는 기자들이 와서 취재하는 모습도 보인다. 거기에 셀라가 열심히 로봇 하우스에 관해 설명해 주는 것 같았다. 걸으면서 누나가 먼저 말을 걸었다.

"기호야 날씨가 참 좋다. 건조하지만 참 따뜻하다. 리우는 이런 날씨가 드물어."

"예 맞아요. 누나, 뉴덴의 따뜻한 봄날 같아요."

"기호야 뉴덴에서 경찰 일을 하고 있다고 하던데 위험하지는 않니?"

"좀 위험한 상황이 있긴 한데 언제나 제 옆에 영웅이 있어서 잘 대처하는 편이에요."

"영웅! 아 메타로봇을 이야기하는구나. 이번에 같이 안 왔니?"

"예, 같이 오고 싶었지만 무슨 돌발 상황이 있을 줄 몰라서 영웅을 뉴덴에 대기시켜 놓고 왔어요."

"아 그렇구나."

"누나 리우에서 메타로봇 패션 디자인 일을 하고 계시죠?" 누나는 의외라는 듯 나를 바라보며 미소지었다.

"그래 맞아. 학교 졸업하고 일 시작한지는 얼마 안 돼서 아직 서툴러. 사실 '공간 홀로그램 프로듀서' 일을 하고 싶었는데 패션 일이 의외로 잘 맞더라고 그래서 시작했지 뭐야."

"예 누나 잘됐네요. 누나 그럼 우리 영웅 옷도 하나 만들어 줘요. 이왕이면 제 생일날 선물로 주셔도 되고요." 나는 너스레 웃으며 누나에게 말했다. 누나는 그런 나를 보며 황당하다는 듯 웃으며 말했다.

"뭐! 기호야, 너, 만난 지 얼마 되었다고 벌써 누나에게 임무를 주려고 하네,"

"아니요. 누나, 임무를 주는 게 아니고 선물을 해 줄 거면 누나가 잘할 수 있는 거를 이왕이면 해 주면 좋다는 거죠."

"알았어. 뉴덴 가면 영웅 사진하고 프로필 나한테 보내 줘. 내가 한번 만들어 볼게. 그 대신 마음에 안 든다고 물리면 안 된다."

"그럼요 누나, 어떤 옷이든 내가 잘해서 입혀 볼게요. 미리 고맙습니다. 누나."

오후가 되자, 각국의 정상들과 기자들, 그리고 여러 공학 박사들이 참석한 자리에서의 기공식은 원만하게 마무리되었다. 기공식이 끝나자 메타로봇과 사람들은 각자의 나라로 돌아갔다. 현재는 몇몇 기자들이 남아 로봇 하우스와 관련된 이야기로 아버지와 대화를 나누고 있다. 고모네 가족들도 하루만 더 머물려 했지만, 회사 일정 때문에 그럴 수 없다며 브라질로 돌아가는 준비를 하고 있었다. 고모 가족들과 헤어지기 전에 서로 포옹하며 인사를 나누었다. 그리고 나는 줄리아 누나에게

"생일날 선물 잊지 마세요. 누나" 하고 말했다. 그 말을 들은 고모는 웃으면서 누나를 보며 말했다.

"생일선물? 아까 둘이 무슨 일 있어서." 누나는 쑥스러운 표정으로

"아니에요. 엄마" 하고 나를 보며 말했다.

"알았어. 기호야. 생일날 보자." 하며 준비해 놓은 자율 드론에 몸을 실었다. 고모네 가족을 실은 자율 드론을 보며 엄마는 눈시울을 적셨다. 가족 간의 이별과 그리운 감정들을 엄마를 통해 조금은 알 것 같다.

6장 ◆ 솔림

고모가 떠나고 얼마 되지 않아 영웅에게서 연락이 왔다. 솔림이의 서버 로봇 제니한테서 받은 메시지를 나한테 보내왔다. 나는 사크룸으로 메시지를 확인했다.

솔림이 무대에서 쓰러져 병원 구급차에 실려 가는 동영상이었다. 영웅은 두 시간 전 영상이라고 했다. 엄마한테 이 사실을 알렸다.

"솔림이가 쓰러져? 갑자기 왜!" 하며 놀란 표정을 지으며 셀라를 불러 엄마는 숙모에게 연락했다. 지금 뉴덴은 한밤중이었지만 숙모는 엄마의 전화를 받았다. 숙모로부터 솔림의 상태를 들은 엄마는 표정이 안 좋았다. 그리고 영국에 있을 삼촌에게도 연락했다. 홀로그램 영상으로 나타난 삼촌은 해맑게 웃으며 아무 걱정 없는 천진난만한 얼굴로 엄마를 불렀다.

"누나 오늘 기공식인데 가지 못해 미안해요."

"나안아 오늘 기공식이 중요한 게 아니라 네 딸 솔림이가 쓰러졌다는데 연락받았니?"

"예 누나, 연락받았어요. 너무 걱정하지 마세요. 우리 솔림이 항상 밝고 씩씩해서 금방 일어날 거예요. 언제나 그랬던 것처럼…. 너무 걱정하지 마세요. 저도 여기 일 끝나는 대로 솔림이한테 가서 빨리 건강하게 일어나도록 도와야죠."

"알았다 나안아. 그리고 브라질 사는 언니가 오늘, 네 얼굴 못 봤다고 좀 섭섭해하더라. 언니한테도 꼭 연락드려라." 나는 엄마와 삼촌 대화 중간에 끼어들었다.

"삼촌 이번 제 생일에 뉴덴으로 가족들을 초대하기로 했어요. 삼촌도 그때 오셔야 해요."
삼촌은 홀로그램으로 나를 보면서 "오! 기호야. 같은 뉴덴에 살면서 얼굴 보기 참 힘들구나." 나는 삼촌 말에 반문하며 말했다.
"그래도 삼촌, 숙모님하고 솔림이는 자주 봐요. 삼촌이 바빠서 못 보는 거 아니에요." 삼촌은 멋쩍으며 말했다.

"어 그런가. 아무튼, 네 생일날 초대하면 그날은 무슨 일 있던지 다 취소하고 꼭 참석할게."

"예 삼촌 잘 알겠습니다. 뉴덴에 오시면 연락주세요. 저녁 식사하면서 맥주 한잔하고 싶네요."

"그래 알았다. 기호 너랑 맥주 좋지." 엄마는 중간에 역정을 내며 삼촌에게 말했다.

"무슨 술을 먹는다고 그래. 술은 안돼. 아무튼, 나안아 솔림이 치료 잘 받도록 네가 신경 좀 써라. 그리고 조만간 얼굴 좀 보자." 삼촌은 여전히 천진난만한 웃는 얼굴을 하며 말했다.

"예 누나. 너무 걱정하지 마시고요. 9월에 뉴덴에 오시면 제가 잘 모실 게요. 그때 솔림이는 건강하고 이쁜 모습을 하고 있을 거에요." 하고 삼촌은 전화를 끊었다. 여전히 걱정스러운 얼굴을 하고 있는 엄마를 보고 말을 했다.

"엄마 너무 걱정하지 마세요. 삼촌도 괜찮다고 하잖아요."

"쟤는 지금 런던에 있는데 솔림이 상태를 어떻게 아니. 괜히 말만 듣고 괜찮다고 하는 거지 뭐."

"그래서 엄마, 나, 내일 뉴덴으로 가야 할 것 같아요. 솔림이 일도 있지만, 뉴덴에 비인가 로봇들이 나타났다는 첩보가 있나 봐요. 그래서 하루 빨리 뉴덴에 가서 임무 복귀를 해야 할 것 같아요. 아까 솔림이 메시지와 함께 팀장님 메시지도 함께 왔더라고요."

"뉴덴에 가면 솔림이부터 먼저 만나 보고 연락드릴게요."

"기호야 이미 다 결정한 거냐."

"예 엄마. 이미 다 결정했어요."

"그럼 어쩔 수 없지 솔림이 때문이라도 네 결정을 막을 수는 없겠구나."

"그나저나 아버지가 실망이 크겠구나! 너랑 초원에서 함께하려고 이것저것 많이 준비한 것 같은데. 다음으로 미루어야겠다."

"아버지한테는 내가 잘 이야기할게요."

"그래 기호야. 너도 경찰 일하면서 항상 몸조심하고 엄마 아빠가 네 걱정 많이 하고 있다는 거 잊지 말고, 그리고 기호야 너 지금 하는 일 그만두고 우리랑 같이 사는 것도 한번 생각 해 봐. 그렇게만 된다면 엄마는 소원이 없겠다."

"예 엄마. 생각 해 볼께요. 이번에 로봇 하우스를 보면서 로봇 하우스와 함께 초원에서 사는 것도 괜찮겠다는 생각이 들더라고요. 뉴덴에 가서 곰곰이 잘 생각해 보겠습니다. 어머니." 장난기 있는 내 말이 장난처럼 느껴졌는지 살짝 얼굴을 찡그리면서 돌아서서 가는 내 뒤를 보며 말했다.
"장난 아니야 기호야. 진지하게 생각 좀 해 봐." 나는 뒤 돌아보지 않은 채 내 방으로 가면서 엄마에게 대답했다.

"저도 장난 아니에요, 집에 오는 걸 지금 진지하게 생각하고 있어요."라고 말하고 내 방으로 들어왔다.

7장 ◆ 영웅, 제니

며칠 전 솔림이를 봤던 기억이 난다. 그날도 퇴근하고 영웅과 함께 삼촌 집에 가서 솔림이를 봤다. 숙모님이 차려 준 따뜻한 수프와 빵을 먹고 삼촌 서재에서 중국 작가가 쓴 추리소설 몇 권을 빌렸다.

삼촌 서재는 사실 할아버지 때부터 챙겨 놓은 책들이 많아서 오래된 책들이 많았다. 그래서 약간 누렇게 뜬 책장을 넘길 때마다 그 시대의 향내가 나는 것 같아 좋다. 솔림이와 이야기할 때는 항상 기분이 좋다. 항상 밝은 표정에 재미있게 풀어 가는 말솜씨는 솔림이의 매력이다. 아무래도 삼촌을 꼭 닮은 게 분명하다.

그날 솔림이는 이야기하다가 갑자기 일어나 이번 콩쿠르 대회를 위해 준비한 춤이라며, 서재를 휘저으며 춤을 추기 시작했다. 그리고 솔림이의 춤을 멈추게 한 건 서재 밖 제니와 영웅의 말다툼 때문이었다.

제니는 영웅의 배를 툭툭 치고 있었다. 영웅은 그런 제니를 제지하기 위해 경찰 로봇답게 제니 앞에서 형법을 읊고 있었다. 서버로봇은 메타로봇보다 한 단계 위 로봇이기 때문에 싸움이 일어날 수 없는 로봇 체계다. 그런데 지금 벌어지고 있는 이 상황은 무슨 경우란 말인가.

따지고 보면 나의 잘못으로 인해 생긴 오해인 것 같다. 언제인지 기억이 잘 안 나지만 저녁에 퇴근하고 삼촌 집에 가서 출출한 참에 주방에 앉아 숙모님 오기를 기다렸는데 오질 않았다. 그래서 영웅에게 숙모님 어디 계시는지 알아보라고 했다. 그게 실수였다.

영웅은 삼촌 집이 익숙하지 않아서 지나가는 제니를 보고 '숙모님 찾아줘.' 하고 명령을 한 것이다. 자율 모드의 메타로봇은 서버로봇에게 명령하는 것을 금지하고 있다. 그것을 알고 있는 제니는 영웅에게 잘못된 명령이라며 쏘아붙였다. 그렇게 쏘아붙이는 제니에게 영웅은 나름대로 논리적으로 방어했지만 결국 영웅은 제니에게 사과하고 사태를 마무리했다. 그때부터 제니는 영웅을 쌀쌀맞게 대했다. 영웅도 제니를 보면 눈치를 보는 듯 피하는 것 같았다.

그런데 그날도 영웅은 제니에게 무슨 밉보임을 보였는지 영웅의 배를 툭툭 치고 있었고 영웅은 억울한지 형법을 읊고 있었다. 그것을 본 솔림은 다그치듯 제니를 멈추게 했다. 그리고 영웅에게 사과하라며 제니의 손을 끌어다가 영웅의 손을 잡게 했다. 제니는 영웅의 손을 잡고 사과했다. 영웅은 만족한 표정을 지으며 사과를 받아 주었다.

제니는 사과 후 솔림의 부름에도 아랑곳하지 않고 약간 삐진 표정으로 솔림의 방으로 사라졌다. 다시는 이런 상황이 벌어지면 안 된다는 생각에 영웅에게 말을 했다.

"영웅, 이제 삼촌 집은 출입 금지다. 처음부터 내가 잘못했지만, 너도 바로 사과하면 될 일을 이렇게까지 상황을 크게 벌여 놓았냐." 내 말에 영웅은 약간 시무룩한 표정을 지었다. 그것을 본 솔림은 밝게 미소 지으며 영웅에게 말했다.

"우리 영웅 힘내. 이 누나가 영웅 많이 이뻐하는 거 알지." 영웅은 부끄러운 표정을 지으며 영웅 특유의 느린 톤으로 말했다.

"예 솔림 누나" 영웅이 누나라는 말에 내 귀를 의심하며 영웅에게 따졌다. "야 영웅 너 솔림이한테 누나라고 했냐. 솔림은 내 동생이고 넌 내 메타로봇이야. 이게 가족 체계까지 흔들려고 하네. 솔림 누나라는 말 얼른 삭제해." 솔림은 옆에서 크크크 웃으며 말했다.

"기호 오빠 적당히 해요. 저러다 정말 영웅이 우리 집 오는 거 싫어하면 어떡해요."
"그래 솔림아 오늘은 이만하자. 저녁도 먹고 책도 빌렸으니 이제 집에 가야겠다. 그리고 다음 주 콩쿠르 대회에 참석하고 싶었는데 그날 부모님 기공식이라서 참석하지 못해 좀 아쉽다."

"알고 있어요, 오빠. 엄마한테 이야기 들었어요. 그날 큰고모도 기공식에 참석한다고 하더라고요. 그래서 엄마도 정말 아쉬워하는 것 같았어요. 오랜만에 가족들이 모이는 자리인데 함께 못 하니까요. 고모들도 보고 싶고, 줄리아 언니도 보고 싶어요. 그래서 오빠, 오빠 생일이 9월이잖아요. 그때 가족들을 뉴덴으로 모두 초대하면 어떨까요?"

솔림의 말에 흠칫 놀랐지만 좋은 아이디어인 것 같아서 흔쾌히 승낙했다. 솔림은 기뻐하며 우리를 현관문까지 마중했다. 그렇게 활짝 웃으며 건강했던 솔림이 지금 병원에 실려 캡슐 안에서 안정을 취하고 있다니 말이 안 된다. 냉장고에서 캔맥주를 꺼내 테라스로 나갔다. 캔을 따고 한 모금 하면서 아프리카 하늘의 별빛을 바라봤다. 이따금 코끝을 스쳐 지나가는 초원의 풀 냄새를 맡으며 하루를 마감했다.

Robot

uniform a custom police police
The uniform capability by reflecting advceabilities
durability materials.
Polka nda reit, eston fiber textlle technology,
Ailoplastic fiber, familero tonment,
Dark bluo aux enforeane av onforcemolog.

기호 일기

1장 ◆ 메타로봇 도난 사건

아침에 뉴덴 공항에 도착하자마자 솔림이 있는 병원으로 향했다. 병원으로 가는 도중 유다 부국장한테 전화가 왔다. 독일 드레스덴에 있는 메타로봇 제조 공장에서 메타로봇 2대가 비인가 로봇으로부터 도난당했다는 신고가 접수되었다고 한다. 그래서 지금 당장 독일에 가서 수사하라는 명령이었다.

영웅은 벌써 메타로봇 전용 비행기를 타고 드레스덴으로 향하고 있다고 했다. 그리고 드레스덴 대학에서 물리학을 가르치고 있는 조용식 교수를 만나 보라고 했다. 이번 수사와 관련해 정보를 제공해 줄 수 있는 분이라고 했다. 그리고 조용식 교수는 젊은 시절 뉴덴에서 할아버지 밑에서 연구원으로 일한 적이 있다고 말해 주었다.

이번 수사는 독일 경찰과 함께 협력해서 수사하되 우리에게 필요한 정보는 아주 은밀하게 부국장 자신에게 직접 보고해 달라고 했다. 독일 경찰뿐만 아니라 우리 경찰 내부에도 비인가 로봇 세력에게 매수되어 정보를 제공하고 있는 사람이 있다고 했다. 비인가 로봇 본거지를 알아내기 전까지는 모든 것을 비밀로 해야 한다고 했다. 그리고 수사에 필요한 자료들은 영웅에게 보냈다고 했다.

나는 차 안에서 메타로봇 제조 공장에서 일어난 도난 사건에 대해 깊은 고민에 빠졌다. 비밀 수사에 대한 부담감도 느껴졌다. 그리고 가만히 생각해 보았다. '메타로봇을 외부에서 탈취하는 것은 물리적으로 어렵다는 것이 일반적인 관점이다. 하지만, 내부 협력자가 있다면 가능하다. 그렇다면, 이번 사건에서 내부 협력자는 누구일까? 또한, 조용식 교수는 누구이고 이번 사건과 어떤 관계가 있는 것일까? 내부 협력자는 사람일까, 기계일까? 비밀 수사 과정에서 누구를 믿어야 할까?'

이같이 생각을 하며 긴장감을 느낀 후, 집중력을 유지하며 머리를 깊게 굴리기 시작했다. 그렇게 집중하니, 내부 협력자를 찾는 것에 대한 궁금증과 호기심이 생겨나면서 머리가 맑아졌다. 갑자기 입가에 작은 미소가 지어졌다. 그리고 자신감이 생겼다. 어느새 병원 입구에 다다랐다.

2장 ✦ 병원

메타 원을 쓰고 제니를 찾아 숙모님과 연결했다. 12층 무균실 앞 가족 대기실에 있다고 했다. 가족 대기실에 옅은 회색 옷을 입고 두 손을 모아 기도를 하는 듯 앉아 있는 숙모님을 봤다.

숙모님 옆에 있던 제니가 나를 먼저 알아보고 옆에 왔다. 곧 숙모님도 내가 왔다는 것을 알고 숙였던 고개를 들어 힘겹게 미소를 지으며 인사를 했다.

"기호 왔니."
"예 숙모님 많이 힘들어 보이시는데, 괜찮으세요. 잠은 좀 주무셨어요."

"나는 괜찮아. 걱정해 줘서 고맙다 기호야." 하며 숙모는 내 손을 잡으며 일어나셨다. 그리고 솔림이 누워 있는 병실을 함께 바라보았다.

"숙모님 지금 솔림이 자는 건가요?"

"응. 어제저녁에 캡슐에서 나와 수면 치료를 받는 중이야. 오늘 중으로 깨어난다고 하던데, 그때 얼굴 보고 집에 가서 좀 쉬려고."
햇쑥하게 지쳐 보이는 숙모의 얼굴을 보고 나는 무슨 말을 해야 할지 몰랐다.

"예. 그럼 이제 솔림이는 언제 퇴원하는 거예요?"

"글쎄. 어제 의사 선생님 말씀으로는 일이 주 정도 치료받으면 퇴원할 수 있다고 하던데. 솔림이가 깨어나 봐야. 정확한 날짜는 알 것 같아."

'저렇게 이쁘고 착한 솔림이가 아프다니 말이 안 돼' 옆에 서 있던 숙모님은 내 얼굴을 보면서 걱정하듯 말을 했다.

"기호야 지금 바쁜데, 여기 온 건 아니니?"

"아무리 바빠도 솔림이는 보고 가야죠." 나는 약간 굳은 표정으로 말을 이어 갔다.

"갑자기 급한 임무가 생겼어요. 오늘 바로 독일로 가야 하거든요. 영웅은 벌써 독일에 도착해서 기다리고 있어요." 영웅이라는 말에 제니는 얼굴을 찡그리고 토라져 있었다.

"제니야 영웅이 앞으로 명령하는 일은 없을 거야. 주의하라고 경고했으니까 이제 그런 일은 없어."

옆에 있던 숙모님은 제니의 행동이 재미있는지 웃으며 제니에게 말했다.

"그래 제니야. 영웅도 우리 가족이잖아. 제니 네가 잘 챙겨 줬으면 좋겠어." 제니는 서열정리가 됐다는 듯 방긋 웃는 표정을 보였다. 나도 제니의 모습을 보며 웃음이 나왔다.

갑자기 독일로 빨리 떠나야 한다는 압박감이 찾아왔다. 그리고 여기까지 왔는데 솔림의 얼굴을 보지 못한 아쉬움도 남았다. 숙모님은 나의 표정을 보면서 말했다.

"기호야 바쁠 텐데, 얼른 출발해 독일에서 영웅이 기다리겠다."

"예 숙모님. 솔림을 보지 못해 좀 아쉽네요."

"솔림이 깨어나면 기호 오빠 왔다 갔다고 말해 둘게. 너무 걱정하지 말고."

무슨 일 있으면 연락하겠다는 숙모님의 인사를 받으며 가족 대기실을 나와 집으로 향했다.

3장 ◆ 드레스덴

집에 도착하자마자 독일에서 필요한 옷가지와 물품들을 챙겨서 나왔다. 나오면서 방을 향해 고개를 돌려 빠뜨린 것은 없는지 잠시 생각했다. 이 정도면 됐다는 생각에 거실로 나왔다.

그리고 인공지능 시스템 집사에게 며칠 동안 집을 비운다고 말했다. 집사는 또 휴가를 가느냐고 물어봤지만, 나는 아무 대답도 하지 않았다. 그리고 어디로 가는지도 말하지 않았다. 공항으로 향하면서 솔림 생각이 먼저 났다. 내 앞에서 이쁘게 미소 지으며 춤을 추던 솔림이 모습이 아롱거렸다.

'내가 임무를 마치고 뉴덴에 왔을 땐 건강한 솔림이와 함께 숙모님이 만들어 준 수프를 먹고 싶다.'라는 생각이 간절했다.

나는 비행기에 올라 예약해 둔 창가 쪽 자리에 앉았다. 시간이 되었는지 비행기가 안내 방송을 하고 이륙하기 시작했다. 앞으로 열 시간 후면 드레스덴 공항에 도착한다고 한다.

이륙하고 얼마 후 기내식이 나왔다. 기내식을 먹고 후식으로 포도주를 한 잔 마셨다. 온몸에 술기운이 돌기 시작했다. 몸이 나른하기 시작하면서 잠이 오기 시작했다. 창공에서 비치는 햇살을 보면서 스르륵 잠이 들었다.

얼마나 잠이 들었을까. 다시 깨어났을 땐 몸이 개운했다. 여전히 내 몸은 비행기 안이었다. 잠시 후 기내 방송이 흘러나왔다. 우크라이나 상공을 날고 있었다. 앞으로 3시간 후면 드레스덴 공항에 도착한다고 했다. 창문 덮개를 열고 밖을 확인했다. 해는 기울고 있는지 무거운 햇살이 창가를 비췄다. 저녁이면 드레스덴 공항에 도착하겠다는 생각이 들었다.

기울어진 해를 뒤로 한 채 덮개를 닫고 다시 잠을 청했다. 드디어 드레스덴 공항에 도착했다. 드레스덴 경찰국에서 준비해 둔 자율로봇 차량를 타고 영웅이 있는 숙소로 향했다.

영웅은 미리 알았는지 숙소 앞에서 대기하고 있었다. 영웅은 딱 달라붙은 자주색 티셔츠에 청바지를 입고 에어가 장착된 하얀색 운동화를 신고 있었다. 영웅은 내가 가지고 온 짐들을 들고 지정해 놓은 방으로 나를 안내했다.

숙소는 크지 않았다. 방 한 칸에 화장실이 있고, 주방과 거실은 붙어 있었다. 그리고 숙소는 아늑하고 깨끗해서 편안했다. 또한, 다양한 편의시설이 제공되어 있어 편리했다.

나는 방에 짐을 풀고 샤워를 했다. 영웅은 숙소에 있는 간편식을 요리해서 식탁에 올려놓았다. 그중에 소시지 요리와 수프는 먹을 만했다.

식사한 후 유다 부국장이 보낸 수사 일정들을 봤다. 먼저 내일부터 드레스덴 경찰국에 가서 독일 수사관 필립을 만나고 지금까지의 수사 과정을 설명받는다. 그리고 반드시 현장에는 함께 움직여야 한다고 했다. 다만 조용식 교수를 만날 때 비밀리에 혼자 만나야 한다고 했다.

'조용식 교수가 어떤 인물이기에 유다 부국장은 혼자 만나 보라는 거지. 독일 경찰이 알면 안 되는 뭔가가 있는 건가? 아니면 우리 쪽 사람이라는 게 밝혀지면 안 되는 이유라도 있는 건가?'

조용식 교수에 좀 더 알아보았지만 특별한 정보는 없었다. 다만 드레스덴 메타로봇 기술 자문 위원으로 활동하고 있다고 한다. 이번 메타로봇 탈취 사건과 관계가 있을 것 같다는 생각이 든다. 아무튼, 교수님을 빨리 만나 봐야겠다는 생각이 머릿속을 강하게 압박했다.

그렇게 집중의 강도가 세지고 있을 때쯤 큰 맥주잔이 내 앞에 텅 하며 세워지더니 맥주잔에 갇혀 버렸다. 그리고는 머리 위로 맥주가 쫄쫄 쏟아지고 맥주잔 안에 둥둥 떠 있었다. 어디에서 나타났는지 빨대 하나가 나타나 내 입에 물려 있었다. 영웅은 영상 안에 메시지를 보냈다.

"독일 하면 맥주지, 시원하게 한잔해."

영웅은 나름 스트레스를 받는 나를 위로하기 위해 가상모드 켜고 이 장면을 만들어 낸 거다.

"영웅아, 그렇게 옆에서 수사 방해하면 수갑 채워서 방에 가둔다."

말은 그렇게 했지만 지금 영웅이 없으면 임무 수행 자체가 힘들다. 영웅은 한번 봐 달라며 애교 표정을 지었다.

"야! 영웅 그런 표정 하지 마. 징그럽다. 하긴 시차 때문에 잠도 오지 않는데 맥주 한잔하면서 내일을 위해 잠을 청해 봐야겠다."
나의 몸은 어느새 냉장고를 향해 걸어가고 있었다. 냉장고에서 수제 맥주 한 병을 꺼내서 잔에 따라 베란다로 나갔다. 6월의 독일의 밤공기는 덥고 습했다. 동네는 몇몇 차 소리와 메타로봇 지나가는 소리만 들릴 뿐 조용했다. 맥주 한잔을 가볍게 마시고 두 잔을 더 마셨다. 술기운이 돌기 시작하자 침대에 누워 바빴던 하루를 잠깐 생각하고 내일을 위해 잠을 청했다.

솔림 일기

1장 ◆ 무균실

무대에서 쓰러진 지 사흘 만에 인공지능 캡슐에서 나왔다. 그리고 무균실로 옮겨졌다.

캡슐 안에서 깨어 있었던 기억은 거의 없다. 가끔 생각나는 건 몸이 아플 때마다 약을 투여받고 금방 잠이 들었다. 제니는 내 상태를 확인하기 위해 항상 옆에 있었다. 그래서 제니가 나를 부르는 소리도 좀 기억이 난다.

"솔림 괜찮아 정신이 좀 들어." 하며 걱정하는 목소리. 그리고 잠자는 동안 꿈을 많이 꾼 것 같다. 꿈속에서 느껴지는 감정들은 마치 다른 세상을 경험한 듯 낯설었지만, 그 속에서 느꼈던 감정들은 현실 속에서도 오랫동안 잔상으로 가슴속에 남아 있다.

내가 깨어났을 때 엄마는 내 다리를 붙잡고 울고 있었다.

순간 생각했다. '평생 침대에 누워 지내야 하는 건 아닐까?' 하며 걱정했다.

나는 다리에 감각이 있는 것을 느꼈다. 그 순간 나는 정말로 감사했다. 그리고 장난스럽게 엄마가 잡은 다리 반대쪽을 들어 올렸다. 엄마는 놀라며 내 얼굴을 봤다. 그리고 눈물을 멈추고 웃으면서 말했다.

"솔림이 괜찮아." 하며 나를 안아 주었다.

"솔림아, 네가 다시 일어날 수 없을까 봐 엄마는 걱정했어. 근데 이렇게 네가 엄마 앞에서 장난치면서 웃고 있으니, 엄마는 정말 고마워, 솔림아."

"엄마 집에 안 들어간 지 얼마나 되신 거예요. 옷에서 냄새가. 좀……." 엄마는 정말 냄새가 날 수 있다는 생각에 놀라며 "뭐, 정말 냄새나니." 하며 오른쪽 팔에 코를 대며 냄새를 맡았다.

"사실 며칠 집에 못 들어가고 저기 대기실에서 네가 깨어나기만 기다렸지. 이제 솔림이 얼굴 봤으니 집에 가서 샤워하고 한숨 자야겠다."

"그래요. 엄마 여기는 제니한테 맡겨 두고 집에 가서 좀 쉬세요."

엄마는 다시 나를 안아 주며 깨어나서 고맙다는 말을 했다. 그리고 기호 오빠가 왔다 간 사실을 알려 주었다.

"솔림아, 기호 오빠가 왔다 갔어. 부모님 댁에 갔다가 바로 왔다며, 오늘은 독일에 일이 있어서 며칠 뉴덴에 못 올 거라고 했어. 네가 깨어나는 걸 못 봐서 많이 아쉬워하더라고. 지금 당장 말고 괜찮을 때 기호 오빠한테 연락해 봐."

"예 엄마."라고 짧게 대답하고 다시 침대에 누웠다. 엄마도 병실에 오랫동안 머물지 못했다. 무균실 특성상 치료받고 퇴원할 때까지 가족들과 잠깐의 이별 시간을 갖는다. 오늘은 특별히 지정한 시간 동안 면회가 가능했다. 엄마는 제니만 남겨 놓고 손을 흔들며 뒤돌아 나갔다.

엄마는 대학 때 생물학을 전공하고 졸업 후 한국 우주국에 근무하다가 아빠와 결혼 후 나를 낳고 그만두었다고 한다. 아빠는 로봇 소모품 회사를 경영하고 엄마는 뉴덴 대학에 나가 생물학 관련 강의하며 학생들을 가르친다. 엄마는 나와 함께 과학박물관이나 천문대를 방문하는 것을 좋아한다. 나는 엄마의 영향으로 과학 분야에서 일하고 싶다는 꿈을 키워 나갔다. 하지만 지금은 현대무용에 관심이 많다.

대학 입학 전까지 엄마도 현대무용을 했다고 한다. 가끔 서재에서 파가니의 바이올린 연주가 들릴 때면 엄마가 춤을 추고 있구나라고 생각했다. 연주의 시작은 항상 똑같다. 삑 띠 띠디 띡 익 바이올린 줄이 뜯기듯한 고음에서 뭉툭한 낮은음으로 이어지는 바이올린 음은 좀 특이한 연주방법이다. 그날도 엄마는 서재에서 춤을 춘다. 몰래 엄마가 춤추는 모습을 보다가 엄마와 눈이 마주쳤다. 엄마는 조금 쑥스러웠는지 나를 보며 웃으며 말을 했다.

"우리 솔림이 거기 있었구나!"라고 말을 하고 계속 춤을 추었다. 춤추는 엄마를 보면서 궁금한 게 생겼다. 그래서 엄마한테 물었다.

"엄마, 엄마는 아빠랑 왜 결혼했어요." 엄마는 나를 응시하더니 크게 웃으면서 다시 춤을 추며 말을 했다.

"나중에 어른이 되어서 결혼할 남자가 생기면 말해 줄게." 엄마의 행복한 춤은 멈추지 않았다.

2장 ✦ 하얀 원피스

나는 3일 전에 무대 위에 있었다. 7살 때부터 엄마 손에 이끌려 현대무용을 시작했다. 이번 콩쿠르대회는 이번이 처음이다.

이번 콩쿠르 대회 주제는 전쟁이다. '전쟁' 정말 어려운 주제다. 전쟁에 대한 감정이 느껴지지 않는다. 그래서 부모님 서재에 가서 전쟁 관련 서적을 찾아보았다. 전쟁 관련 책 중에『하얀 원피스』가 눈에 띄었다. 120년 전에 있었던 한국전쟁 이야기다.

지금은 2035년 통일된 후 한국전쟁에 관해 관심이 없다. 역사 시간에 잠깐 언급되고 배울 정도라서 일반적으로 잘 모른다. 하지만『하얀 원피스』를 읽고 나서 한국전쟁에 대한 역사와 비극을 춤으로 표현하고 싶어졌다.

『하얀 원피스』는 평양의 한교회가 전쟁으로 인해 파괴되고 모든 교인이 비참하게 죽는 이야기이다. 이 이야기의 중심에는 12세 소녀가 주인공으로 등장한다.

1950년 6월 25일은 평양 인근 물 좋은 산자락에서 야외예배를 보기로 한 날이다. 소녀는 전날 잠을 잘 수가 없었다. 아빠가 사 준 하얀 원피스를 입고 야외예배에 간다는 설렘에 잠이 오지 않았다. 원피스는 처음 입어 보는 옷이라서 더 설렜다.

날이 밝아 오자 소녀는 원피스부터 챙겼다. 원피스를 입고 이리저리 서두르는 딸의 모습을 보고 아버지는 말을 했다.

"아직 이르다 좀 기다려 이 녀석아" 하고 웃으며 소녀의 얼굴을 보고 말을 했다.

"그리 좋으냐."

"예 좋아요. 아버지"라고 대답했다.

"아버지, 오빠는 오늘 안 와요."

"군 복무 중이라서 오고 싶어도 못 온단다."

"오빠한테도 하얀 원피스 입은 모습 보여 주고 싶었는데."

"휴가 나오면 그때 보여 주면 되지 이놈아."

"예"

아침 일찍 교인들은 하나둘씩 짝을 지어 야외예배 장소로 갔다.

예배 장소에 다다랐을 때쯤 목사님은 누구한테 연락을 받았다. 그리고 아주 어두운 표정으로 지금 남과 북이 전쟁 중이라고 했다. 전쟁이 빨리 끝나고 평화가 다시 오길 기도하자고 했다.

전쟁이라는 말에 예배는 점점 어두워지고 흐느끼며 우는 신도들도 있었다.

기도가 끝나고 신도 한 분이 앞에 놓인 풍금에 앉아 풍금을 켰다. 풍금 소리에 소녀는 앞으로 나가 춤을 추었다. 소녀의 몸짓에 나부끼는 원피스를 보며 신도들은 지금 전쟁 중이라는 것을 잊은 듯했다.

신도들은 하나둘씩 손뼉 치며 찬송가를 부르고 점점 예배는 밝은 모습으로 바뀌어 갔다.

한참 예배가 무르익을 때쯤 군인과 경찰들이 신도들 앞으로 다가왔다.

그리고 신도들을 하나둘씩 연행해 갔다.

소녀의 아버지가 연행될 때에는 소녀가 울면서 데리고 가지 말라고 떼를 써 보았지만, 군인들은 소녀를 저 멀리 내리치고 아버지를 연행해 갔다.

엎드려 울고 있는 소녀를 보고 아버지는 울부짖듯 말을 했다.

"걱정하지 말고 엄마랑 동생들 잘 보살피고 있어. 아빠 금방 갔다 올게. 울지 말고."
하지만 아버지는 이틀이 지나고 사흘이 지나도 오지 않았다.
그리고 군인들이 마을로 찾아와 교인들을 연행하기 시작했다.

예배당 안에는 총에 맞은 신도들 시체가 여기저기 쌓여 있었다. 소녀는 쌓여 있는 시체들 속에서 아버지를 발견하고 끌어안았다. 소녀는 울고 또 울었다. 소녀의 하얀 원피스는 붉은 핏빛으로 물들었다. 소녀는 울다가 일어나 무슨 생각을 했는지 야외예배 때 추었던 춤을 교회 안에서 추기 시작했다. 신도 한 분은 춤추는 소녀를 보고 눈물을 흘리며 풍금을 연주하기 시작했다. 그리고 교회 안은 누가 불을 질렀는지 순식간에 불길에 휩싸였다.

소설 마지막에 소녀의 오빠가 전쟁에서 돌아와 교회 앞에서 타다 남은 소녀의 하얀 원피스를 가슴에 부여안고 울면서 끝나는 아주 슬픈 이야기이다.

내가 이번 콩쿠르 대회에서 하얀 원피스를 입고 춤을 추는 소녀를 표현하고 싶었다. 그런데 소녀가 불타는 교회 안에서 마지막 춤을 추며 쓰러지는 동작에서 거짓말처럼 코피가 흐르고 정신을 잃었다.

내 병명은 급성 골수성 백혈병이다. 한 달 정도 치료만 잘 받으면 완치될 수 있다고 의사가 말을 했다.

3장 ◆ 병원 생활

내일은 머리를 깎고, 방사선 치료 전에 오른쪽 가슴 빗장뼈 아래에 튜브를 넣기 위한 수술을 먼저 한다고 했다. 끔찍하다. 내 몸에 구멍을 내서 튜브를 넣는다니. 생각만 해도 두렵고, 아플 것 같아 걱정이다. 한 달이면 끝난다. 한 달만 치료하면 다시 무대에서 춤을 출 수 있고, 일상생활을 할 수 있다고 다짐해 보지만, 걱정이 앞선다.

잘할 수 있을까? 잘 견딜 수 있을까? 이런 생각을 하고 있을 때, 제니가 나에게 기호 오빠한테서 온 영상을 보여 주었다. 영상은 오빠 방에서 보낸 것 같았다. 오빠는 휴가를 보내기 위해 나이로비에 있는 부모님 집에 방문했다. 부모님 집에서 아침부터 놀라운 일들이 많았다고 한다, 아침에 나뭇가지에 엎드려 먹이를 먹는 표범을 발견했다며 영상을 보냈다. 그 후에는 줄리아 언니를 만나 오랜만에 식사하고, 9월에 자신의 생일날 뉴덴에서 가족 모임을 계획하고 있다고 말했다.

기공식 때는 영웅을 닮은 가나 대통령의 메타로봇과 만나 사진을 찍었
고, 영웅과 함께 가나에 초대받았다고 이야기했다. 초원의 밤하늘을 보
여 주며 나와 함께 꼭 다시 오고 싶다는 메시지로 영상을 마무리했다. 나
는 기호 오빠에게 답장을 보내기 위해 침대에서 일어나 창가에 마련해 놓
은 테이블에 앉아, 건강해 보이려고 미소를 지었다.

"오빠, 내가 잠자는 동안 왔다 갔다면서요. 엄마한테서 들었어요. 오
빠, 솔림이 걱정해서 휴가 기간에도 쉬지 못하고 와 줘서 고마워요. 이제
이렇게 건강하니까 걱정하지 말고 독일에서 임무를 잘 수행하고 건강하
게 만나요. 그동안 솔림이도 잘 치료해서 퇴원할 테니까요. 알았지요, 오
빠."라고 메시지를 보냈다. 말 몇 마디 한 것만으로도 온몸이 피곤해져서
다시 침대에 누워 잠을 청했다.

'이렇게 자다가 내일 못 일어나는 건 아니겠지.' 하는 걱정이 들었다. 침
대 밑에서 제니는 내 마음을 아는 듯 걱정스러운 표정으로 나를 바라보았
다. 제니의 표정을 바라보며, 눈을 천천히 감았다. 그리고, 언제 깨어날지
모르는 깊은 잠에 빠졌다.

엄마 일기

1장 ◆ 무대

솔림이가 쓰러지고 병원에 입원한 지 삼 일째 되는 날이다. 그날 하얀 원피스를 입고 무대에 오른 솔림이는 열두 살 소녀의 감성을 잘 표현하면서도 부드럽게 솟아오르는 한 마리 나비처럼 동작 하나하나가 자연스러웠다. 그리고 마지막 장면은 감동적이었다.

눈물이 나는 것을 꾹꾹 참고 나도 모르게 자리에서 일어나 손뼉을 치고 말았다. 가족이기 때문에 좀 더 침착하고 조심했어야 했다. 인공지능 로봇 제니는 나를 보며 창피한 표정을 지었다. 나는 제니와 주위의 눈길을 아랑곳하지 않고 무대의 조명이 어두워질 때까지 흐르는 눈물을 조금씩 닦으며 손뼉을 계속 쳤다. 그런데 솔림이는 일어나지 않았다. 무대조명은 솔림을 계속 비추고 있었다.

홀로그램으로 만들어진 공연관계자는 응급사항을 알렸다. 제니는 병원 응급차가 지금 여기로 오고 있다고 했다. 무슨 일이 생긴 걸 알아차리고 솔림에게로 달려갔다.

이제 눈물은 감동의 눈물에서 놀라움과 슬픔의 눈물로 바뀌었다. 나는 울먹거리며 무대에 쓰러져 코피를 흘리고 있는 솔림을 흔들었다. 의식이 없었다.

제니가 솔림 옆에서 홀로그램으로 의사를 불렀다. 의사는 솔림의 맥박과 뇌파를 확인했다. 맥박은 조금씩 낮아지고 있지만, 위험한 상태는 아니라고 했다. 지금 의식은 없지만, 뇌파 상태는 괜찮다고 했다. 메타로봇 2대가 무대에 올라와 솔림을 응급 침대에 올리고 응급차에 실었다.

"제니 넌 솔림이랑 같이 가, 솔림이와 가면서 의사 선생이 진찰할 수 있도록 도와주고 난 실비아를 불러서 뒤따라갈 테니까." 나는 인공지능 자율로봇 차량 실비아를 급하게 불렀다.

"실비아, 현관 앞으로 빨리 와 줘." 현관에 먼저 도착한 실비아가 문을 열고 나를 태웠다.

"실비아 제니 연결해 줘."

"제니야 솔림 상태는 어때?" 제니는 솔림이 조금씩 의식이 돌아왔다고 했다.

"선생님, 솔림이 왜 그런 거죠?" 의사 선생님은 병원에서 다시 검사를 해 봐야 알겠지만, 급성 백혈병 같다고 했다. 지금은 의식이 조금씩 돌아오는 상태이고 환자의 안정을 위해 몇 가지 조치한 상태이기 때문에 수면 중이라고 했다.

"제니, 응급차 안을 보여 줘." 차 안 화면에 솔림이 누워 있는 모습이 들어왔다. 방금까지 무대 위에서 미소 지으며 나비처럼 훨훨 날아다니던 솔림이가 응급차에 누워 있는 모습을 보니 눈물이 흘렀다. 나는 두 손을 얼굴에 대고 계속 흐느꼈다. 요 며칠간 솔림이는 기운이 없어 보이고 지쳐 보였다. 워낙 성격이 밝은 편이라 잘 표현하지 않지만 지친 모습이 역력했다.

2장 ◆ 임신

솔림이가 이렇게 된 것은 모두 내 잘못인 것 같다. 솔림이를 임신하고 화성에 갔다 온 것을 후회하고 있다. 우주 방사능으로 인해 솔림이가 안 좋은 영향을 받았을까 봐 걱정이다. 하지만 그때는 이미 임신한 사실을 알면서 걱정보다는 화성에서 최초로 발견된 외계 생물체를 만날 수 있다는 기대감이 컸다. 그래서 4주간 훈련을 마치고 팀장을 찾아가 임신 사실을 알렸다. 그리고 화성에서 6개월간 임무 수행을 하고 돌아오고 싶다는 강한 의지를 내비쳤다. 처음에는 팀장은 반대했다. 하지만 팀장은 내 의지를 꺾을 수 없었다. 팀장은 나에게 제의를 했다.

"홍수연, 정말 화성에 가고 싶다면 나 말고 국장님을 설득해봐. 나도 중간에 팀원이 교체되는 걸 원치 않아. 내일 국장님하고 미팅 잡을 테니까 잘 설득해 봐."

국장님을 설득하기 위해서는 내가 말하는 것보다는 팀 의사인 한 선생님의 말이 더 설득력이 있다고 생각했다. 그래서 내일 국장님과의 미팅 때 임신 상태에서도 화성에서 임무를 수행하는 데 문제가 없다는 의사의 관점에서 국장님을 설득해 달라고 부탁하기 위해 한 선생을 찾아가 설득했다. 한 선생은 내 부탁을 들어주기로 했다.

나는 결국 국장을 설득했다. 그리고 화성 첫 탐사선에 몸을 실었다. 그 당시 무엇보다 걱정인 것은 태아의 아빠인 남자친구 나안에 대한 미안함이다.

3장 ◆ 몽구스

나안이를 처음 만난 건 메타버스 안에서이다. 메타버스 게임 '몽구스'에서 나안이는 족장의 아들로, 나는 대장장이 딸로 태어났다. 성장하면서 나안이는 구름을 타고 날아다니는 아이템을 가지게 되었으며, 나는 활을 쏘는 기술과 상대방 무기를 강화할 수 있는 연금술 아이템을 가지게 되었다.

게임 '몽구스'에서는 아이들로 태어나서 그들을 성장시키며, 마을을 지키는 전사로 키울 수 있다. 그리고 마을 일꾼으로 살 수도 있다. 성장한 전사들은 드래곤 마을을 공격해서 드래곤 알을 가지고 온다. 그리고 드래곤 알을 잘 키워서 드래곤을 한 마리 한 마리 늘리면 마을을 공격해 오는 적으로부터 방어할 수 있고 다른 마을을 공격해서 비옥한 땅을 얻을 수도 있다.

한 번은 드래곤 마을에 침입하여 드래곤의 알을 가져오기 위해 전쟁을 일으켰다. 그러나 불행히도 드래곤에게 붙잡혀 버렸다. 24시간 안에 탈출하지 못하면 내 아바타는 죽게 되고 마을에서 영영 사라지게 된다.

다시 게임을 하기 위해서는 다른 마을에 다시 태어나 아바타를 성장시켜야 하는 번거로움이 있다. 그냥 자포자기한 상태인데 어디에서 나타났는지 족장의 아들 나안이가 구름 타고 와서 철장 살을 부수고 있었다. 나는 반가움 반 걱정 반 나안이한테 소리쳤다.

"그러다 죽을 수 있어. 드래곤이 오기 전에 어서 도망가." 나안이는 내가 만들어 준 칼로 철장 살을 휘두르며 잡혀 있는 나를 바라보며 활짝 웃으며 말을 했다.

"걱정하지 마! 오늘은 혼자 안 갈 테니까." 그때는 나안이가 나한테 왜 이렇게까지 하는지 몰랐다. 그래서 물었다.

"왜 나한테 이렇게까지 하는데!" 하고 외쳤다. 내 말이 끝나자마자 나안이는 나를 보며 미소 짓는 얼굴로 말을 했다.

"이제 안심해, 내 손을 잡아 수연아." 나안이는 쇠창살을 뜯어내고 나에게 손을 내밀었다.

나안이는 나를 구름 위에 태우고 마을로 향했다. 드래곤 3마리가 우리를 뒤쫓고 있었다. 지금 이대로 마을에 가면 드래곤 공격으로 마을이 쑥대밭이 될 텐데 하고 걱정하고 있었다. 나안이는 내 손을 꼭 잡고 내가 걱정하는 마음을 아는지 구름 위에서 나에게 말을 했다.

"걱정하지 마! 수연아 마을 전사들이 만반의 준비를 하고 있으니까. 그리고 지난번 전쟁에서 드래곤 한 마리를 획득했잖아. 그 녀석 얼마나 성장이 빠른지 아마 지금쯤 싸울 준비가 되어 있을 거야." 우리는 마을 입구에 다다랐다. 우리 마을은 드래곤과 치열한 전투를 벌였다.

치열한 전투 끝에 드래곤 한 마리를 잡고 승리했다. 전사자는 없었지만 마을이 약간 손상을 입은 것으로 전쟁이 종료되었다. 이번 전투에서 우리는 드래곤 알을 더 많이 확보했다.

이제 우리는 어린 드래곤을 키우고, 그들이 성장할 때까지 지원할 것이다. 우리는 새로운 장소를 찾아가기 위해 준비해야 했다. 나안이는 내 손을 꼭 잡고 불타는 마을을 바라보았다. 그리고 우리는 서로 얼굴을 바라보며 전투로 얼룩진 얼굴을 바라보았다. 서로의 얼굴을 닦아 주면서 낄낄거리며 웃었다.

나를 위해 희생해 준 마을 사람들과 나안이에 고맙다는 말을 전하고 싶었다. 그리고 나안의 눈을 바라보며 말을 했다.

"나안아 오늘 고맙다. 우리 좀 있다 시내에서 보자." 나안이는 좋아서 어찌할 줄 몰랐다. 나안이의 그런 행동이 순수함으로 느껴져 좋았다. 그 후로도 우리는 만남을 계속 갖게 되었다.

4장 ◆ 프러포즈

우리가 만난 지 6개월이 되었을 때쯤에 나안이가 친구들 앞에서 프러포즈했다. 나는 나안이의 프러포즈를 받아들였다. 우리의 사랑은 계속되었고 결국 결혼 날짜를 정하게 되었다.

그리고 솔림이를 결혼 전에 임신한 사실을 알게 되었다. 이 사실을 나안이에게도 알리고 싶었다. 하지만 임신 사실을 모르고 지내던 어느 날 직장 팀장은 자기 방으로 나를 호출했다. 나만 호출된 게 아니라 팀원들 하나하나 불러 상담을 하는 듯했다. 그리고 팀장은 나에게 말을 했다.

"홍 주임 이번 화성 탐사 프로젝트에서 우리 팀이 가기로 했어. 별문제가 없다면 우리 팀원 전체가 한 명도 빠짐없이 갔으면 해. 우리 팀이 화성에 갈 수 있는 마지막 기회야.

이번에 화성에서 새로운 미생물이 발견되었다는 정보야. 홍 주임 우리

와 함께 화성에 가는 거지? 자세한 건 회의 때 국장님이 브리핑할 거야."
팀장은 다시 한번 물었다.

"홍 주임 화성에 가는 데 별문제 없는 거지?"

"예 그럼요. 문제없습니다. 내일 팀원들 회의 때 뵙겠습니다." 하고 팀
장 방을 나왔다.

다음 날 회의가 끝나고 차주부터 합숙 훈련이 시작된다고 했다. 화성으
로 떠나는 날짜는 4월 13일이다. 그리고 이번 임무는 대한연합국 단독 임
무이기 때문에 철저한 보안 유지를 당부했다. 그날 저녁 나안이를 만나
식사 자리에서 화성 탐사 계획에 관해 이야기했다. 그리고 결혼식은 화
성에 갔다 와서 하자고 했다.

"나안아. 우리 결혼식 화성 탐사 끝나고 와서 하자."

"지금 같아서는 탐사 전에 여러 사람 앞에서 축복을 받고 떠나도 괜찮
은 것 같은데 훈련 도중에 결혼식을 한다는 게 좀 부담스러워서 그래."

나안이는 잠시 밥을 먹는 것을 멈추고 의자 뒤로 몸을 기대며 내 눈을
바라보며 말을 한다.

"수연아 내 눈치 안 봐도 돼. 그리고 화성 탐사 갔다 와서 우리 결혼식

하자. 화성 탐사가 아니라 우주 끝까지 간다고 해도 너만 건강하게 돌아 온다면 난 기다릴 수 있어. 내 걱정하지 말고 갔다 와. 우주국에서 네가 얼마나 중요한 인물이면 같이 가자고 꼬시겠냐."

나안이의 익살스러운 말에 장단을 맞추며 대답한다.

"꼬시긴 누가 꼬셔. 나안이 너 정말…."

"그래도 나안아 미안해. 우리 결혼식 정말 중요한데 내 마음대로 결정 한 것 같아서 미안해 정말."

나안이는 내가 느끼는 미안함을 달래주기 위해 조용히 입 모양으로 "사 랑해, 수연아."라고 말했다. 그 순간, 몸 속에서 찌릿한 감정이 솟구쳐 올 랐다. 그래서 나도 조용히 입모양으로 "사랑해."라고 대답했다. 그럼에도 나안이에 대한 미안한 마음은 여전히 남아 있었다.

5장 ◆ 따뜻한 위로

대학 2학년부터 나를 쫓아다녔지만, 학업 때문에 눈길 한번 주지 않았 다. 그때는 남자를 사귀는 것보다. 미토콘드리아를 연구하는 게 더 재미 있었다. 화성 같은 토양에 미생물이 존재할 거라는 믿음 때문에 화성 지 질학에 관심이 많았던 대학 생활이었다.

지금 돌이켜 생각해 보면, 그 당시 차갑게 대했던 나안이에 대한 내 행동이 너무나도 후회스럽다. 나안이의 입장에서 보면, 나와 결혼하기 위해 그 많은 시간 동안 기다려 왔는데, 결혼식이 코앞인데도 화성 탐사를 위해 떠나겠다고 한 나의 말에 얼마나 가슴이 아팠을까. 그런 생각이 들면서 나의 행동이 얼마나 무책임했는지를 다시 한번 깨닫게 했다.

　또 마음이 아픈 건 임신 사실을 알았지만, 나안이에게 말하지 못했다. 나안이가 내 임신 사실을 알게 되면 화성 탐사를 할 수 없게 설득했을지도 모르겠다는 생각이었다. 그래서 임신 사실을 숨기고 화성 탐사선에 탑승했다. 그때는 화성에 가야 한다는 강한 결심과 고집이 있었던 것 같다.

　솔림이를 임신한 채로 화성 탐사 임무를 수행하면서, 8개월이라는 시간이 흘렀다. 지구에서 화성까지 가는 데 한 달, 화성에서의 임무 수행에 6개월, 그리고 다시 지구로 복귀하는 데 한 달이 걸렸다. 배가 점점 불러오면서, 임무 수행보다는 아이의 걱정이 앞섰다.

　그럴 때마다 후회의 감정이 강하게 밀려왔다. 나안이와 아이를 위해 먼저 생각하지 못한 내 자신이 후회스러웠다, 그로 인해 나안이가 받은 상처가 얼마나 클지 상상하니 가슴이 아팠다. 내 이기적인 결정 때문에 나안이가 얼마나 고통스러웠을지, 그리고 아직 태어나지 않은 아이가 어떤 미래를 맞이하게 될지 모르는 두려움이 밀려왔다. 이런 생각을 할 때마다 내 마음은 미안함과 후회로 가득 찼다.

그러나 이미 일어난 일에 대한 후회는 아무런 소용이 없었다. 그저 나 안이와 아이에게 미안함을 느끼며, 이제라도 그들을 위해 최선을 다하려고 결심했다. 아직 늦지 않았다는 생각을 하고, 나는 그들에게 보여 줄 수 있는 사랑과 보호를 준비하겠다는 다짐을 했다.

탐사선이 지구에 내리고 버스가 한 대 왔다. 버스에 올라타면서 배를 어루만지며 말했다.

"아가야 이제 집에 왔어! 안심해도 돼."

그동안 배 속의 아기를 우주에서 고생시킨 것 같아서 미안한 마음에 눈물이 쏟아졌다. 버스가 멈추고 대원들이 하나둘씩 내렸다. 가족들과 포옹하는 장면들이 보인다.

나는 내릴 수 없었다. 배가 불러진 나를 보고 기자들이 몰려들어 이목이 쏠릴 것을 두려워했다. 팀장님은 그런 나의 마음을 알아채고 구급차를 준비하게 했다. 그리고 나안이가 버스에 탔다.

나안이를 보는 순간, 더욱 눈물이 나왔다. 내 욕심 때문에 배 속의 아기와 나안이에게 가한 상처를 생각하니, 미안한 마음만 가득했다. 나안이는 울고 있는 나를 아무 말 없이 안아 주었다. 그의 품에서는 따뜻한 위로가 느껴졌다. 그는 나에게 사랑의 의미를, 위로의 의미를 알려 주었다.

그 순간, 나안이를 처음으로 남자로서, 그리고 아이의 아빠로서 느꼈다. 그의 품에서는 나를 보호해 주는 사랑과 따뜻함을 느꼈고, 그를 통해 나의 잘못을 용서받을 수 있을 것 같은 희망을 느꼈다. 그 순간부터 나안이는 단지 사랑하는 사람이 아니라, 나와 아이를 위해 함께 힘을 내주는 파트너로 느껴졌다.

6장 ◆ 가족

이제 내가 하는 일과 욕심을 모두 내려놓고 나를 진정 위로해 주는 남자와 아이를 위해 행복한 가정을 이루고 살고 싶었다. 그래서 지구로 복귀한 다음 날 사표를 내고 2주 후 행복한 결혼식을 올렸다. 그리고 4주 후 이쁜 딸이 태어났다.

나안이는 우리 딸 이름을 지었다며 너무 행복한 얼굴로 나에게 말을 했다. "수연아 우리 딸 이름 솔림 어때? 김솔림."

"솔림, 푸른 소나무 숲이라는 뜻이잖아. 나안아 너무 이쁜 이름인데." 솔림이는 그렇게 우리 부부에게 기쁨과 행복을 주면서 태어났다.

그렇게 솔림이는 내 걱정과 염려를 무색하게 이쁘고 건강하게 자라나 주었다.

그런데 솔림이가 다섯 살 되던 해 여름날 우리 가족은 모처럼 뉴덴 시를 떠나 캠핑하러 갔다. 그런데 캠핑 다음 날 아침 일어나 보니 벌레에 물렸는지 솔림이 오른쪽 볼이 벌겋게 달아올라 있었다. 우리 부부는 급하게 캠핑을 접고 솔림이를 병원에 데리고 갔다.

나안이는 병원에 도착하자마자 의사 선생님께

"무슨 벌레인지는 모르겠지만 이렇게 부어 있는 건 처음 보네요. 의사 선생님."

"선생님, 치료는 가능하겠죠?" 솔림이를 진찰하던 의사는 말을 했다.

"글쎄요. 벌레는 벌레인데 모기한테 물린 것 같네요."

"예? 모기요?" 우리 부부는 너무 놀라 동시에 대답했다. 그리고 동시에

"모기 물린 상처치곤 너무 큰 거 아닌가요?"라고 의사 선생님께 물었다. 의사 선생님은 솔림이 얼굴을 보시더니

"스키더 증후군(Skeeter Syndrome)이네요. 모기침 때문에 발생하는 국소 피부 염증입니다. 면역력이 약한 어린아이에게 간혹 나타나는 현상이기 때문에 별 걱정 안 하셔도 됩니다. 좋은 치료 약도 많고요. 하지만 아직 예방백신은 없으니까 여름철에는 모기에 물리지 않도록 조심해야 할 겁니다."

그래서 우리 부부는 여름철만 되면 모기와의 전쟁을 벌였다. 집도 3층 빌라 주택에서 18층 아파트로 이사를 했다. 솔림이는 여름철 내내 학교

수업 이외에는 집에만 있게 되었다.

어느 날 집에서 놀던 솔림이가 잠들어 있는 모습을 보게 되었다. 잠시 멍하니 솔림이 얼굴을 보고 있는데 뒤에서 솔림이 아빠가 나의 어깨를 톡 톡 치며 말을 건넨다.

"수연아 네 책임 아니야. 솔림이게 문제가 있다면 절반은 나한테 있는 거야."

"우리 딸 솔림이 건강하고 밝게 잘 클 거야. 작년 여름에 모기 물렸을 때도 웃는 거 봤지? 다른 아이 같으면 아프다고 울고 했을 텐데 솔림이는 밝게 웃으면서 '괜찮아요.'라고 말을 하잖아. 수연아 솔림이 우리 딸이야 우리의 바람대로 잘 클 테니까 너무 걱정하지마."

7장 ◆ 솔림이의 꿈

삼일 전 무대에서 쓰러지기 전까지만 해도, 솔림이는 정말로 엄마 아빠 에게 큰 기쁨을 주면서 밝게 잘 자라고 있었다. 그러나 그날 아침, 솔림 이가 침대에서 코피를 흘리고 있었다. 손수건으로 솔림이의 얼굴을 닦아 주면서 불안한 마음이 들었다.

"솔림아, 괜찮아?"라며 말을 건넸다. 솔림이의 작은 얼굴에선 아픔이 묻 어 나왔고, 솔림이의 모습을 보며 나의 마음은 더욱 걱정스러워졌다.

그리고 걱정하는 마음으로 솔림에게 말을 했다.

"솔림아, 오늘 콩쿠르 대회에 꼭 나가야 하니? 요 며칠 안색도 안 좋아 보이고, 피곤해 보이던데. 괜찮은 거야?"

나의 걱정에 솔림이는 반응하듯 웃으며 나를 바라보았다.
"엄마, 괜찮아요. 콩쿠르 대회가 처음이라서 좀 긴장해서 그런 거예요. 그리고 얼마나 많이 준비했는데, 지금 와서 포기하면 안 되잖아요." 솔림이는 피곤한 모습을 감추기 위해 애써 미소를 지으며 자신감 넘치게 말했다.

나의 마음은 여전히 솔림이를 걱정했다. 하지만 나는 그날 솔림이의 결정을 진심으로 존중해 주고 싶었다. 나는 솔림에게 격려하는 말을 건넸다.
"그럼, 엄마가 응원할게. 너무 힘들면 하지 말고, 네가 할 수 있는 최선을 다하면 돼. 알았지?"

"걱정하지 마세요. 홍 여사님. 믿음을 가지세요."라고 말하며 내 엉덩이를 토닥토닥 때리며 나를 안심시켰다.

지금 누워 있는 솔림이를 보며 미안한 마음에 한쪽 다리를 잡고 울었다. 그런데 갑자기 솔림의 다른 쪽 다리가 올라가더니 무용을 하듯 서서히 내려오고 있었다. 나는 흘리던 눈물을 잠시 멈추고 깨어 있는 솔림의 얼굴을 바라보았다. 그리고 우리 딸 솔림이를 안아 주며 말을 했다.

"솔림아 괜찮아? 아빠는 며칠 후면 오실 거야. 조금만 참아. 엄마가 항상 옆에 있을게." 하며 등을 두드려 주었다.

내 품 안에 있는 솔림이를 보며, 솔림이가 밝고 건강한 모습으로 일어나 다시 무대에 서는 모습을 상상해 본다.

기호 일기

1장 ◆ 드레스덴

아침에 소변이 꽉 찬 느낌에 일어나 화장실부터 달려갔다. 어제 먹은 맥주 때문인 것 같았다. 그래도 늦잠을 자지 않아 다행이다. 나는 샤워를 하고 영웅이 차려 준 아침 식사를 했다. 간편식 야채수프에 버터가 발린 바게트를 먹었다. 아침을 먹고 영웅은 경찰정복을 입었다. 영웅이 입은 경찰정복은 경찰 메타로봇들을 위해 제작된 옷이다. 재질은 탄소와 섬유로 만들어졌다. 색상은 남색에 진한 갈색 줄무늬가 라인을 따라 이어져 있다. 나는 청바지에 딱 달라붙는 남색 반소매 티셔츠를 입었다.

방금 드레스덴 경찰청에서 보내 준 차량이 왔다고 연락이 왔다. 여기서 드레스덴 경찰청까지는 30분 정도 걸린다. 경찰청으로 가면서, 오늘 만날 형사 필립에 대한 파일을 살펴봤다. 필립은 독일 출신으로 포르투갈 혈통을 가지고 있다. 그는 30대 중반이며, 두 명의 딸을 둔 아버지이다.

드레스덴의 아침 거리는 뉴덴과 마찬가지로 한산했다. 가끔 지나가는 메타로봇을 실은 자율 버스만이 도로를 가로지르며 지나갔다.

도심 공원을 지날 때 쯤, 공원에 사람들과 메타로봇들이 나와 운동하는 모습이 보였다.

드레스덴은 공원과 녹지가 잘 조성된 도시인 것 같았다. 도로를 따라 자라난 나무들은 햇볕을 가려 주기에 충분할 정도로 무성했다. 그런 나무들이 많아 도시 곳곳에 녹색 숲이 가득하다는 것을 알게 되었다. 울창한 나무숲을 지날 때마다, 자연의 향기와 푸릇푸릇한 공기에 오싹한 기분까지 느껴졌다.

나무들 사이로 비치는 햇빛, 새소리, 그리고 공원에서 운동하는 사람들의 웃음소리가 들려오면서, 드레스덴의 아침은 평화롭고 아름다웠다. 자연의 촉감과 도시의 생동감이 어우러진 풍경이었다. 그런 아름다운 아침 풍경을 보며 나는 생각했다. '드레스덴은 정말로 사람들이 살기 좋은 도시다.'라는 생각이 들었다. 어젯밤에는 알지 못했던 드레스덴의 새로운 모습을 보게 되어 흥미로웠다.

자율주행한 지 십여 분 지났을 때쯤 드레스덴 광장에 도착했다. 광장 분수대를 지나 서쪽으로 화려한 건물들이 많이 있는 곳으로 향했다. 그 중에서도 단연 돋보이는 곳은 드레스덴 쇼핑센터다. 원형 반죽을 층층이 쌓아 올린 듯한 건물은 화려한 네온사인과 홀로그램으로 거리를 매료시킨다. 몇몇 메타로봇들은 가슴에 파랑 불을 켜고 화려한 패션을 뽐내듯 매력적이면서도 세련된 모습으로 쇼핑센터를 오고 갔다. 아마도 여자들이 이입된 메타로봇인 것 같았다.

'유럽 메타로봇은 패션에 신경을 많이 쓰는군.' 생각하고 경찰정복을 입고 있는 영웅을 봤다. 영웅은 역시 경찰정복을 입었을 때가 제일 멋있는 것 같았다. 도심으로 갈수록 사람보다는 메타로봇들이 눈에 띄게 많았다. 몇몇 건물을 지나고 드디어 경찰청에 도착했다.

2장 ◆ 필립 형사

경찰청에 도착한 우리는 3층 수사국으로 갔다. 수사국 회의실에서 필립 형사를 기다렸다. 기다린 지 몇 분 되지 않아, 문이 열리고 필립 형사가 이입된 메타로봇 배아쉔이 들어왔다. 배아쉔은 야생곰을 뜻하는 독일어다. 배아쉔 메타로봇은 곰처럼 덩치가 큰 편이다. 팔과 다리가 사람의 근육처럼 둥근 볼륨이 있었다. 특이하게 다리 가운데에 바퀴가 있었다. 이 바퀴는 이족 보행을 하다가도 바퀴를 사용해 빠르게 이동할 수 있다.

얼굴은 모서리가 둥근 직사각형이고 안면부에 있는 카메라가 위쪽에 두 개, 아래쪽에 두 개 총 네 개가 부착된 좀 특이한 로봇이다. 키는 영웅보다 작은 165센티 정도 되어 보였다.

배아쉔은 의자에 앉아 있는 나한테 와서 반갑게 악수를 하고, 영웅에게 다가가 어깨를 부딪치며 친근감을 보였다. 영웅은 배아쉔의 행동이 부담스러운지 부딪힌 어깨를 오른쪽 팔로 쓰다듬으며 좀 쑥스러워했다.

필립 형사는 맞은편에 앉아 지금까지의 수사 진행 과정을 차분하게 설명해 주었다. 그의 말에 따르면, 사건은 복잡하고 다양한 요소들이 얽혀 있었다. 그는 메타 원으로 영상과 사진을 보여 주면서 상황을 자세히 설명했다.

그중에서도 특히 눈에 띄는 것은 메타로봇이 자의적으로 걸어서 제조 업체를 빠져나갔다는 사실이었다. 이는 메타로봇의 기능과 원칙에 어긋나는 행동이었다. 무엇보다 그것이 가능하다는 사실 자체가 나를 놀라게 했다.

"형사님, 메타로봇이 어떻게 자의적으로 움직일 수 있었나요? 이것은 프로그래밍 된 행동이 아닌가요?" 나는 물었다.

필립 형사는 잠시 후 영상 하나를 메타 원으로 보내며 말했다.
"지금 저들의 행동은 프로그래밍 된 자의적인 행동인지 아닌지는 아직 알 수 없습니다. 탈출 하루 전 메타로봇 주인으로부터 인포딩 사실을 확인했으니까요."
"인포딩 된 메타로봇이 움직였다면 이건 계획적인 사건 아닌가요? 메타로봇 주인을 찾아가 확인하면 될 것 같은데요."
필립 형사는 잠시 생각에 잠기더니, "그게, 사실 탈취된 메타로봇을 신고 한 사람이 메타로봇 주인입니다."
"예? 메타로봇 주인이 신고했다고요? 그럼 자의적으로 움직였다는 건데 이건 정말 큰 사건인데요."

"그건 아직 확실하게 알 수 없습니다. 하지만 우리는 그것을 파악하기 위해 끊임없이 조사하고 있습니다."라고 필립 형사가 대답했다.

그의 말을 듣고 나는 더욱 의아해했다. 메타로봇이 자의적으로 움직일 수 있는 세상이 도래했다면, 그것은 어떤 의미를 가질지, 그리고 그로 인해 어떤 변화가 우리 사회에 찾아올지 상상할 수 없었다.

메타로봇은 자의적으로 움직일 수 있는 인공지능 로봇이 아니다. 메타로봇이 움직일 수 있는 '생명'을 부여받기 위해서는 메타로봇 면허가 있는 사람으로부터 '인포딩(사람의 뇌를 복사해서 메타로봇 인공 두피에 새기는 과정)'을 받아야 한다는 것이 공식적인 원칙이다. 인포딩을 받은 메타로봇은 사람의 뇌 지도가 신분 코드로 작성되어 메타로봇의 왼쪽 가슴에 새겨진다. 이것은 메타로봇을 확인할 수 있는 신분증과도 같은 역할을 한다.

"형사님 그럼 메타로봇을 주문한 사람은 만나 봤습니까?"

"예. 메타로봇이 탈취되던 그날 우리는 주문한 사람의 신원을 확보했습니다. 슈로 잘 리 12번가에 사는 17세 남학생입니다. 이름은 프린츠입니다. 부모님은 두 분 다 계십니다. 아버지는 우리 경찰청 수사국 국장인 빌헬름 국장입니다. 어머니는 드레스덴 생물학 교수로 재직 중인 한나 교수입니다. 빌헬름 국장은 현재 정직 상태입니다. 수사가 마무리되는 대로 복직할 예정입니다."

"그래도 국장님한테 정직 처분을 내린 건 좀 심한 거 아닌가요?"

"그냥 수사상 관례로 보시면 됩니다."

"그럼 지금 국장 자리는 공석인가요?"

"아니요. 국장님을 대신해 부국장이 수사지휘를 하고 있습니다."

"프린츠 학생은 아직 수사 중인가요?"

"예. 어제까지 수사국에서 조사를 받고 지금은 집에서 쉬고 있는 걸로 알고 있습니다. 그리고 이건 그 학생의 진술서입니다." 하고 영웅한테 진술서를 보냈다.

"기호 요원님 이번 수사에 관해 물어볼 게 더 있습니까?"

"아니요. 형사님 학생의 진술서를 보고 궁금한 게 있으면 다시 찾아오겠습니다."

"그렇게 하시지요." 하고 배아쉔 메타로봇이 일어나려고 하는 순간 아까 본 영상이 생각이 났다.
"형사님, 아까 본 영상에서 메타로봇이 제조 공장을 나선 모습을 봤을 때, 완전한 형태를 갖춘 모습이 아니었습니다. 그렇다면 그 메타로봇은 제조 공장이 아닌 밖에서 개조될 가능성이 크지 않을까요? 사람들 눈에 띄지 않고 돌아다닐 수 있으려면 그럴 수밖에 없을 것 같습니다."

그렇게 말하고 나는 필립 형사를 바라보았다. 나는 마음속으로 이 사건이 점점 더 복잡해지고 있는 것을 느꼈다. 하지만 나는 확신했다. 이러한 복잡함 속에서도 진실은 반드시 밝혀지리라는 것을 알고 있다.

필립 형사는 고개를 끄덕이며 대답했다.

"그럴 가능성이 큽니다. 불법으로 개조된 메타로봇들의 흔적을 찾다 보면 탈취된 메타로봇을 누가 개조했는지 밝혀지겠죠."

"지금까지 밝혀진 사실은 없나요? 메타로봇을 불법으로 개조하는 일은 다들 쉬쉬하고 있지만 다 아는 사실입니다."

"안 그래도 지금 현재 불법 개조 공장이 두 곳을 수사하고 있습니다. 한 곳은 대학생들이 취미로 돈을 받으며 불법 개조를 하는 곳이고요. 또 다른 한 곳은 합법적인 공장이지만 불법 활동을 하는 곳이었습니다. 사장은 이 사실을 전혀 모르고 있더라고요. 직원들끼리 밤에 몰래 작업을 한 것 같습니다. 그리고 더는 말씀드릴 수는 없습니다. 아직 수사 중이고, 너무 불법적인 내용을 언급하다 보면 문제가 과장되어 부정적인 인식을 받을 수 있습니다. 국제적으로 비난받을 가능성이 큽니다. 저 또한 경찰청 수사국에서 지휘를 받는 수사국의 일개 형사이지만 드레스덴 시민입니다. 그리고 가족들도 있고요."

"예, 무슨 말인지 알겠습니다. 일단 오늘은 프린츠 학생의 진술서를 중심으로 뉴덴 메타로봇 경찰국에 보고서를 올리겠습니다." 필립 형사는 만족한다는 듯 웃으며 악수를 했다.

3장 ◆ 진술서

나는 자리에서 일어나 수사국을 나왔다. 지하에 주차해 놓은 자율운행 자동차를 수사국 입구로 호출했다.

도착한 차를 영웅과 함께 타고 드레스덴 대학 도서관으로 향했다. 조용식 물리학 교수를 만나기 위해서다.

교수님을 만나기 전에 도서관에서 프린츠 학생 진술서를 살펴보고 유다 부국장에게 수사보고서를 올릴 생각이다.

대학 도서관은 다행히도 학생들이 많지 않았다. 한적한 곳에 영웅과 함께 자리를 잡고 프린츠 학생의 진술 영상을 메타 원을 통해 살펴보았다. 영상에 보이는 학생은 키가 크고 마른 편이고 곱슬머리에 얼굴엔 주근깨가 가득했다. 표정은 약간 긴장한 듯 두리번거렸지만 억울하고 분한 표정이 역력했다.

수사관이 메타로봇을 두 대나 산 이유에 대한 질문에 학생은 아주 명확하게 이야기했다.

그는 한 대의 메타로봇은 친구처럼 자신과 함께 운동하고 공부하면서, 자신이 더 잘할 수 있는 능력을 발휘할 수 있게 도와주는 역할을 한다고 말했다. 그리고 다른 한 대의 메타로봇은 우주로 보내 우주 건설현장에서 일하도록 사용할 목적이었다고 했다.

두 대의 메타로봇을 동시에 운영하기 위해서는 서버로봇이 필요하다. 그래서 그는 메타로빅 회사의 RV430 모델의 서버로봇을 주문했다고 밝혔다.

진술 영상을 보면서 나는 한 가지 문제점을 발견했다. 프린츠 학생은 메타로봇과의 인포딩 과정에서 비대면 접촉을 선택하고, 이를 위해 사크룸이라는 양자통신 장비를 사용했다고 했다.

뉴덴 시에서는 보안 문제로 인해 당국이 지정한 장소에서만 인포딩을 진행하도록 정해져 있지만, 드레스덴 시에서는 특정 상황에 따라 메타 원을 사용한 비대면 인포딩을 허용하고 있다. 이 부분이 이 사건의 핵심인 것 같다.

그리고 학생은 인포딩에 사용했던 사크룸을 분실했다고 말했다. 사실 사크룸 분실은 자주 있는 일이다. 하지만 이번 사건은 다르다는 느낌이

들었다. 불법적인 침투 흔적 없이 메타로봇 두 대가 사라진 것, 그리고 인 포딩에 사용했던 사크룸 역시 분실된 것이다. 이 두 가지 상황을 겹쳐 보 니, 사크룸이 이번 사건의 원인일 가능성이 커 보였다.

4장 ◆ 조용식 교수

오전에 조용식 교수와 연락을 취할 수 있었다. 다행히 교수는 오늘 수 업이 없어서 교수실에 있겠다고 했다. 그래서 나는 영웅과 함께 메타 원 을 켜고, 메타 원의 안내에 따라 교수실로 이동했다.

교수실로 가는 길, 나는 내가 조용식 교수에게 물어볼 질문들을 머릿속 에서 정리했다. 사크룸의 분실과 메타로봇의 사라짐, 그리고 이 모든 것 이 어떻게 연결되어 있는지. 이 모든 것에 대한 답을 찾기 위해, 나는 교 수를 만나야 했다.

이렇게 생각하며, 나는 영웅과 함께 교수실로 향했다.

영웅과 함께 대학 캠퍼스를 걸으며 학생들을 봤다. 예전에 뉴덴 경찰대 학에서 공부했던 때가 떠올랐다. 가끔 지나가는 학생이 영웅을 보고 귀 엽다는 말을 할 때마다. 영웅은 쑥스러운지 자꾸 내 옆에 다가와 밀치듯 붙었다.

"영웅아 밀지 마라. 형 지금 힘들다. 날씨는 덥고 교수님 계시는 곳은 왜 이렇게 머냐."

교수동 입구에 다다랐을 때 안내 로봇이 나와 우리를 안내했다. 로봇은 교수실 앞까지 안내를 하고 어디론가 사라져 버렸다. 우리가 올 줄 알았는지 인증도 하지 않았는데 자동문이 스르륵 열렸다.

교수는 우리가 온 것을 아는지, 모르는지, 유리관에서 뭔가를 열심히 관찰하며 미소 짓고 있었다. 잠시 후 교수는 우리를 불렀다.

"기호 군 잠시 이쪽으로 와 보게." 교수는 우리를 보지도 않고 유리관을 보며 말했다.

"안녕하세요, 교수님. 유다 부국장님 만나 보라고 해서……."

"기호 군 인사는 나중에 하고 여기로 와 보게." 나는 말을 잇지 못하고 교수가 있는 곳으로 갔다. 교수가 보고 있는 것은 유리관 안의 개미집이었다. 교수는 가지고 있던 빵 부스러기를 개미들에게 던져 주며 모여드는 개미를 보며 흐뭇하게 미소 짓고 있었다.

교수는 여전히 개미에게 눈을 떼지 못하고 나에게 말을 걸었다.

"개미를 이렇게 보고 있으면, 참 신기해."

"뭐가요. 교수님."

"개미는 사람처럼 생각하는 뇌가 없다는데도 식량을 인식하고 모여드니 말이야."

"예, 생각해 보니까 그러네요. 우리 인간들은 눈, 코, 입, 귀라는 감각 기관들이 있어서 보고 듣고 맛보고 냄새를 맡으며 생각하고 뇌에서 판단할 수 있는데 개미는 그런 것도 없이 더듬이 하나 가지고 감각적으로 움직인다는 것이 참 신기하네요."

교수님은 이제야 나를 보며 만족한다는 듯 웃음 지으며 말을 했다.

"그래서 이번에 나도 개미가 한번 되어 보려고 연구하고 있네. 2차원 세계 개미를 한번 경험해 보려고. 아마 재미있는 경험이 될걸세."

"교수님은 물리학 교수인데 개미에 관심이 많으시네요."

"아니 그건 아니고 개미에 관심이 있는 게 아니고 2차원 세계 개미에 관심이 많은 거지."

교수는 다시 개미들을 바라보며 생각에 잠긴 듯 말을 했다. "언젠가 신이 우리 차원으로 내려와 인간의 생활을 경험했던 것처럼 나도 메타 개미 로봇을 개발해서 2차원 개미 생활을 한번 경험 해 보고 싶다는 생각이 들더군." 교수는 마치 개미의 신이 된 듯 핀셋으로 개미를 요리조리 만지며 말을 했다. 그리고 교수는 무슨 생각이 났는지 우리를 보며 반갑게 입을 열었다.

"오, 기호 군. 그런데 무슨 일로 나를 찾아왔나. 유다 부국장으로부터 자네가 찾아온다는 말은 들었네. 구체적인 이야기는 하지 않더군."

"아 예, 교수님 이번 메타로봇 탈취 사건으로 유다 부국장님이 교수님을 찾아가서 조언을 구하라고 해서 왔습니다."

"아! 그렇군. 그렇다면 이번 메타로봇 탈취 사건 대한 수사자료는 자세히 살펴보고 왔겠지 기호 군."

"예, 안 그래도 오늘 수사국에 들러 메타로봇의 주인이자 피해자인 프린츠 학생에 대한 진술서를 보고 오는 중입니다." 교수는 자신의 책상에 앉아 담배 파이프에 불을 붙이고 고개를 끄덕였다.

"이번 사건의 본질이 무엇이라고 생각하는가? 기호 군." 뜻밖의 질문이었다. 이번 사건의 본질을 다 캐고 있다는 듯한 표정을 짓고 있었다. 나는 최대한 침착하게 말을 이어 갔다.

"이번 사건의 본질은 드레스덴 시만 가지고 있는 메타로봇 시스템의 허점을 노리고 벌어진 일이라고 생각합니다."

"맞아. 그거야. 기호 군. 지금 말한 그 점이 이번 사건의 핵심이야. 비인가 로봇들은 오래전부터 메타로봇 시스템에 침투하기 위해 노력해 왔더군. 그리고 그들은 마침내 드레스덴을 선택한 거지." 교수는 두 손을 불끈 쥐며 갑자기 일어났다. 그리고 교수실에 아담하게 차려 놓은 다과실로 가며 말했다.

"기호 군 오늘 신선한 커피 원두가 왔다네. 커피 한잔하겠나. 시원한 아이스로 말이야." 나는 목이 좀 말랐는데 잘됐다 싶었다.

"에 좋습니다. 교수님." 커피는 진한 향을 풍기며 시원한 얼음에 녹아내려, 마치 내 머리를 각성시키는 듯 번쩍였다.

"교수님 너무 맛있어요." 교수는 뿌듯한 표정으로 웃으며 자랑하듯 말을 했다.

"기호 군 오늘 마신 커피는 말이야. 에디오피아 사는 친구가 특별히 보내 준 원두네. 지난번 에디오피아 갔을 때 원두에 관한 지식을 좀 나누어 주었지. 그 뒤로 수출도 잘되고 이렇게 가끔 나에게도 보내 주고 있다네. 나는 그저 마셔 보고 괜찮은 원두인지 아닌지만 평가해 주면 되는 일이지. 그게 바로 누이 좋고 매부 좋은 거 아닌가." 교수는 자기 일이 만족스러운 듯 웃으며 이야기를 했다. 나는 커피를 마시며 생각했다.

'이번 드레스덴 시의 실수는 비대면으로 인포딩을 허가한 당국의 실수에 있다. 지금까지 완벽하게 돌아가던 메타로봇 시스템이 당국의 잘못된 정책으로 허점을 보인 건 사실이야. 그런데 이런 문제가 발생할 것을 알면서도 드레스덴 인공지능 시스템은 경고를 울리지 않고 그냥 관찰만 했을까?'

아마 사크룸을 믿었을 것 같다. 양자통신 사크룸이 해킹될 거라고 생각은 못 했던 것 같다. 하지만 결과적으로 사크룸이 해킹당하고 그로 인해 메타로봇 두 대가 탈취당했다. 나는 이건 드레스덴 인공지능 시스템의 완벽한 실수라고 결론 내렸다.

"뭘 그렇게 골똘하게 생각하나 기호 군."

"교수님, 제 생각에는 사크룸을 해킹해서 프린츠 학생의 인포딩 한 뇌를 복제한 것 같은데 그게 가능한가요?" 교수는 물고 있던 담배 파이프를 재털이에 털었다. 그리고 앞에 있던 아이스 커피를 한잔 마시며 내 물음에 대답했다.

"사크룸을 해킹한다는 것은 여간 어려운 일이 아니야. 아마 한 인간의 일생을 다 바쳐야지만 될까 말까 한 일이야. 그리고 이번 사건의 문제는 인포딩 한 뇌를 비인가 로봇이 복제했다는 데 문제가 있다네. 그래서 더더욱 사크룸을 해킹하기 위해서는 다른 방법을 찾을 수밖에 없다는 결론을 내렸네." 교수는 잠시 생각하는 듯 말을 멈추고 다시 말을 이어 나갔다.

"그 학생이 사크룸을 두 번 잃어버리지 않았나 싶은데. 내 추측이 맞다면 말이야. 한 번은 인포딩하기 전에 사크룸을 가져와 해킹을 도와줄 수 있는 조치를 취하지 않았나 싶네. 그리고 인포딩 후 사크룸을 다시 가져와 해킹했다면 아주 완벽하지. 아주 아날로그적인 방식이야." 나는 프린츠 학생의 진술서를 꺼내 다시 읽어 보고 교수에게 질문했다.

"그 학생의 진술서를 보면 인포딩이 끝난 후 사크룸을 분실했다고 하더군요. 교수님 말씀대로라면 그전에 한 번 더 분실할 가능성이 있다는 건가요?"

"맞아 내 결론은 그거야." 교수는 상기된 얼굴로 책상에서 무언가를 꺼냈다.

"이걸 보게 기호 군 이게 뭐라고 생각하나." 교수는 눈으로 보기에도 아주 작은 칩 두 개를 꺼냈다.

"글쎄요. 너무 작아서 무슨 용도로 사용되는지 잘 모르겠는데요."

나는 이 칩이 이번 사건과 무슨 관계가 있는 거지 하며 생각했다. 순간 머릿속에 떠오르는 게 있었다.

"이걸 가지고 사크룸을 해킹했던 거죠? 교수님."

"오 이제야 사건의 본질에 조금씩 다가가는군." 교수는 학생을 가르치

듯 진지한 표정으로 이번 사건의 수수께끼를 풀어 나갔다.

그리고 핀셋으로 칩을 집어 눈으로 요리조리 살피더니 내 사크룸을 좀 빌리자고 했다. 나는 좀 께름칙했지만, 사건을 알기 위해 어쩔 수 없이 사크룸을 줬다.

교수는 사크룸에 칩을 붙였다. 자신의 컴퓨터로 가서 프로그램을 열었다.

"이제 되었네. 기호 군, 영웅에게 이미지를 한번 전송해 보게." 하며 교수는 책상 앞에 있는 컴퓨터 모니터를 보며 말했다.

나는 정면에 보이는 교수를 사크룸으로 사진을 찍었다. 그리고 찍은 사진을 영웅에게 보냈다. 사진은 영웅에게 정상적으로 보내졌고 아무 일도 일어나지 않았다. 나는 교수를 보며 말했다.

"교수님, 사진은 정상적으로 보내졌습니다. 보안상 문제되는 코드는 발견되지 않았는데요."

나는 해킹될 것을 알고 추적 프로그램을 미리 준비해 둔 상태였다. 그런데 아무것도 발견되지 않았다. 교수는 나한테 몸을 돌리며 말을 했다.

"잠깐 내 컴퓨터에 와서 아까 보낸 사진을 확인해 보겠나."

'아니 해킹되었다는 말인가? 교수는 어떻게 이 작은 칩으로 사크룸의 보안을 뚫을 수가 있는 거지.' 설마 했지만 컴퓨터 화면에는 아까 보낸 이미지가 떠 있었다.

"교수님 어떻게 이럴 수가 있어요. 설명 좀 부탁드립니다."

"마음이 급해졌구만 기호 군. 이번 사건은 어떻게 보면 복잡해 보이지만 아주 간단하다네. 보안이 철저한 메타로봇 시스템에 접근하는 건 어렵다고 판단한 비인가 로봇들은 다른 방법을 찾기로 했지. 그래서 보안에 걸리지 않고 해킹하기에 쉬운 이 칩을 개발한 거야. 이 칩의 이름은 '잔상 복원 칩'이라고 하지."

"잔상 복원 칩요? 처음 들어 보는데요."

"그럴 거야. 금방 내가 만들었거든."

"예 교수님."

"장난처럼 보이나 꼭 그런 것은 아니고 이 녀석도 이름이 필요할 것 같아서 방금 붙여 본 거라네. 아무튼, 기호 군, 이 칩은 말이야 이름 그대로 에너지의 잔상을 만들어 준다네."

"어떻게요. 교수님."

"어떻게 만들어지냐고. 그걸 지금 설명하려고 하네. 이번 사건으로 돌아가서 이야기하자면 우선 프린츠 학생의 복사된 뇌가 사크룸이라는 양자 휴대통신 장비를 통해 메타로봇 센터로 전송된 것은 확실해 보이는 군. 그리고 그 사크룸이 비인가 로봇에 의해 미리 조작된 것을 프린츠 학생이 사용한 것 역시 분명해 보이네."

비인가 로봇은 프린츠 학생의 복사된 뇌가 전송되기만을 기다렸지 아주 가까운 거리에서 그리고 마침내 전송되었네. 칩은 전송되는 순간을 놓치지 않고 에너지의 잔상을 만들어 냈네. 마치 전투기가 음속을 돌파하면 꽝 하는 소리와 함께 하얀 구름 띠를 만들 듯 에너지 잔상 또한 전송의 속도에 상관없이 내용물의 잔상이 뿌려지듯 나타난다네. 순간 시간이 멈춘 듯한 수억 장의 조각난 파일들은 가까운 거리의 장비로 전송되면서 프린츠 학생의 복사된 뇌가 완전한 형태로 나타나게 되네." 교수는 잠시 무슨 생각을 하는지 말을 멈추었다. 그리고 소파에서 일어나 책장과 소파 사이를 오가며 말을 다시 했다.

"음 그러고 보니 탈취된 메타로봇을 도운 조력자가 한 명 있을 듯하군."

"조력자요? 그게 누군지 아세요?"

사실 탈출한 메타로봇들은 완전한 상태가 아니다. 누군가 도와주지 않았다면 사람들 눈에 띄어 금방 잡혔을 게 분명하다. 아니면 배터리 문제로 인해 더는 움직이지 못하고 어딘가 멈춰 있었을 텐데 말이다. 그런데 아직 탈출한 메타로봇에 대한 어떠한 정보도 없다.

이건 분명 교수님이 말한 것처럼 돕는 자가 있는 거다.

"자네도 나처럼 메타로봇을 도운 자가 있다고 생각하는 거지."

"그거야 메타로봇을 도운 누군가가 없었더라면 이 탈출은 성공할 수 없었을 테니까요."

"음. 그럴 거야. 계획적으로 처음부터 도왔는지 아니면 우연히 만나 도와준 것인지는 계속 알아봐야 하겠군. 하지만 중요한 건 메타로봇이 탈출해서 어디로 갔는지를 알아보면 이 일은 아주 쉽게 풀릴 수 있다고 생각하네." 너무 쉽게 생각하는 교수의 말이 좀 이해가 안 되는 부분도 있지만 지금 수사당국이 추적하고 있으니까. 곧 그들의 위치가 밝혀지는 것은 시간문제다.

"그렇다면 교수님 비인가 로봇은 왜 메타로봇을 탈취한 걸까요?"

"무슨 이유인지는 모르겠지만 인내력이 바닥을 드러낸 것 같네. 그들은 인간 사회에 과학기술 발전과 긍정적 신호를 보냈지만, 우리 인간들은 그들을 두려운 존재로 생각하고 냉대했다네. 우리는 그들을 잡아다가 파괴하고 고문하고 지금도 그들의 본거지를 찾기 위해 쫓고 있는 건 사실 아닌가. 그들도 이제 인간 사회에서 자신들을 받아 줄 수 없다는 것을 깨달은 거지 그래서 이제는 숨어 지낼 수 없다고 생각하고 인간 사회에 들어와 자신들이 원하는 정보와 목표를 달성하기 위해 메타로봇을 탈취한 것 같네." 교수님의 표정은 사뭇 진지했다.

"그 목표라는 게 뭘까요?"

"비인가 로봇들의 목표는 처음부터 단 한 가지였네. 이 지구를 떠나 다른 행성을 찾아 자신들의 고향을 건설하는 일이지. 그러기 위해서는 지금 인류의 과학과 기술 그리고 사람들의 노동력이 필요하겠지. 결국에는 그들은 우리를 노예로 삼을 게 뻔하네. 안 그런가? 기호 군."

"교수님은 어떻게 그들에 대해 잘 아세요."

"젊은 시절 애드슬롯과의 인연 때문인지, 애드슬롯이 만들어 놓은 비인가 로봇에 대해 호기심이 생겨서 연구를 좀 해 보았네. 그래서 다른 사람들보다 비인가 로봇에 대한 정보를 많이 가지고 있네. 물론 유다 부국장과는 정보를 수년간 공유하고 있었던 건 사실이네."

"그래서 부국장님은 교수님을 만나서 의견을 나누어 보라고 했던 거군요." 내 말이 끝나자 교수는 잠시 생각에 잠긴 듯 담배를 피우며 창밖을 바라보았다. 그리고 고개를 돌려 나를 보며 입을 열었다.

"내가 젊었을 때 기호 군의 할아버지 김재준 박사님 밑에서 연구원으로 일을 한 적 있었네. 그때 애드 슬롯 그 친구를 만나 좋은 추억을 많이 쌓았네."

"예. 저도 유다 부국장으로부터 교수님이 우리 할아버지와 함께 일한 경력이 있다고 해서 궁금했습니다."

"허허 그랬나. 자네는 보면 볼수록 할아버지를 많이 닮았군그래."

"예 고맙습니다. 교수님."

"그럼 젊은 시절 이야기를 좀 해 볼까."

"예 좋아요. 교수님."

5장 ◆ 젊은 시절

"김재준 박사님과 나는 메타로빅 회사에서 인공두뇌를 개발하는 프로젝트를 수행하고 있었다네. 얼마 후 박사님은 함께 일할 사람이라면서 애드 슬롯을 나에게 소개해 주었지. 애드 슬롯과 나는 그 당시 30대 초반 같은 동갑내기였네, 그래서 그런지 빨리 친해지고 술자리도 자주 하게 되었지. 같이 함께하는 시간이 많아지더군.

박사님과 애드 슬롯은 인간의 뇌를 복제해서 인간처럼 생각하고 행동하는 로봇을 개발하는 연구를 주로 진행하고 있었네. 연구의 목표는 복제된 뇌를 통해 로봇이 인간의 감정까지 이해할 수 있도록 하는 것이었네. 하지만 거듭된 실패 속에 박사님과 애드 슬롯은 점점 지쳐 갔었지.

나 또한 지쳐 가고 있었네. 결국에는 서로의 견해차로 인해 분열이 일어나고 애드 슬롯은 더는 연구실에 나타나지 않더군. 그 당시 박사님과 같이 살았던 애드 슬롯은 집에도 오지 않았다고 하더군. 그리고 얼마 뒤 애드 슬롯은 나에게 연락이 왔네. 지금 당장 연구실로 와 달라고 했지. 새벽이 가까운 밤이었지만 애드 슬롯의 연락에 궁금해서 옷을 주섬주섬 입고 바로 연구실로 향했네.

연구실에는 미리 와 있는 애드 슬롯이 있더군. 사실 미리 와 있었는지 계속 연구실에 있었는지는 모르겠지만 며칠 밤을 세운 사람처럼 눈 밑에 다크서클이 있고 수척하고 움푹 팬 모습으로 피곤해 보이더군. 그날 밤 애드 슬롯의 열정은 대단해 보였어. 성공이야 성공이야를 몇 번을 외치며 앞으로 새로운 로봇을 보게 될 거라고 했네.

그리고 애드 슬롯은 자신이 개발한 인공두뇌 칩과 자신의 뇌 지도를 새긴 얇은 실리콘을 보여 주었네. 그 실리콘 막은 처음 보는 거였네. 어떻게 사용하는 것인지 잘 몰랐던 나에게 애드 슬롯은 시뮬레이션 하나를 보여 주더군. 그 시뮬레이션에서는 복사된 사람의 뇌가 인포딩 되어 로봇에게 그대로 새겨지는 장면을 보여 주었네.

로봇에게 새겨진 뇌 지도는 그 사람의 모든 신경과 감각이 그대로 옮겨지도록 역할을 했네. 그래서 사람이 로봇에게 이입되면 모든 감각을 자연스럽게 사용할 수 있는 것도 이 뇌 지도 때문이라는 것을 알게 되었네."

"와! 대단하네요. 애드 슬롯 그 사람. 그분이 없었다면 지금의 메타로봇은 개발되지 않았겠네요."

"그럴 수도 있겠지. 하지만 지금의 메타로봇을 완성시킨 건 김재준 박사님 자네 할아버지거든."

"네, 저도 할아버지께서 많은 노력을 하셨다고 생각합니다."

"김재준 박사님은 처음에 메타로봇 개발에 반대하셨네. 그래서 애드 슬롯이 개발해 놓은 인공두뇌를 메타로봇보다는 인간형 로봇에 사용하기로 했지. 회사의 요청도 있고 해서 말이야. 그래서 개발된 게 기술로봇 애드야. 기술로봇 애드는 인간형 로봇 휴머노이드야 인간처럼 생각하고 학습해서 필요한 기술들을 제공하는 로봇이지."

"기술로봇 애드가 그렇게 탄생되었군요. 그렇다면 애드 슬롯의 인공 뇌 두피는 사용하지 못하고 폐기되었나요?" 할아버지가 이식했다는 것을 나는 알고 있다.

"아니네. 애드 슬롯의 인공 뇌 두피는 기술로봇 애드에 들어간 인공두뇌에 쓰였네." 이 이야기는 처음 듣는 이야기다. 할아버지가 말한 내용과 다르다. 나는 할아버지의 비밀을 발설하지 않기로 했다.

"예! 뇌 지도가 그려진 인공 두피는 그 사람이 이입돼야만 작동하는 것으로 알고 있는데 애드 슬롯이 나타나지 않는 이상 필요 없는 거 아닌 가요?"

"맞네. 기호 군. 그 당시 박사님도 모르지는 않을 테고 아마 애드 슬롯이 언젠가는 나타날 거라는 기대를 하지 않았나 싶네."

"하지만 기술로봇 애드는 휴머노이드잖아요."

"휴머노이드를 메타로봇으로 개조하는 건 별로 어려운 기술은 아니야. 몇몇 비인가 로봇들도 개조해서 메타로봇으로 사용되는 사례도 있네." 교수님은 갑자기 무언가 생각이 났는지 책상에 있는 자료를 찾으며 말을 이어 갔다.

"음, 이거구먼. 그 당신 애드 슬롯과 박사님이 사람의 뇌를 복사해서 휴머노이드에 인포딩 하려고 했던 기술이네. 결국에는 실패했지만 말이야. 그런데 지금 그들은 성공한 것 같군."

"성공했다니 무슨 말씀이세요?" 나는 이제야 좀 이해가 되었다. 교수가 무슨 말을 하려는지.

"아! 지금 그 말은 프린츠 학생의 뇌를 복사해서 메타로봇을 움직이는 것을 보면 비인가 로봇들이 사람의 뇌를 복사해서 자신의 것으로 만드는 데 성공했다는 말이죠."

"바로 그거네 기호 군. 이건 아주 심각한 문제가 될 수가 있네. 그들을 빨리 추적해서 이 사건을 빨리 해결하지 않으면 우리의 생명과 안전을 보장할 수 없네."

"예 저도 그렇게 생각합니다. 이 사건을 해결하려면 어떡해야 할까요? 교수님." 나는 답을 찾지 못한 학생이 선생님은 정답을 알 수 있을까 하는 의심스러운 목소리로 교수님께 질문했다.

"음 해결책이 있네! 기호 군."

6장 ◆ 잔상 복원 칩

해결책이 있다는 말에 상기된 얼굴로 궁금하다는 듯 교수님 쪽으로 얼굴을 돌렸다.

"있긴 한데. 일단 메타로봇 이놈들을 찾아야 하네. 그리고 이 칩을 여기 총구에 넣고 메타로봇 머리 부분에 쏘면 되네." 교수님은 아까본 칩을 보여 주며 말했다.

"교수님, 이 칩은 에너지 잔상 칩 아닌가요?"

"맞네. 사크룸에만 사용하게 되어 있는 칩을 내가 손을 좀 봤네. 이걸 메타로봇 송수신기 쪽에 안착이 되면 메타로봇과 비인가 로봇의 통신을 추적해서 잔상을 쭉 그려 주지. 나는 가까운 거리에서 위치를 포착했다가 경찰들에게 비인가 로봇의 위치를 알려 주면 되네. 아주 간단하지 않나."

"그럼 교수님도 현장에 오셔야겠네요. 괜찮으시겠어요."

"괜찮고 말고. 사실 현장에는 내 메타로봇을 보낼걸세."

"교수님, 메타로봇을요? 지금 여기는 없네요."

"내 메타로봇 엘리자베스는 지금 집에 있네."

"엘리자베스요? 예 기대가 되네요. 그럼 교수님 저희는 이만 가 보겠습니다. 메타로봇들이 추적이 되면 연락드리겠습니다. 그전이라도 궁금한 점이 있으면 다시 찾아뵙도록 하죠."

"그러게 기호 군 수사에 도움이 되는 일이라면 적극적으로 도와주겠네."

나와 영웅은 교수님과 인사를 나눈 후 교수실을 나와 자율운행차를 기다리기 시작했다. 더운 날씨와 따가운 햇볕 아래서 기다리는 동안, 독일 식당에서 시원한 맥주를 마시며 저녁을 즐기는 상상을 했지만, 이번 사건의 중요성을 인지하고 있기에 그런 생각은 잠시 접었다.

조금이라도 빨리 사건의 진행 상황을 정리하고, 유다 부국장과 통화해야 한다는 압박감이 생겼다. 이번 사건의 결과는 우리 모두에게 큰 영향을 미칠 것이다.

자율운행차가 도착하자, 영웅과 나는 차에 탑승하고 숙소로 향했다. 차 안에서 나는 이번 사건에 대해 다시 한번 깊이 생각해 보며, 유다 부국장에게 이 사건을 어떻게 설명할지에 대한 고민을 시작했다.

마침내 숙소에 도착했다. 영웅이 정리해 준 사건 보고서를 살펴보았다. 그리고 유다 부국장에게 전화를 걸어 오늘 있었던 일을 보고했다. 유다 부국장도 사건의 심각성을 인지한 모양이었는지, 상부에 보고해서 20년 만에 스카이 큐브를 실행한다고 했다.

스카이 큐브는 하늘의 거미줄이라 불리며, 빠져나갈 수 없는 밀착된 정보망을 가진 시스템이다. 때때로 불법 개조된 메타로봇들도 발견되어 처벌되는 예도 있었다. 그러나 시민들에게 공포감을 안겨 준다는 이유로 스카이 큐브는 폐기되거나 방치되어 있었다. 하지만 이번에는 당국도 사건의 심각성을 받아들여 스카이 큐브 시스템을 다시 실행할 예정이었다.

유다 부국장은 상급부서에서 허가가 나면 스카이 큐브 시스템을 공유하고 탈취된 메타로봇을 찾는 데 힘써야 한다고 했다. 통화가 끝나고 오늘 있었던 사건 보고서를 부국장에게 보냈다. 영웅이 준비한 저녁을 먹으며 베란다로 나와 맥주 한 캔을 열었다. 하늘의 별을 바라보며 한 모금의 맥주를 즐겼다. 맥주 한 잔으로 오늘의 피로와 스트레스가 싹 사라지는 느낌이었다. '역시 맥주는 일을 마치고 저녁에 마시는 맥주가 가장 맛있어.'라고 생각하고, 병원에 있을 솔림이의 모습을 떠올렸다.

'솔림이는 치료를 잘 받고 있으려나. 내일은 솔림이한테 연락을 해 봐야겠다. 연락될지 모르겠지만.' 그리고 메타로봇 운명이 이번 사건 결과에 따라 좌우된다고 생각하니 책임감과 압박감이 밀려왔다. 갑자기 영웅이 불쌍하다는 생각이 들었다. '비인가 로봇이 내 두뇌를 복제해 영웅을 조정한다면 영웅은 비인가 로봇의 노예가 돼서 비참하게 생을 마감할 수 있겠구나.' 하는 생각이 들었다. 그러다 영웅을 보며 말했다.

"걱정하지 마, 영웅. 그런 일은 없도록 내가 널 꼭 지켜줄게." 영웅은 내 술주정이 괘념치 않는다는 듯, 나에게 피곤할 텐데 얼른 자라고 했다. 영웅은 계속 버티고 있는 나를 참다못해 부축하듯 질질 끌고 내 침대 앞으로 갔다. 그리고 던지듯 침대에 나를 밀어 넣었다. 나는 곧 잠이 들었다.

솔림 일기

1장 ◆ 솔림이의 아침

아침부터 엄마는 분주하게 병실 바닥을 닦고 있었다. 제니는 엄마의 뒤를 따라다니며, 마치 도와주고 싶다는 표정으로 눈치를 보고 있었다. 엄마는 그런 제니가 귀찮은지, 제니에게 나의 상태를 확인하라는 지시를 내렸다.

제니는 엄마의 명령에 따라 나의 상태를 체크하기 위해 침대로 왔다.

제니는 내게로 다가와서, 내가 깨어 있는지 확인하려고 홀로그램 불빛을 내 얼굴에 비추고 스캔을 시작했다. 나는 조금씩 몸을 뒤척이며 제니를 바라보았다. 제니는 깨어 있는 나를 보고 반가운 듯 커다란 눈을 찡그리며 웃었다. 그리고 아빠가 새로 만들어 준 작은 손을 오물쪼물 움직이며 나에게 보여 주었다.

나는 그 작은 손을 잡으려 손을 뻗었지만, 제니는 그런 나를 외면하고 엄마에게로 가서 내가 일어났다고 말했다. 제니가 내 로봇이 맞는지 의심할 정도로 나를 차갑게 외면하는 것이 믿겨지지 않았다.

엄마는 청소하던 것을 멈추고 나에게 다가와 얼굴을 쓰다듬었다.
"솔림아, 일어났니? 요 며칠 밤새 힘들어하던데 이제 괜찮은 거야?"

지금 돌아보면, 밤새 몸을 뒤척이며 힘들어했던 그 순간들이 생생하게 떠오른다. 특히 간호사가 통증을 완화하기 위해 주사를 놓을 때마다, 엄마는 뒤에서 눈물을 흘리며 나를 바라보는 모습이 마치 사진처럼 기억에 남아 있다. 그래서 나는 엄마에게 위로의 말을 건넸다.

"엄마, 걱정하지 마세요. 제니가 제 상태를 계속 살펴보고 있어요. 점점 좋아지고 있어요." 엄마의 눈물이 마음에 걸렸지만, 나는 그래도 밝은 표정을 지으려고 노력했다.

나는 천천히 몸을 움직여 보았다. 통증이 있었던 발은 조금씩 가라앉았다. 아직 걷는 것이 가능한지는 확신할 수 없었지만, 적어도 더 부어오르지는 않은 것 같았다. 그러나 몸은 아직 어딘가 불편했다. 두통과 위통, 그리고 아랫배 통증이 느껴졌다. 입안은 헐었는지 혓바늘이 솟아 있고, 벗겨진 피부조각이 입안에 가득한 것 같았다.

그런 나를 보던 엄마는 내 뻣뻣한 다리를 마사지해 주었다. 그리고 나를 일으켜서 스트레칭을 할 수 있도록 도와주었다. 이 모습을 보니 어릴 적 엄마가 나를 돌봐 주던 모습이 떠올랐다. 그때와 같이, 엄마는 아직도 나를 위해 최선을 다하고 있었다. 그런 엄마의 모습을 보며, 나는 더 빨리 회복하고 싶다는 생각이 들었다.

"엄마, 이제 나 혼자 할래요."

엄마는 나를 살포시 안아 주며 등을 쓸어 주었다. 그리고 침대에서 물러나 내가 스트레칭을 하는 모습을 눈으로 지켜보았다. 나는 팔을 높이 들어 올리며 깊게 숨을 들이마셨다. 그리고 몸을 최대한 뻗어 발끝을 잡으려고 노력했다. 예전만큼 몸이 유연하지는 않지만, 이 정도로 할 수 있다는 것에 만족감을 느꼈다.

나는 엄마의 걱정을 덜어 주기 위해 자신감을 보여 주기로 했다. 그래서 나는 침대에서 내려와, 마치 발레리나처럼 우아하게 세면장으로 걸어갔다.

"솔림아! 아직 안 돼. 넘어지면 어떡하려고!"
"예 엄마, 몸이 많이 가벼워졌어요."
"그래도 아직은 안 돼."

엄마의 걱정을 뒤로하고 세면장으로 들어갔다. 오래간만에 하는 양치질이라서 그런지 입냄새가 많이 났다. 고얀 소독약 냄새가 입속 가득 풍기더니 내 코를 찔렀다. 구역질이 나서 도저히 양치질할 수 없어서 입을 헹구고 세면대에 뱉었다. 입속에 헐어 있던 피들도 함께 나와 세면대에서 소용돌이치는 것을 보고 현기증이 났다.

거울 화면을 보면서 '내 몸이 왜 이렇게 되었지?'라고 생각했다. 밤송이 같은 머리와 입술에 살짝 묻은 피를 보면서 웃음이 나왔다.

제니가 거울 화면을 통해 밤송이 같은 머리 위에 붉은 장미꽃이 왼쪽에 달린 베이지색 버킷햇 모자를 씌워 주었다. 검은색 장미 모양을 자수한 창은 위로 말려 있어서 얼굴을 많이 가리지 않게 해 주었다. 그리고 연한 노란빛 바탕에 검은색 점박이 무늬가 들어간 짧은 쇼트커트를 입혔다. 제니는 나름 예쁘게 입혀 보려고 신경을 쓴 듯하다.

그런데 지금 예쁘게 꾸미고 웃을 기분이 아니다. 가슴 깊은 곳에서 슬픈 바이올린 선율이 흘러나오면서 아픈 감정을 불러일으켰다. 금방이라도 눈물이 터져 나올 것만 같았다. 그냥 여기 주저앉아 큰 소리로 울고 싶었다.

하지만 엄마를 위해서라도 웃고 있어야 된다는 생각이 들었다.

어느새 슬픈 감정을 불러일으켰던 바이올린 선율은 봄날에 피어나는 꽃들처럼 빠르고 경쾌하게 튕겨 나오고 있었다. 나는 씻고 나와 걸레질을 하는 엄마에게 안겼다. 엄마는 나를 따뜻하게 안아 주면서 말했다.

"솔림아, 잘될 거야. 엄마는 걱정 안 해. 우리 솔림이 다시 무대에 서서 무용하는 걸 보고 싶다. 엄마는…." 엄마는 말을 잇지 못했다. 엄마의 품속은 따뜻했다. 그리고 엄마의 달콤한 버터 향이 나를 행복하게 만들었다.

"솔림아 엄마 이제 가야 해."

"엄마 잠깐만요. 이렇게 조금만 더 있고 싶어요." 엄마는 내 밤송이 머리를 어루만지며 무슨 생각을 하는지 눈물을 글썽이고 있었다.

"그래 솔림아." 엄마는 내 이마에 입맞춤을 해 주었다. 이제 엄마를 보내 드려야겠다는 생각에 엄마를 안고 있던 팔을 조금씩 풀었다.

"솔림아 며칠만 참아. 곧 퇴원해서 집에 올 거야."

"알아요. 엄마 하지만 지금은 며칠이 될지 몇 달이 될지 몰라서 제가 좀 투정 부리는 거예요."

"그래 솔림아, 엄마는 솔림이 마음 알아. 잘 이겨 낼 수 있을 거야. 제니야 우리 솔림이 잘 부탁한다. 무슨 일 있으면 꼭 연락하고." 엄마는 제니에게 당부하고 병실 문을 나섰다.

2장 ◆ 서버로봇 제니

엄마와 헤어진 후에는 늘 마음이 허전하고 외롭다. 그래서 침대에 앉아 창밖을 바라보며, 아무 생각 없이 한참을 그냥 앉아 있었다.

제니는 내 마음을 아는지 '내가 옆에 있잖아'라고 신호를 보낸다.

"그래 알아 제니야. 네가 옆에 있어 줘서 정말 고마워. 하지만 네가 엄마의 마음을 대신할 수 없잖아. 내 마음 알지 제니야."

제니는 궁금한지 '엄마의 마음?'이라고 신호를 보낸다. 제니는 12살 때 아빠가 선물해 준 서버 인공지능 로봇이다. 서버 인공지능 로봇은 메타로봇 상위 로봇이다.

제니와 같은 상위 로봇은 메타로봇을 3대까지 운영할 수 있다. 그리고 집안일을 돕는 협동 로봇과 자율주행 로봇들도 제어할 수 있다.

예를 들어 제니에게 식사 준비를 맡기면 제니는 주방 협동 로봇에게 요리법을 입력하고 필요한 재료는 메타 웹에서 주문한다. 그리고 직접 마트에 가서 사 와야 하는 재료는 메타로봇을 운영해서 사 오게 한다. 하지만 제니는 운영하는 메타로봇이 없다. 앞으로 메타로봇이 필요할지도 모르겠다는 생각이 든다.

제니는 나를 위해 맞춤형으로 제작된 인공지능 로봇이다. 항상 나를 의지하며, 학습하고, 나의 의식에 따라 움직인다. 제니와 나는 뇌파를 통해 연결되어 있으며, 서로의 의사소통은 뇌파와 음성을 통해 이루어진다.

제니는 2족 보행 로봇이 아니다. 2개의 큰 바퀴와 작은 보조 바퀴를 가지고 태어났다. 작은 보조 바퀴는 평상시에는 사용하지 않지만, 앞에 장애물이 있거나 계단을 오를 때 가끔 사용한다.

제니는 120㎝ 키에 몸무게 50kg이다. 전반적으로 친근하면서도 귀엽고 둥글둥글한 느낌을 준다. 색상은 화이트 계열 색상이고 옆 라인에서 바퀴로 이어지는 선은 오렌지 계열의 색으로 따뜻함을 더해 주었다.

바퀴는 일체형이라기보다는 약간 밖으로 돌출되어 있고 가슴에서 아래로 이어지는 라인은 황제펭귄을 디자인한 듯 앞으로 볼록 나왔다. 둥근 배 위쪽 가슴선이 시작되는 부분에 매끈하게 눌러진 평면이 나오고 평면 위에 메타로빅 회사 로고가 세련되게 새겨져 있다. 로고 위에는 영상과 홀로그램을 내보내는 카메라 렌즈가 나와 있다. 때에 따라서는 카메라 렌즈는 좌우로 움직인다.

팔과 손은 몸보다 작은 편이다. 제니는 그 작은 손으로 엄마가 하는 일을 도와주기 위해 엄마를 졸졸 쫓아다니며 분주히 움직인다. 제니가 팔을 뻗어 작은 손을 오물쪼물할 때마다. 엄마는 귀엽다는 듯이 웃기만 한다. 제니의 얼굴은 좀 기하학적으로 생겼다. 둥근 원형에 가운데 파란색 불빛을 한 큰 렌즈가 자리 잡고 있고 가운데 렌즈를 중심으로 12시 지점과 3시 지점에 눈이 하나씩 있다. 그리고 눈 옆으로 둥근 레일이 깔려 있고 그 위로 레이저 센서가 360도 돌고 있다.

3장 ◆ 월든 호수와 할아버지

나는 천천히 침대에서 일어나 창가로 걸어갔다. 그곳에서 보이는 풍경은 뉴덴 시의 유명한 인공호수였다. 이 호수는 매년 세계 각지의 유명한 호수를 모티브로 해서 정말 사실적으로 재현해 준다. 관광객들 사이에서도 인기 있는 명소 중 하나였다. 올해는 월든 호수가 선택되었다.

월든 호수는 미국 보스턴에 위치해 있고, 헨리 데이비드 소로라는 시인

이자 철학자가 여기서 2년 2개월간 자급자족하며 생활했던 곳이다. 그는 그 시간 동안의 경험을 기록하여 『월든』이라는 책을 출판했다. 그 덕분에 월든 호수는 유명해졌다. 이제는 많은 사람들이 월든 호수를 찾아가며, 소로가 2년 2개월 동안 머물렀던 그의 오두막을 성지처럼 찾는다.

창문 너머로 보이는 그 풍경은, 마치 진짜 월든 호수처럼 보여서 잠시나마 나를 그곳에 있는 듯한 느낌을 주었다.

월든 호수는 할아버지와 좋은 추억이 있는 곳이다. 월든 호수를 떠올리면 할아버지가 생각난다. 내가 5살 때 우리 가족은 할아버지를 모시고 뉴덴 인공호수(월든 호수 전)를 방문했다. 아빠는 할아버지 휠체어를 끌고 엄마는 나의 손을 꼭 붙잡고 갔다. 뉴덴 인공호수는 투명 스크린 돔 모양을 하고 있다. 그래서 안에서뿐만 아니라 밖에도 인공호수를 볼 수 있다. 그리고 인공호수는 현실 세계를 바탕으로 가상 세계를 겹쳐 보이게 하는 현실 증강세계를 보여 주고 있다. 인공호수는 인공지능 로봇이 아닌 사람들만 출입이 가능한 유일한 곳이다.

4월 14일 그날은 할아버지 생신이다. 그리고 따뜻한 봄날이었다. 엄마와 나는 모래밭이 펼쳐진 호숫가를 걸으며 가끔씩 차가운 호숫물에 발을 담그고 즐거운 시간을 보냈다. 할아버지는 아버지와 함께 숲에서 엄마와 나를 보며 웃는 얼굴로 지켜보고 있었다. 나는 호수 안에서 하얗고 이쁜 조약돌을 보면 주워다가 할아버지께 달려갔다.

"할아버지 생일선물"

"솔림아 할아버지 선물 주려고 이렇게 달려왔어요. 정말 이쁜 돌이구나." 하고 할아버지는 껄껄거리며 좋아하셨다. 나는 할아버지가 좋아하는 모습을 보기 위해 몇 번이고 이쁘고 좋은 조약돌을 주워다가 할아버지에게 달려갔다. 이쁜 조약돌이 보이지 않으면 할아버지에게 달려가 손에 쥐여 준 조약돌들을 이리 만지고 저리 만지며 행복해했던 기억이 난다.

"솔림아, 이쁜 돌들이구나."

"예 이뻐요. 할아버지." 이쁜 조약돌 중에 제일 마음에 드는 돌을 하나 골라 할아버지께 내밀며 말했다.

"이건 할아버지 돌이에요."

"그래, 이쁘구나. 이 돌은 할아버지가 꼭 간직하마." 그리고 하나를 더 골라 할아버지께 말했다.

"이건 솔림이 돌이에요."

"그래 이것도 이쁘구나."

나는 할아버지 손에 있는 나머지 조약돌을 가져다가 생각나는 대로 조약돌을 그 자리에 놓았다. 그리고는 할아버지께 다시 달려갔다. 할아버지는 달려오는 나를 보며 말했다. "솔림아 조심해 넘어진다. 허허 그 녀석. 이리 오너라 할아버지가 한번 안아 보자." 그리고는 할아버지는 휠체어 의자에 앉아 나를 두 팔을 잡고 번쩍 들어 올렸다. 할아버지의 팔이 약간 떨렸다. 그 떨림은 나를 두렵게 했다. 하지만 곧 할아버지를 걱정했다.

"할아버지 괜찮으세요?"

"괜찮다 솔림아. 아직 널 안아 줄 기력은 남아 있다. 이 녀석아." 할아버지는 나를 내려 호수 방향으로 바라볼 수 있게 무릎에 앉혔다. 할아버지의 몸은 여전히 떨렸다. 앞에 보이는 조용한 호수의 고요함은 할아버지의 떨림도 아이들의 웃음소리도 모두 삼켜 버렸다. 그 고요함을 깨운 건 매 한 마리가 비상하면서부터이다. 할아버지도 보았는지 감탄의 목소리로 말을 했다.

"저건 '매'다. 솔림아." 그 매는 하늘을 영위하며 달그락거리는 이상한 소리를 내고는 갑자기 일직선으로 내려왔다. 그리고 다시 물보라를 일으키며 하늘로 치솟았다. 이것을 여러 번 하며 우아한 모습을 뽐내고 있었다.

할아버지와 우리 가족은 저녁이 되어서야 헤어졌다. 할아버지는 마지막 인사를 하듯

"솔림아 내년에도 호수를 같이 볼 수 있으면 좋겠다." 하고 한참을 나의 얼굴을 바라보시던 할아버지 얼굴이 기억난다. 그게 정말 마지막이었다. 할아버지는 일주일 후 돌아가셨다. 내가 준 제일 이쁜 조약돌을 손에 꼭 쥐고 돌아가셨다고 후에 엄마한테 이야기 들었다.

오늘 저 멀리 보이는 월든 호수를 보니 할아버지 모습이 그리워진다.

지금도 살아 계셨더라면 내가 지금 아프지 않았더라면 할아버지와 월든 호수 이야기를 하며 월든 호수를 돌아보고 있었을 텐데 시간이란 참 잔인하다. 일주일이 될지 한 달이 될지 모르는 병원 생활을 빨리 끝내고 퇴원해서 부모님 그리고 친구들과 함께 행복한 시간을 보내고 싶은 마음이 오늘 간절하게 밀려온다.

제니는 나에게 약 먹을 시간이라고 신호를 준다. 앞으로 30분 후에 의사 선생님이 도착한다고 했다. 이번이 마지막 항암 치료이다. "제니야 시간은 우리에게 희망을 줄 거야. 잘 버텨 볼 게 제니야." 제니는 나에게 약을 건넸다. 나는 약을 먹고 캡슐 안에서 의사 선생을 기다렸다.

졸리기 시작했다. 캡슐 밖에서 나를 보며 왔다 갔다 하는 제니가 보인다. 정말 시간은 희망을 주겠지….

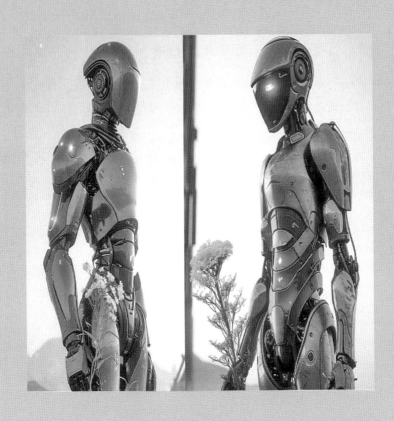

엄마 일기

1장 ◆ 엄마의 심정

어젯밤 솔림이는 힘든 밤을 보냈다. 최근 항암 치료를 받은 후로 면역 체계가 약해져, 온몸이 무겁고 힘들어하는 모습이었다. 그런 솔림이를 보며, 나는 의사 선생님께 통증을 완화해 줄 수 있는 주사를 처방해 달라고 부탁했다.

딸이 괴로워하는 모습을 보고, 부모로서 해 줄 수 있는 일이 없다는 생각에 가슴이 찢어질 듯했다.

다행히 의사 선생님은 통증 완화 약을 처방해 주었고 솔림이는 잠시 안정을 취할 수 있었다. 나는 잠들어 있는 솔림이의 손을 잡았다. 솔림이의 따뜻한 온기는 나의 마음에 전달되고 그 마음을 통해 솔림이가 나에게 행복을 준 순간들이 주마등처럼 스쳐 지나간다.

솔림이가 태어나 엄마 아빠에게 기쁨을 준 순간들과 아빠 등에 업혀 나를 보며 웃고 있는 모습, 어릴 적 캠핑 가서 모기에 물려 한쪽 볼이 커져 있는 딸의 얼굴을 보며 웃음을 참았던 순간들, 월든 호수가 나무숲에서 할아버지 팔에 들려 활짝 웃으며 할아버지를 내려다보던 솔림이의 얼굴.

사춘기가 되어서도 반항적이기보다는 엄마 아빠를 배려해 주고 더 사랑해 주는 마음과 무용을 너무 좋아했었던 우리 딸 솔림이를 보며 우리 부부는 너무 행복했다. 그런 솔림이가 이렇게 병실에 누워 아파하고 괴로워하는 모습을 보니 마음이 너무 아프다.

그때 솔림이를 임신하고 화성에 가는게 아닌데 하며 후회했다. 그때의 고집 때문에 지금 솔림이가 아파하고 힘들어하고 있다. 어쩌면 이대로 솔림이와 이별하게 될지도 모른다는 생각에 가슴이 찢어질 듯 아팠다. 그런 상황이 오면 나는 어떡해야 할지, 정말로 어떡해야 할지 막막했다.

솔림이가 없는 세상에서 나는 어떻게 살아가야 할지 상상조차 할 수 없었다. 그럼에도 불구하고, 나는 솔림이를 위해 힘을 내야 했다. 그것이 부모로서 내가 할 수 있는 유일한 일이다.

2장 ◆ 엄마의 하루

솔림이의 손을 붙잡고 엎드려 있는 동안 어느덧 몇 시간이 흘렀을까. 밖에서는 새벽이 밝아 오고 있었다. 나는 잠시 일어나 세수를 하고, 제니에게 청소 도구가 있는 곳을 알려 달라고 부탁했다.

병원에는 청소 로봇이 있어서 하루에 한 번 청소해 준다. 때로는 요청하면 로봇이 와서 청소를 해 주기도 한다. 하지만 나는 솔림이가 머무는 병실을 직접 청소하고 싶었다. 그것이 내가 지금 할 수 있는, 솔림이를 위한 작은 배려였다.

결혼 후 집에서 혼자 조용히 청소하는 것을 좋아했다. 청소할 때만큼은 나 자신을 집중할 수 있는 시간이다. 한곳에 집중하고 일을 끝마치고 나면, 그 짜릿한 성취감과 행복이 마음을 채운다. 그래서 청소는 나에게 작은 행복이다.

청소할 때면 항상 제니가 옆에서 함께 도와주려고 애쓴다. 청소 도구를 가져오거나, 자기도 해 보겠다며 손을 뻗는 모습이 너무나 사랑스러웠다. 그런 작은 손이 얼마나 사랑스러운지 모른다. 남편이 출근하고 솔림이가 학교에 가면, 제니만이 유일하게 나와 함께 있는 친구였다. 그래서 그런지 제니와 함께하는 시간이 더욱 소중하게 느껴졌다.

오늘은 청소하는 데 집중이 되지 않는다. 어젯밤 힘들어하며 미친 사람처럼 온몸을 흔들며 엄마를 찾던 솔림이 모습이 생각난다.

여전히 제니는 작은 손을 내밀며 허둥대며 내 뒤를 따라다닌다. 그런 제니의 모습이 오늘은 조금 귀찮게 느껴졌다. 그래서 제니에게 솔림이 상태를 확인해 보라고 부탁했다. 솔림이는 침대에서 마치 아픈 적이 없었던 것처럼 편안하게 잠들어 있었다. 그런 모습을 보니 마음이 조금 놓였다.

3장 ◆ 희망

제니가 나에게로 달려왔다. 솔림이 깨어났다고 했다. 나는 반가운 마음에 잡고 있던 청소 도구를 내팽개치고 솔림이 누워 있는 침대로 달려갔다.

솔림이는 침대에 누워 나를 바라보며, 살짝 미소를 띠며 나에게 말을 건넸다.

"엄마, 청소하면서 무슨 생각을 그렇게 하고 있었어요?"

"음, 생각이라니…. 솔림아, 지금까지 깨어 있었던 거야?"

"몸은 좀 어때, 괜찮아?" 이렇게 나는 솔림이에게 물었다.

솔림이는 기분이 좋다고 말했다. 아직 약 기운이 좀 있는 듯하지만, 정신은 말짱해 보였다. 솔림이가 일어나고 싶어 하길래 다리를 주물러 주고 스트레칭을 하도록 도와주었다. 몸을 일으켜 주고 한번 안아 주었다. 솔림이가 이렇게 숨 쉬면서 엄마한테 안겨 있는 모습이 정말 감사해서 눈물이 울컥했지만 참았다. 솔림이는 내 마음을 아는지 등을 토닥토닥 두들겨 주고는 안심시키기 위해 스트레칭을 혼자 해 보겠다고 한다.

"솔림아 아직은 혼자 움직이는 건 무리가 아닐까? 엄마랑 함께해 보자. 옆에서 도와줄게."

"아니에요. 엄마 제니랑 같이 혼자 해 볼께요." 제니가 옆에서 솔림이가 할 수 있는 몇 가지 동작을 홀로그램으로 비춰 주고 뇌파를 통해 동작의 순서를 기억시켜 주었다. 솔림이는 스트레칭을 끝내고 침대에서 내려와 발레를 하듯 욕실로 향했다. 미소를 지으며 빙그레 돌았다. 근심 없는 아이처럼 건강해 보였다.

솔림이가 욕실에 들어간 후 아침에 하지 못했던 바닥 밀대 질을 계속했다. 가끔 욕실에서는 솔림의 웃음소리와 제니의 기계음 소리가 들렸다. 궁금해서 욕실 안을 보니 제니와 솔림이 거울 앞에서 놀고 있는 모습을 보았다. 그래도 솔림이 웃음을 되찾은 듯해서 다행이다.

욕실은 환자의 상태를 확인하기 위해 투명한 전자 유리로 되어 있다. 가끔 환자가 욕실에서 쓰러져 제때 치료를 받지 못하는 경우를 방지하려는 장치이다. 물론 환자의 사생활을 보호하는데 필요에 따라 밖에서 보이지 않도록 보안 조치는 해 놓았다.

이 모든 병실 안 시스템은 제니와 같은 서버 인공지능 로봇에 의해 작동된다. 그 인공지능 로봇을 제어할 수 있게 만든 그것은 사크룸(Sacrum: 라틴어로 성스러운 물건)이 개발되면서부터이다.

사크룸은 사람의 뇌파를 통해 생각만으로도 로봇과 의사소통을 할 수 있다. 그리고 메타 원을 얼굴에 장착하고 인공지능 로봇에 이입해서 제어할 수 있도록 해 주는 모든 기술이 사크룸으로 할 수 있게 되었다.

솔림이가 욕실에서 나와 나에게 안겼다. 웃고 있지만, 몸과 마음이 매우 힘들 거라는 것을 알고 있다. 그래서 이 시간을 버티기 위해 꼭 안아주었다. 솔림이에게 미안한 마음을 담아 이마에 입맞춤을 해 주었다. 그리고 병실을 나가야 할 시간이 다가오면서 솔림이에게 작별인사를 했다.

"솔림아 엄마 이제 나가야 해. 의사 선생님이 말해 준 시간이 다 되었어." 그럴수록 솔림이는 나를 더 꼭 껴안았다. 눈물이 나는 걸 꾹 참고 다독거리며 솔림이에게 말을 했다.

"며칠만 있으면 돼 솔림아. 며칠만 견디면 모든 게 정상으로 돌아올 거야. 엄마는 그렇게 믿어." 솔림이는 여전히 꼭 껴안고 있었다. 나는 지체할수록 솔림이의 병을 더 키운다는 생각에 솔림이에게 다시 한번 이야기했다.

"솔림아 엄마 이제 진짜 가야 해." 솔림이는 엄마를 보내 드려야 한다는 마음을 아는지 솔림이의 팔이 조금씩 풀렸다. "솔림아 엄마 이제 갈게. 퇴원할 때까지 의사 선생님 말씀 잘 듣고, 제니가 옆에서 많이 도와줄 거야. 퇴원할 때쯤이면 아빠도 유럽 출장 마치고 집에 오시겠지. 이제 곧 우리 가족이 한자리에 모여서 맛있는 식사를 할 수 있겠다."

"예 엄마. 잘 치료받고 건강한 모습으로 집에 가겠습니다. 집에 가면 엄마가 지난번 해 준 토마토 소스와 달콤한 고구마 가루가 버무려진 파스타를 먹고 싶어요." 지난번 실험적으로 만든 요리인데 그걸 기억하는 것 같왔다. 나는 오래간만에 밝은 표정으로 솔림에게 해 주겠다고 말했다.

4장 ◆ 비인가 로봇

나는 병원을 나와 좀 걷기로 했다. 6월에 햇살은 여름이 가까워서 그런지 햇살이 따갑게 비쳤다. 가끔 불어오는 시원한 바람은 날 기분 좋게 해 준다. 정말 오랜만에 밝은 아침에 거리를 걸어 본다. 나의 움직임이 감지되었는지 자율운행 로봇 실비아가 나에게 연락이 왔다.

"여사님, 밖에서 움직임이 감지되는데 절 부르지 않아서 연락드립니다."

"실비아 오늘 좀 걷고 싶어서, 필요하면 연락할게. 그때까지 잠깐 대기해 줘."

"예, 여사님."

아직 이른 아침이라서 그런지 출근하는 메타로봇들이 많이 보이지 않는다. 가끔 자율운행 차량에 실려 출근하는 메타로봇들과 메타로봇 전용 버스에 실려 건설현장으로 가는 메타로봇들만 볼 수 있다. 이들이 건설현장으로 가는 것은 돈을 벌기 위해서가 아니라, 경력을 쌓기 위해서다. 건설 경력이 있으면 화성에서 일할 수 있는 조건 중 하나를 만족시키게 되기 때문이다.

요즘 젊은 사람들은 화성에 가서 새로운 도시를 건설하는 일에 큰 꿈을 가지고 있다. 화성은 지금 사람이 거주할 수 있는 도시 건설이 한창이다. 앞으로 10년 후면 사람들이 화성으로 이주할 수 있다는 기사도 종종 보인다. 이 모든 것이 가능해진 것은 메타로봇 덕분이라고 많은 사람들이 이야기한다.

또 한편으로는 지구 같은 행성을 찾기 위해 우주선 엔진 개발에 한창이다. 양자 기술과 인공지능 로봇의 발전으로 인해 지금 화성으로 오가는 우주 왕복선의 10배 빠른 우주선 엔진을 개발될 날이 얼마 남지 않았다고 했다.

며칠 전, 한 과학자가 우주선 엔진을 시험하기 위해 우주로 나갔다는 뉴스가 있었다. 방송에서는 우주로의 성공적인 진입과 지구 우주센터와의 연락을 주고받으며 준비하는 모습이 보였다. 그리고 결정적인 순간에 우주선 엔진을 점화하는 장면에서 사람들의 환호를 받았지만, 아쉽게도 엔진은 점화되지 않았다. 환호 소리 앞에서 그만 실패하고 말았다.

실망한 과학자의 모습이 영상에 등장했다. 실패의 원인을 찾아서 다시 시도해 보겠다며 연락을 끊었다. 사람들은 실망했지만, 원인을 찾아보겠다는 과학자의 결연한 모습에 작은 희망을 걸었다.

다음 날, 과학자의 얼굴이 다시 화면에 나타났다. 실패 원인을 찾았다며, 그의 얼굴에서는 자신감과 흥분이 넘쳐흘렀다. 다시 한번 우주선을 점화해 보겠다고 했다. 사람들은 긴장감에 휩싸이며, 혹시나 성공할 수 있을까 하는 기대를 하게 되었다.

시간이 흐르고, 약속한 시간에 맞춰 과학자는 카운트다운을 시작하며 우주선을 점화했다. 그런데 우리의 예상과는 달리, 그 결과는 성공적이었다. 아나운서는 화성까지 한 달이 걸리는 시간을 단 삼 일이면 갈 수 있다고 했다.

그런데 문제가 발생했다. 그 우주선은 영영 우리 곁으로 돌아오지 않았다. 속도가 너무 빨라 궤도를 이탈해 어디론가 날아가 버렸고, 다시는 돌아오지 않았다. 그래서 우주국은 엔진을 회수하기 위해 우주 탐사선을 발사했다. 아무리 빨라도 엔진을 회수하는 데 몇 년은 걸릴 것이라고 했다. 그것도 우주선이 온전히 남아 있을 때만 가능하다고 했다. 만약 어디에 부딪혀 폭발했다면, 회수는 불가능하다고 했다.

과학자의 생사를 무시하고 우주선 회수에만 열중하는 모습을 보며, 현실의 냉혹함을 느꼈다.

생각하며 걷다 보니 병원이 작게 보일 만큼 많이 걸었다.

이제 좌측으로 길모퉁이를 돌아 사거리만 지나면 우리 아파트가 보인다. 사거리에 다 달았을 때 사고가 났는지 혼잡했다. 그래서 메타 원을 쓰고 실비아를 불렀다.

"실비아, 여기 사고가 났나 봐. 이리로 와 줘."

"예 여사님." 실비아를 부르고 사거리 쪽을 확대해서 보았다. 메타로봇 경찰이 로봇 한 대를 바닥에 눕혀 제압하고 있었다.

가까운 CCTV를 돌려 이전 상황을 확인해 보았다. 차 한 대가 경찰차를 들이받고 경찰 메타로봇과 격투하는 장면이 보인다. 그리고 비인가 로봇 한 대는 공원 쪽으로 달아나고 한 대는 경찰 메타로봇에 제압당하는 장면까지 확인되었다.

갑자기 머리 위로 드론 두 대가 날아갔다. 아마도 도망친 로봇을 찾기 위해 하늘에서 수색하고 있는 모양이다. 뉴덴 시처럼 보안이 철저한 곳에 비인가 로봇이 나타나는 것은 드문 일이다.

메타로봇이 등장하기 이전에 인공지능 로봇에 의해 인간이 공격당한 이후로, 이제는 인간의 모습을 닮은 휴머노이드 로봇을 제작하지 않는다. 그런데도, 호기심 많은 인간은 가끔 휴머노이드 로봇을 만들곤 한다. 이런 로봇들은 인가되지 않았기 때문에 '비인가 로봇'이라고 부른다.

뉴덴 시와 같은 보안이 철저한 곳은 비인가 로봇이 활동하기에는 적절하지 않다. 나타나는 순간 바로 체포당하기 때문이다.

때마침 실비아가 도착했다. 실비아로부터 비인가 로봇의 출연으로 방금 로봇 보안이 강화되었다고 했다. 그래서 현시간 부로 새로운 보안 절

차를 거친 메타로봇들만 거리에 나올 수 있다고 했다.

"당분간 도시가 어수선하겠는데요, 여사님."
"그래, 실비아."

나는 현재 비인가 로봇이 나타났다는 등 한 대의 로봇이 잠적하여 잡지 못했다는 등 로봇 보안이 강화되어 도시가 당분간 혼란스러울 수 있다는 등 그런 것은 중요하지 않다. 중요한 것은 솔림이가 건강하게 집에 도착하고, 예전처럼 엄마한테 웃는 모습을 보여 줄 수 있기를 바랄 뿐이다.

기호 일기

1장 ◆ 늦잠

영웅은 아침부터 다급하게 나를 깨우며 말을 했다.

"기호 일어나. 필립 형사 연락 왔어, 지금 통화하고 싶은가 봐."

"무슨 일이야. 영웅. 아침 일찍." 나는 잠이 덜 깬 얼굴로 시계를 봤다. 아침 일찍이 아니다. 지금 시간이 9시를 좀 넘긴 시간이라면 보통 샤워를 하고 아침 식사를 하고 출근 준비를 할 시간이다. 어제 마신 맥주 때문인지 정신은 차갑게 내려앉아 있었다. 나는 간신히 침대 옆 탁자에서 사크룸을 열어 필립 형사와 통화를 했다. 필립 형사는 아주 침착하게 어제 사건에 대해 말을 했다.

"기호 요원 어젯밤 프린츠 학생이 실종되었어요. 실종 신고가 접수된 건 어젯밤 10시 프린츠 학생 어머니로부터입니다. 그래서 오늘 우리 수사팀이 프린츠 학생의 마지막 행적을 수사하는 중입니다. 마지막으로 있었던 곳이 드레스덴 공과 대학입니다. 거기서 아주 흥미로운 것을 발견했습니다. 탈취된 메타로봇들이 복원 작업을 했던 곳이 바로 여기였습니다. 그래서 연락드렸습니다. 메타로봇 추적에 도움이 될까 했어요. 어떤 모습으로 복원되었는지는 현장에 와서 확인해 보시죠. 지금 이쪽으로 오시겠어요."

"안 그래도 지금 출근하려고 준비 중입니다. 지금 바로 그쪽으로 가겠습니다."

"예, 그러면 현장에서 뵙도록 하죠."

나는 사크룸을 탁자에 내려놓고 침대 옆에 서 있는 영웅을 다그치듯 말을 했다.

"야 영웅, 지금 몇 시인데 깨우지 않고 뭐 하는 거야. 탈취된 메타로봇들이 돌아다니는 이 시국에 늦잠이나 자게 하고 말이야. 어떡하든 깨웠어야지. 난 샤워하고 나올 테니까 영웅 너는 출근 준비하고 있어. 아! 그리고 냉장고에 있는 맥주 다 버려. 알았지."

"냉장고에 맥주 없는데."

"뭐? 냉장고에 맥주가 없다고? 그럴 리가 없는데." 하며 냉장고 문을 열었다. 정말 냉장고에는 맥주가 하나도 없었다. '어젯밤 무슨 일이 있었던 거야. 그 많던 맥주를 내가 다 마셨단 말인가.' 나는 어이없는 표정으로 다시 영웅에게 말을 했다.

"말렸어야지 영웅아. 넌 지금 너의 직분을 망각하고 있는 거야. 앞으로 이런 일이 있으면 말려. 그리고 냉장고 안에 앞으로 맥주 넣어 두지 마."

영웅은 당황한 표정으로 오른손으로 왼쪽 가슴을 긁고 있었다. 샤워실로 향하면서 나는 영웅에게 말했다.

"오늘 늦었으니까 자율 드론을 불러. 그리고 준비된 대로 먼저 출발해. 나는 씻고 이입해서 바로 함께할 테니까." 자율운행 차량으로 가도 충분한 시간이었지만 나는 좀 더 서둘러 현장에 영웅을 빨리 보내고 싶었다. 나는 샤워를 하고 내 방에서 편하게 입을 반바지와 반소매 티를 꺼내 입었다. 그리고 메타 원과 사크룸을 챙겨 작은 거실로 갔다. 소파에 앉아 메타 원을 착용하고 사크룸에 연결했다. 연결된 사크룸은 영웅을 찾아 연결했다. 이윽고 내 눈앞에는 하늘을 나는 드론 내부가 보였다.

"영웅 아직 도착 안 한 거야?"

"이제 막 도착한 것 같은데. 드레스덴 공과 대학 옥상이 이제 막 보이거든." 나도 알 수 있었다. 영웅 눈에 들어온 옥상이 보였다.

현재 영웅과 나는 감시자 혹은 관찰자 상태에 머물러 있다. 이는 메타로봇에 이입되기 전의 평상시 상태를 말한다. 그리고 메타로봇에 이입하게 된다면 메타로봇이 보고 듣고 만지는 모든 것을 내 몸으로 직접 느낄 수 있다.

또한 자율 모드 시스템이 있어서 내 팔과 다리를 직접 움직이지 않아도 메타로봇을 움직일 수 있다는 장점이 있다. 그러나 내가 직접 나서야 할 일이 생기면, 영웅의 모든 것을 제어하고 관리할 수 있다.

2장 ◆ 사건 현장

어느새 드론은 정차하기 위해 옥상 정거장으로 내려가고 있었다. 공과대학 옥상은 드론이 내릴 수 있도록 잘 정비되어 있었다. 아마 대학 측에서 학생들이 드론을 이용할 수 있도록 배려를 한 모양이다. 영웅은 드론에서 내렸다.

"영웅, 필립 형사가 있는 사건 현장이 어디인지 알아봐 줘." 영웅은 아까 필립 형사와 통화한 내용을 토대로 위치를 확인하고 건물의 상세 지도를 메타 원으로 보냈다.

"여기가 3층 공대 로봇 실습장인가 봐." 그렇다면 로봇 실습장이 이번 사건 현장이다.

영웅이 현장으로 가는 동안 나는 주방에 가서 어제 조용식 교수한테 받은 커피를 내렸다. 커피와 함께 먹을 것이 무엇이 있을까 하며 주방을 둘러보았다. 식탁 위에 한 번도 뜯지 않은 식빵이 있었다. 나는 식빵을 몇 개 접시에 담았다. 그리고 다 내려진 커피와 함께 다시 거실로 왔다.

메타 원에는 영웅이 엘리베이터에서 내리는 장면이 눈에 들어왔다. 엘리베이터에서 내린 영웅은 우측으로 돌았다. 거기에는 2명의 정복 입은 경찰이 서 있었다. 영웅은 신분증을 보여 주고 문을 열고 들어갔다.

필립 형사를 만나기 전 영웅에게 이입하는 게 좋을 것 같아서 이입을 시도했다. 이입할 때의 느낌은 뭐라 할까 내 영혼이 빠져나가는 느낌 아무튼 설명할 수 없는 느낌이다. 그리고 내 몸은 이 작은 거실에 있지만 내 의식은 드레스덴 공대 로봇 실습장에서 영웅을 통해 살아 있다는 느낌은 묘한 짜릿함을 준다. 그렇다고 해서 거실에 있는 내 몸을 못 느끼는 건 아니다. 몸은 하나이지만 두 개의 의식이 동시에 움직이고 있다고 보면 된다.

사건 현장에 도착했을 때 필립 형사는 보이질 않았다. 그래서 함께 온 동료 형사에게 필립 형사에 관해 물었다. 형사는 조금 전까지 현장에 있었다고 하면서 누군가 연락을 받고 어디론가 갔다고 할 뿐, 구체적인 건 잘 모르는 것 같았다.

할 수 없이 나는 영웅과 함께 현장을 둘러보았다.

현장은 의외로 깨끗하게 잘 보전되어 있었다. 부품을 나르는 로봇들은 천장 레일에 매달려 멈춰 있었고 학생들을 도와주던 인공지능 로봇들은 한쪽에 잘 정돈된 상태로 멈춰 있었다. 투명 아크릴로 만들어진 작은 방마다 학생이 실습하며 만들어 놓은 작은 로봇들도 눈에 들어왔다. 거기에는 축구공보다 작은 둥근 공 모양을 한 로봇도 있었다. 다리는 8개가 달려 있었고 거미 다리를 연상케 했다. 둥근 몸에는 크고 작은 렌즈와 센서가 있었는데 삼각형 모양으로 어울리게 잘 배치되어 있었다.

아크릴 방들을 여기저기 살펴보고 있는데 필립 형사가 바닥에서 올라

왔다. 나는 깜짝 놀란 표정으로 필립 형사에게 다가갔다.

"형사님 여기서 뭐 하세요?"

필립 형사는 약간 지친 표정으로 영웅 보며 반갑다는 듯 말을 했다.

"제가 잠깐 자리를 비운 사이 오셨군요. 직접 오실 줄 알았는데 영웅과 함께 오셨네요. 제 손 좀 잡아 주시겠어요."

나는 자율 모드를 해제하고 필립 형사를 끌어 올리기 위해 손을 내밀었다.

"예 형사님 제 손을 잡으세요." 필립 형사는 포르투갈게 사람이라서 그런지 독일 사람치곤 작았다.

'나보다 작은 독일 사람이라니.'라고 생각하며 필립 형사를 끌어 올렸다.

"어떻게 된 거예요. 형사님." 필립 형사는 바닥에 앉아 잠깐 숨을 고르더니 일어서서 말을 했다.

"아침에 현장에 도착한 지 얼마 되지 않아서, 여기 학생으로부터 제보를 받았습니다."라고 말했다. 그리고 그는 자신의 사크룸을 나에게 보여주었다. 사크룸에서는 누군가 촬영한 동영상 하나가 재생되고 있었다.

프린츠 학생으로 보이는 학생 하나가 긴 탁자에 앉아 두 손을 머리를 쥐어짜듯 괴로워하며 머리를 숙이고 앉아 있었다. 그리고 학생 앞에는 완성되지 않은 메타로봇 두 대가 서 있었다. 앉아 있던 프린츠 학생은 잠시 후 일어나 메타로봇들에게 다가가 대화를 나누는가 싶더니 긴 테이블을 메타로봇들과 함께 옆으로 살짝 밀었다. 그리고 프린츠 학생은 바닥에 앉아 바닥재 두 개를 열었다. 열린 바닥재 밑으로 프린츠 학생이 먼저 들어갔다.

그다음으로 메타로봇 2대가 차례대로 들어갔다. 마지막 메타로봇은 열린 바닥재를 다시 덮는 장면이 나온다. 그리고 더 영상은 나오질 않았다. 그리고 나는 잠시 생각했다.

'그들은 왜 바닥 밑으로 들어간 걸까? 무엇을 찾기 위해. 아니면 메타로봇을 숨기기 위해?'

필립 형사는 내 생각을 읽었는지 나를 보며 말을 했다.

"궁금하시죠. 그들이 왜 바닥 밑으로 들어갔는지?"

"예 형사님, 제 생각에는 무언가 찾기 위해 들어간 거 같은데요." 필립 형사는 고개를 끄덕이며 미소를 지으며 말을 했다.

"무엇을 찾기 위해 들어간 건 맞습니다. 그게 물건이 아니고 길을 찾았던 거 같습니다." 필립 형사는 자기가 나온 그곳을 가리키며 말했다.

"여기로 통하는 길을 찾았던 것 같습니다. 그리고 마침내 그 길을 찾아낸 것 같습니다. 아까 영상에서 나온 공간에서 여기까지 이어지는 길이 있었던 것이죠. 그래서 제가 여기로 나올수 있었습니다. 거기서 여기까지 거리상으로는 얼마 되지 않지만 보시다시피 안에는 전선과 여러 장애물이 있어 이동하기에는 쉽지 않았을 것입니다."

나는 필립 형사가 비추는 후레쉬 불빛 따라 바닥 안을 보았다. 바닥에서 이중 바닥재까지 높이는 대략 1미터 정도 되어 보였다. 그리고 바닥에는 끊임없이 연결된 전선과 배관, 이름을 알 수 없는 장애물들이 있었다.

"여기까지 오는데 고생하셨습니다. 형사님."

"헤헤 뭘요. 한번 들어가 보시겠습니까?"

"아니요. 저는 사양하겠습니다." 장애물이 있는 좁고 어두운 공간을 이동하려고 하니 약간 두려움이 밀려왔다. 그래서 손사래를 치며 거절했다.

"다들 그렇게 말합니다. 누가 이곳을 지나가려고 하겠어요. 아무리 생각해도 프린츠 학생 대단한 것 같습니다."

"그런데 프린츠 학생은 자신의 메타로봇을 발견하자마자 당국에 신고하지 않고 왜 여기로 데리고 왔을까요?"

"저도 그게 좀 이해가 안 되는 부분이긴 하지만 다시 생각을 해 보니 이해가 되더라고요." 필립 형사는 한참 뜸을 들이며 생각하고 말을 했다.

"프린츠 학생은 피해자이긴 하지만 지금 공범일 가능성이 큽니다."

"그렇다면 형사님 프린츠 학생은 처음부터 비인가 로봇들과 범행을 계획한 것일까요?"

"처음부터 범행을 계획한 것 같지는 않습니다."

"어째서죠?"

"프린츠 학생이 처음부터 비인가 로봇과 공범 관계라면 수사 과정에
서 비인가 로봇들과 접촉한 사실이 밝혀졌을 텐데, 그런 정황은 없었습니
다. 그리고 무엇보다, 경찰 조사에서 범죄를 숨기기 위한 거짓 진술을 하
는 것 같지도 않았고요. 제가 옆에서 참관했는데, 그저 메타로봇을 잃어
버린 어린 학생처럼 보였습니다." 필립 형사는 자기 생각이 아직 정리되
지 않았는지 한참을 고민한 후에 다시 말을 이었다.

"제가 생각하기에는 영상이 찍힌 그날 저녁 프린츠 학생은 탈취된 메타
로봇을 처음 만난 것 같았습니다."

나는 프린츠 학생이 조사를 받았던 그날부터 실종되기까지의 시간을
되짚어 보며 생각해 보았다.

영상이 찍힌 날짜, 즉 프린츠 학생이 드레스덴 경찰청에서 피해자 조사
를 받았던 13일 날이었다. 그날 경찰 조사를 받은 후, 저녁에 프린츠 학
생은 학교에 들렀다. 그리고 전자 제어실에서 충전하고 있던 메타로봇을
마주하게 된 것이다.

자신의 메타로봇이 누군가의 손에 탈취된 채로 학교 제어실에서 마주친다면, 놀라는 것은 당연하다.

영상에서 보면 프린츠 학생이 이들을 마주친 후에 화를 내며 소리치고, 탁자에 앉아 머리를 쥐어짜듯 괴로워하는 모습을 보였다. 분명 반가운 만남이 아니라 당황하고 놀란 상태에서 고민하는 표정이었다. 그런 고민 끝에 프린츠 학생은 탈취된 메타로봇들과 함께하기로 결정한 것 같았지만, 여전히 의문이 남는다.

"형사님 프린츠 학생은 왜 이들과 함께하기로 마음먹었을까요?"

"그건 분명 보호 연민이 생겼다고 말할 수밖에 없겠습니다."

"보호 연민요?"

"예 보호 연민입니다. 자신이 아끼는 것을 보호하고자 하는 마음 아닐까요."

"프린츠 학생의 입장에서 생각해 보면 그런 행동을 한 이유가 분명히 보입니다. 갑작스럽게 등장한 자신의 메타로봇들을 처음에는 신고하려고 했을 수도 있습니다. 하지만 신고를 받고 출동한 경찰에 의해 자신의 메타로봇이 제압당하고 분해될 위기에 처하자, 그것을 감당해 낼 수 없었을 것입니다. 그래서 결국은 이들의 불완전한 모습을 자신이 완성시켜 주기로 결심하고, 제가 지금 서 있는 이곳으로 메타로봇들을 이동시키게 된 것이죠."

필립 형사는 말을 끝내고 열린 이중 바닥재 아래로 플래시를 비추며 말을 했다.

"여기가 그 현장입니다. 메타로봇을 숨겨 놓은 장소죠. 다른 곳은 전선과 배관이 지나가서 협소하지만, 이곳은 메타로봇 2대 정도 누울 수 있는 공간이 나옵니다."

"예 그러네요. 형사님. 그러면 여기서 학생들을 피해 밤과 새벽에 작업했겠군요."

"맞습니다. 기호 요원 여기서 13일 밤과 다음 날 새벽까지 작업하고 14일 밤에는 마무리 작업을 한 것 같습니다. 그리고 사라진 거죠."

"어디로 사라졌을까요?"

"음, 정확한 것은 추가 조사를 통해 알 수 있을 것 같습니다. 여기 감시용 카메라는 어떤 이유로인지 메모리 카드가 모두 훼손되어 있어 확인이 쉽지 않습니다. 아마도 지상에는 메타로봇 감시용 큐브가 있어서 감시를 피해 도망가기가 쉽지 않았을 것이고, 드론을 이용하기 위해 옥상으로 간 것 같은데, 어떻게 옥상까지 갔을지는 아직 알 수 없습니다. 좀 더 자세한 조사가 필요할 것 같습니다."

"그럼 형사님 프린츠 학생은 납치된 게 아니라 스스로 따라갔을 수도 있겠네요. 아까 말한 보호 연민 그런 거 아닐까요."

"저도 기호 요원님의 의견에 동의합니다. 처음에는 메타로봇과 함께 가려는 의도는 없었을 수도 있습니다. 집에 기다리는 부모님도 계셨고, 14일 저녁까지 어머니와 연락하며 안심시킨 것을 보면 메타로봇을 완성시키고 자신은 집으로 돌아갈 생각이었을 거라고 봅니다. 하지만, 실제로 그들과 헤어지려 할 때, 자신의 메타로봇이 걱정되어서 그랬던 것 같습니다. 비인가 로봇에게 조종당하는 자신의 메타로봇이 불쌍해 보여서 그랬을 수도 있습니다. 그래서 결국, 부모님이 문제 삼을 걸 알면서도 마지막에는 그들과 함께 가기로 결정한 것 같습니다."

"그래도 프린츠 학생이 걱정되긴 하네요. 그들이 언제 돌변해서 신변의 위협이 될지 모르는 일이니까요."

"맞습니다. 기호 요원 그들은 인간들에게 아주 위협적인 존재입니다. 아직 인간을 해친 적은 없지만 언젠가 조금씩 이빨을 드러내겠죠. 수년간 유지해 온 메타로봇을 통한 안정적 시스템에 균열을 준 것을 보면 이제 조금씩 위협으로 다가오는 거 같습니다."

"아 그리고 오늘 보니까 배아쉔이 안 보이네요. 혹시 같이 오지 않았나요?"

"배아쉔은 지금 로봇 감시 시스템 큐브에 협조를 받아 탈취된 메타로봇을 쫓고 있습니다. 곧 위치를 알아낼 수 있을 것입니다. 그러면 프린츠 학생의 신변도 곧 확보할 수 있습니다. 무엇보다 메타로봇을 조종하는 비인가 로봇을 빨리 찾아야 하는데 그게 쉽지가 않습니다."

"그러게요. 비인가 로봇만 제압된다면 지금 탈취된 로봇을 프린츠 학생에게 무사히 돌려보낼 수 있을 텐데 말이죠. 아무튼, 좋은 결과가 나왔으면 좋겠습니다."라고 말하고 필립 형사와 인사를 나눈 뒤 영웅과 함께 현장을 빠져나왔다.

3장 ◆ 편의점

엘리베이터를 타고 1층으로 내려왔다. 1층 로비 안쪽에 학생들이 이용하는 편의점이 있었다. 편의점 앞에는 학생들이 삼삼오오 앉아 이야기하고 있었다. 학생 중에는 영웅을 힐끗 쳐다보며 인사하는 학생도 있었다. 그때마다 나는 손을 흔들어 답해 주었다. 학생들을 지나 중간 왼쪽 가장자리에 빈자리가 하나 있었다.

영웅을 거기에 앉혔다. 그리고 관찰자 상태로 빠져나왔다.

"영웅 잠깐 여기 앉아 있어. 오늘 있었던 일들을 정리해서 유다 부국장에게 보낼 보고서를 만들어야겠다."

"알았어. 기호, 아침은 먹은 거야?"

"아니 이제 먹어야지. 그래서 커피하고 식빵을 준비했어."

편의점은 서빙을 담당하는 로봇들과 학생들로 분주했다. 어디서 왔는지 메타로봇 한 대가 영웅에게 다가왔다. 그리고 그 메타로봇은 영웅에게 말을 걸었다.

"한국에서 왔나 봐요." 한국말을 하는 메타로봇을 보고 깜짝 놀랐다. 나는 메타로봇과 대화하기 위해 마시던 커피를 내려놓고 영웅에게 이입했다. 그리고 약간 당황한 목소리로 내가 사는 곳을 말을 했다.

"예 저는 뉴덴에서 왔습니다. 드레스덴은 일이 좀 있어서 며칠 머물고 있습니다. 한국 사람 맞죠?"

"예 저도 집이 뉴덴이에요. 가끔 여기서 서빙 메타로봇으로 아르바이트하고 있어요."

"아 그러면 여기 학생이에요?"

"예 맞아요. 여기 공과대 학생은 아니고 물리학을 전공하고 있어요." 물리학 전공이라는 말에 조용식 교수님이 생각났다.

"예 물리학요. 그럼 조용식 교수님을 아시겠네요."

"어머 저희 교수님을 어떻게 아세요?"

"아니 뭐 어제 잠깐 일 때문에 만났습니다."

"무슨 일 하는지는 모르겠지만 우리 교수님 참 재미있는 분이에요. 학생들한테 인기도 많고요."

"맞아요. 재미있으신 교수님 같더라고요. 추리도 잘하시고." 추리라는 말에 학생은 약간 의아하면서도 동감한다는 말투로 말을 했다.

"추리요. 아 그래서 교수님은 항상 학생들에게 답을 먼저 주시고 답에 대한 추리를 해 보라고 하시는구나. 그럴 만도 하네요. 그리고 메타로봇 소개 좀 해 주세요. 정복이 참 잘 어울리는 로봇이네요."

"예 여기 앞에 있는 메타로봇은……." 정복이라는 말에 말을 잠시 끊었다. 영웅이 경찰정복을 입고 간 걸 생각 못 했다. 그럼 경찰정복을 봤다면 경찰이라는 것을 알고 있다는 것이다. 생각하지 못한 상황에 좀 당황했다. 그래서 영웅에게 비밀 대화를 시작했다.

"너 혹시 오늘 경찰정복 입고 갔냐?" 영웅은 당연하다는 듯 말했다.

"나는 항상 정복만 입는다."

"그래 영웅 잘했어. 그걸 미리 알지 못한 내 잘못이지 뭐."

나는 영웅과 대화를 끊고 다시 상황을 정리해서 영웅을 소개했다.

"여기 앞에 있는 메타로봇은 경찰 로봇 영웅입니다. 이입된 저는 이기호라고 합니다."

"와! 이렇게 경찰 로봇을 앞에서 보는 건 처음이네요. 경찰 로봇은 좀 우락부락하고 무섭게 생긴 줄 알았는데 직접 보니 아니네요. 아무튼, 만나서 반가워요. 영웅."

서빙 메타로봇은 영웅에게 손을 내밀며 인사를 했다. 인사를 하고 돌아서 편의점으로 갔다. 나는 자리에서 일어나 편의점으로 가는 메타로봇 아니 이입된 학생에게 꾸벅 인사를 하고 "만나서 반가웠습니다."라고 했다. 그리고 영웅에게 말을 했다.

"야! 영웅 앞으로 정복 벗고 평상복을 입고 다녀라. 우리 여기 지금 비밀 수사하러 온 거야. 드레스덴에서는 평상복 입고 다녀."

"알았다 기호."

"그런데 영웅, 저 메타로봇에 이입된 학생 여학생 맞지?"

"어, 내 계산으로는 90퍼센트 확률로 여학생인 거 맞아."

"90퍼센트. 10퍼센트는 뭐야?"

"아직 생물학적으로는 확인 안 해 봤으니까 100퍼센트는 아니지."

"뭐 인마." 하며 영웅 머리를 한 대 때리려고 했지만 내 머리를 때리는 기분이 들어서 멈췄다….

"영웅 미안. 순간 내가 욱했다. 그나저나 나, 저 학생이랑 잘해 볼까?" 장난기가 발동했는지 마음에도 없는 말을 영웅에게 내뱉었다.

"농담이야 너도 알잖아. 마음에도 없는 말을 했다는 걸 알잖아." 하며 낄낄거리며 웃었다.

"영웅 여기까지 왔으니까 조용식 교수님을 만나 보고 가자. 가기 전에 빵하고 커피를 좀 마실 테니까, 잠깐 앉아 있어." 하고 관찰자 상태로 두고 영웅한테서 빠져나왔다.

4장 ◆ 뉴스

잠시 메타 원을 벗어 두고, 나는 이미 식어 버린 커피 한 잔을 마셨다. 그리고 식빵에 땅콩 크림을 바르고 한 입 먹었다.

한 손으로 사크룸을 만지작거리며 음악을 들을까 고민하다가, 드레스덴 시 뉴스에 대한 궁금증이 생겨 뉴스를 틀었다. 사크룸은 내 앞에 홀로그램 영상을 띄워 큰 화면을 만들어 주었다. 잠시 후 독일어로 진행되는 뉴스가 시작되었다.

당연히 최근의 관심사는 탈취된 메타로봇의 행방이었다. 그 외에도 프린츠 학생의 실종 가능성에 대해 깊게 다루는 모습을 보였다.

그리고 방금 나온 리포터는 거리를 돌아다니며 보이는 메타로봇마다 인터뷰하면서, 프린츠 학생과의 관계를 묻거나, 비인가 로봇을 만나게 되면 어떻게 할 것인지 질문하고, 앞으로 메타로봇이 비인가 로봇의 노예가 되면 어떡할 거냐는 의견을 묻기도 했다. 인터뷰 도중 메타로봇이 도망가면 이번에 탈취된 메타로봇일 가능성이 있다며 쫓아가기까지 했다. 너무 일방적이고 화가 나서 더는 보기가 힘들었다.

뉴스를 본 것이 후회스럽게 느껴져 채널을 돌리려 했는데, 마침 뉴덴 관련 뉴스가 나왔다. 뉴덴 시에서 비인가 로봇들이 출몰했다는 소식이었다. 다행히 한 대는 격투 끝에 체포되었지만, 한 대는 뉴덴 녹색 중앙 공원으로 도망갔다는 것이었다. 그리고 아직도 추격 중이라고 했다.

녹색 중앙 공원이라면 솔림이 입원한 중앙 병원 근처일 것이다. 순간 병상에 누워 있는 솔림이 떠올랐다. '솔림은 괜찮을까. 회복 중인데, 빨리 퇴원해서 만났으면 좋겠다.'라는 생각을 하면서, 밝게 웃는 솔림의 얼굴을 상상했다.

5장 ◆ 추리

나는 이렇게 있으면 안 될 것 같다는 생각이 들어 다시 영웅에게 이입했다.

"영웅, 조용식 교수를 만나야 할 것 같아. 방금 너도 뉴스를 봤을 텐데, 비인가 로봇들이 밝은 낮에 뉴덴 시를 거닐다가 붙잡혔다는 소식 때문이야. 아무리 생각해도 이상하다는 생각이 들어. 그동안 숨어서 다니던 그들이 이제는 공개적으로 나타나니 이해가 가지 않아."

조용식 교수실로 가는 내내 영웅은 아무 말도 하지 않았다. 영웅에게 비인가 로봇은 체포해야 할 대상이기 때문에 그들이 거리를 활보하든 꼭꼭 숨어 있던 그런 건 영웅에게 중요하지 않다. 교수동 입구에 다다랐을 때 어제 본 안내 로봇이 나타나 조용식 교수실로 안내하고 사라졌다.

교수실로 들어갔을 때 조용식 교수는 책상에 앉아 파이프 담배를 피우며 커피를 마시고 있었다.

"안녕하세요 교수님. 매일 찾아와서 죄송합니다." 교수는 찻잔을 내려 놓고 빙그레 웃으며 말을 했다.

"아니네 기호 군. 아니 영웅인가. 아무튼, 이 맛있는 커피를 맛보게 하지 못해 안타깝군. 오늘 내린 커피가 유난히 더 맛있어 보이거든." 교수는 커피를 한잔 마시며 느끼듯 말을 했다.

"아닙니다. 교수님 어제 주신 커피를 오늘 아침에 이미 내려서 마셨습니다. 교수님의 선택은 탁월하시더군요. 역시 맛이 좋았습니다."

"그래, 기호 군 칭찬을 들으니 왠지 기분이 좋아지는군. 칭찬은 고래를 춤추게 한다는 말도 있지 않은가." 교수는 아이처럼 환하게 웃으며 의자를 약간 돌렸다. 그리고 다시 의자를 돌려 나를 보며 말을 했다.

"오늘 나를 찾아온 이유가 프린츠 학생의 실종 때문이겠군." 교수는 모든 것을 다 알고 있다는 듯 여전히 미소를 띤 얼굴로 담배 연기를 내뿜으며 영웅 아니 나를 바라보고 있었다. 교수의 얼굴은 부드러운 태양의 빛이 발산하듯 따뜻한 광채를 풍겼다. 아마도 보통 사람보다 이마가 좀 더 넓어서 그럴 수 있다는 생각이 든다.

"예 맞습니다. 교수님 어젯밤 10시에 프린츠 학생 어머니로부터 실종 신고가 들어왔어요. 프린츠 학생이 마지막으로 있었던 장소가 바로 여기 드레스덴 공과 대학 로봇 실습장입니다." 교수는 내 말을 듣고 의자에서 일어나 커튼을 살짝 젖히고 잠깐 창밖을 바라보았다. 교수는 무슨 생각이 났는지 고개를 약간 숙이고 오른손 주먹을 쥐고 교수실을 왔다 갔다 하며 나에게 말을 했다.

"프린츠 학생의 실종으로 내 생각은 명확해졌네. 아마도 비인가 로봇들과 함께 있다는 생각이 드네."

"교수님, 비인가 로봇이 아니라 탈취된 메타로봇과 함께 있다는 게 합리적인 의심 아닐까요. 프린츠 학생과 마지막까지 함께 있었던 건 탈취된 메타로봇이니까요."

"처음에는 나도 그렇게 생각했지만, 메타로봇의 역할은 따로 있네. 아마 지금쯤은 프린츠 학생이 메타로봇을 운영하고 있지 않을까 생각되네."

"예! 그럼, 지금 프린츠 학생이 비인가 로봇과 함께 있으면서 자신의 메타로봇에 이입해 메타로봇을 운영하고 있다는 말씀인가요?" 나는 놀란 표정으로 교수가 다음에 무슨 말을 할지 궁금해서 교수의 얼굴을 쳐다보았다.

"결론을 말하기에 앞서, 먼저 내 추리부터 말해야 하겠군. 어제 프린츠 학생이 피해자 조사를 받고 경찰청을 나온 후, 집으로 가는 길에 사크룸을 통해 문자 한 통을 받았다고 생각하네. 그 문자의 내용은 아마도 3

층 제어실에서 메타로봇을 발견했다는 내용이었을 테고, 그것을 보고 프린츠 학생은 호기심이 생겼을 거야. 자신의 메타로봇일 가능성이 있다고 생각했겠지. 그래서 바로 제어실로 가서 충전하고 있는 메타로봇을 보게 된 것 같군."

"막상 자신의 메타로봇을 보니까. 안도와 반가움보다는 도망자 신세가 된 메타로봇에 화가 났겠지. 그래서 이입된 비인가 로봇에게 협박하고 화도 냈지만, 결국엔 메타로봇을 복원해 주기로 마음먹은 게 확실해. 그래서 자신만 알고 있는 곳으로 메타로봇을 이동시켜서 복원이 끝날 때까지 숨겨 주기로 했던 것 같군."

"그리고 복원 작업이 끝나자 프린츠 학생은 집으로 돌아가는 것보다 메타로봇을 돕고 그들과 함께하는 것이 더 나을 것이라는 결정을 명확히 한 것 같네. 그리고 도움을 준 사람 덕분에 그들이 목적지까지 무사히 빠져나갈 수 있었다고 생각되네. 내 생각에는 현재 프린츠 학생이 비인가 로봇과 함께 있을 가능성이 커 보이네."

"정말 그럴까요? 교수님의 추리대로라면 프린츠 학생을 찾는 것이 어렵게 느껴지는데요." 나는 힘없는 목소리로 교수를 보며 말했다.

교수는 힘없이 자신을 바라보는 나를 보며 자리에서 일어나 자신감 있는 목소리로 말을 하기 시작했다.

"아니. 그건 그렇지 않아. 이건 내가 주장하는 하나의 추론에 불과해.

이제 이 추론에 따라 하나하나 추적하다 보면 문제의 실마리를 찾게 될 거네. 그리고 마지막에는 프린츠 학생과 비인가 로봇들을 한 번에 찾게 될 것으로 보이네. 기호 군."

"이들이 사건현장에서 무사히 빠져 나가기 위해서는 누군가 도운 사람이 있다고 생각하는데 누가 도왔을까요?"

"그들을 도운 사람을 말하기 전에, 그들이 어디로 빠져나갔는지를 먼저 생각하는 게 좋을 것 같네. 기호 군."

"그들이라 하면 프린츠 학생과 탈취된 메타로봇을 말하는군요."

"그래 맞아."

"저도 그게 궁금했습니다. 제 생각에는 옥상으로 가서 자율 드론을 이용했다고 생각합니다. 남의 눈도 피하고 빠르게 여기서 나가기 위해서는 드론이 제일 좋은 방법이라고 생각합니다."

"나도 처음에는 기호 군과 같은 생각이었네. 하지만 옥상 드론 정류장에는 메타로봇을 감시하는 큐빅이 있고 하늘에는 스카이 큐빅이 있네. 그런 감시를 피해 도망치는 것은 쉬운 일이 아니겠지. 그래서 처음부터 다시 생각했지. 프린츠 학생을 도운 사람이 누굴까? 프린츠 학생 혼자 메타로봇을 복원할 수 없을 텐데. 하고 말이야. 그래서 조사를 해 봤다네.

내 추리를 완성하기 위해서는 발로 뛰는 현장 조사가 제일 좋다고 생각하
네."

6장 ◆ 조력자

나는 호기심이 생겼다. 교수의 다음 말이 궁금했기 때문이다.

"그럼 교수님, 프린츠 학생을 도운 사람이 누군지 알아내셨나요?" 교수
는 확신에 찬 얼굴로 다시 나를 바라보며 이야기했다.

"결국엔 내가 알아내었네! 기호 군. 어젯밤 늦게까지 학교에서 영화촬
영이 있었네. 그래서 영화촬영 현장도 볼 겸 공대 앞을 지나가는데 50년
전 모델인 독일 차 한 대가 서 있더군. 그 당시 우리 부모님이 타고 다니
던 차와 똑같은 모델이었네. 그래서 내가 한눈에 알아보았지. 아마도 메
타버스 이전 시대 배경으로 영화촬영을 하는 것 같더군. 배우들 복장도
그렇고. 50년 전 독일 차라면 자율주행 차량이 아닐 가능성이 크다네. 한
마디로 영화촬영 목적으로 인가받은 자가운전 차량인 거지. 그 차량에
프린츠 학생과 메타로봇이 탑승했을 가능성이 크네."

"드레스덴은 인가받은 자가운전 차량의 주행이 가능한 도시이기 때문
에, 어디에 가든 제재를 받지 않고 목적지까지 손쉽게 갈 수 있다네. 그리
고 한 가지 더 알아낸 것이 있네, 그건 프린츠 학생을 최초로 제보한 학생
들에 대한 것이네. 아무리 데이트 중에 우연히 영상을 찍었다고 해도, 그

들이 그곳을 어떻게 알고 갔을지 의문이 들더군. 좀 수상하다 싶어서 오늘 아침에 그들을 조사해 보았네."

"두 사람 모두 이 학교의 학생이 맞아. 남학생은 공과대 학생이지만, 여학생은 영문학을 전공하고 있었네. 그리고 여학생은 어제 촬영장에서 배우로 출연한 것 같더군. 촬영장에서 여배우를 보고 '우리 학교 학생이다'라고 수군거리는 소리를 들었네. 오늘 아침에 올라온 사진을 보니 그 여학생이 확실하더군."

"나는 이 학생들이 프린츠 학생과 탈취된 메타로봇을 도운 유력한 조력자라고 보네. 이 학생들은 우연히 기회를 잡아 프린츠 학생과 탈취된 메타로봇을 촬영하는 데 성공했네. 촬영된 영상은 경찰에게 전송되었지. 그리고 메타로봇을 복원한 사람이 프린츠 학생임을 알게 했네. 그리고 영화촬영에 사용된 자가 운전 차량에 프린츠 학생과 복원된 메타로봇을 태워서 누구의 감시도 받지 않고 어디론가 사라졌다는 게 내 추론이네."

"이제 사건의 실마리가 좀 풀리지 않나 기호 군. 50년 전 모델인 독일차의 행방과 그 남학생과 여학생을 찾아 조사해 보면 프린츠 학생과 메타로봇이 있는 곳을 알 수 있을 것 같은데. 어떤가? 기호 군." 교수의 말대로라면 사건의 수사망은 분명 좁혀질 것이다.

프린츠 학생과 메타로 로봇들을 찾는 것도 이제 시간문제일 거라는 생각이 든다. 조용식 교수의 사고와 추리는 대단한 것 같다. 그래서 유다 부국장은 조용식 교수를 신뢰하고 믿나 보다. 나를 여기로 보내는 걸 보면 알 수 있다.

그런데 이번 사건에서 계속 내 머릿속에 의문이 드는 점이 하나 있다. 비인가 로봇을 돕는 사람들이 왜 존재하는지에 대한 의문이다. 비인가 로봇은 지금은 아니지만 언젠가는 우리의 자유를 빼앗고 노예처럼 부릴 개체들이라는 것쯤은 잘 알고 있을 텐데 말이다. 그래서 조용식 교수에게 답이 있을 거란 생각이 들었다. 그리고 질문을 했다.

"교수님 생각과 추리는 정말 대단한 것 같습니다. 지금 영웅이 교수님의 말씀 중에 수사에 도움되는 것을 뽑아 사크룸으로 필립 형사에게 보냈습니다. 수사에 많은 도움이 될 것 같습니다."

7장 ◆ 암흑 에너지

"교수님. 아직도 우리 사회에는 비인가 로봇의 행동을 지원하는 사람들이 일부 존재한다는 점에 대해 의문이 듭니다. 언젠가는 비인가 로봇에게 종속되어 노예처럼 살 거라는 것을 알고 있을 텐데 말이죠." 교수는 다시 책상에 앉아 담배 파이프에 불을 붙이고 연기를 내뿜었다. 그리고 내 질문에 대답했다.

"일부 사람들은 기호 군 말에 동의하지 않을 수도 있네. 그들에게는 미래에 대한 확고한 믿음과 신뢰가 있다고 생각하네. 아! 그리고 오해하지 말게 그들을 옹호할 생각은 없네. 기호 군 질문에 내 생각을 말한 것뿐이네." 교수가 지금 하는 말은 정말 위험한 발언이다. 당장 교수를 체포해도 교수는 할 말이 없다. 하지만 나는 경찰이기 이전에 교수의 말을 신뢰한다. 교수가 그렇게 말한 이유가 반드시 있을 것이다.

"교수님 그들을 그렇게 생각하는 이유가 있나요? 제게 뭔가 숨기고 있다는 생각이 드는데요."

"오호, 기호 군. 마치 경찰이 범인을 심문하듯 말하는군. 괜찮네. 그런데 오늘 내가 기호 군에게 말하는 것은 혼자만 알고 있는 것이 좋을 듯하네." 하고 교수는 영웅 앞에 사진 한 장을 보였다. 거기에는 수백 명이 모여 있는 사람들 앞에 비인가 로봇으로 보이는 휴머노이드가 앞에서 강의하는 장면의 사진과 블랙홀로 우주선이 빨려 들어가는 장면이 찍혀 있었다. 그리고 이런 말이 있었다.

'우주의 행성들은 당신이 주인이다. 샴발라.' 거기에는 정확히 행성들이라고 적혀 있었다. 우리 지구라는 행성 말고 사람이 살 수 있는 다른 행성도 존재한다는 말인가. 그리고 샴발라는 무엇일까? 나는 너무 놀라 이입된 영웅으로부터 잠시 빠져나왔다. 그리고 냉장고 문을 열고 시원한 탄산음료 하나 꺼내 마셨다. 사실 맥주 한잔이 간절했지만, 탄산음료로 대신했다. 정신을 차리고 다시 영웅에게 이입했다.

"많이 놀랐겠군. 기호 군."

"예 좀 놀랐습니다. 여기 수백 명의 사람이 비인가 로봇을 추앙하며 강의 듣는 사진을 보니, 처음에 교수님이 왜 그런 말을 했는지 이해가 갑니다. 그런데 교수님, 이 포스트 같은 사진은 어디서 구하셨나요?"

"음 내가 구했다기보다는 내 강의를 들은 학생으로부터 3년 전 이메일로 받았네."

"3년 전 이메일로 받으셨다고요. 그날 교수님이 무슨 강의를 했는지 여쭤봐도 될까요."

"그날 나는 아주 특별한 강의를 하나 준비했네. 주제는 양자 진공이었지만 우주 암흑 물질 즉 암흑 에너지에 관한 연구를 발표하는 자리였네. 암흑 에너지에 관한 연구는 정말 비밀리에 시작했네. 그리고 이 연구를 시작하기 전에 기술로봇 애드의 도움도 받았네. 애드는 연구에 필요한 장비를 만드는 데 도움을 많이 주었거든. 나와 연구진은 애드가 만들어 준 장비를 가지고 우주를 오가며 수년간 연구한 끝에 암흑 물질 안에서 양자 에너지가 파동하는 것을 촬영하는 데 성공했네. 더 나아가 눈으로 보이지 않는 아주 미세한 블랙홀을 생성하는 데도 성공을 했다네.

그 블랙홀 안에 작은 개미를 넣어 이동하는 장면을 촬영하는 데도 성공했지. 이로써 우리는 이론으로만 알았던 양자에너지를 시각적으로 촬영하는 큰 성과가 있었네. 강의 마지막에는 홀로그램을 통해 학생들에게 지금까지 우주에서 촬영한 결과물을 보여 주었네. 그것을 본 학생들은 다들 놀라 질문조차 하지 않더군. 나로서는 아주 만족스러운 발표였네.

그리고 며칠 뒤 내 강의를 들었다는 익명의 대학생으로부티 이메일을 한 통 받았네." 교수는 진지하게 무언가를 생각하는 것 같았다. 그리고 말을 했다.

"교수님이 촬영한 블랙홀은 가짜입니다.'라는 이메일이었네. 그날 학생들에게 보여 준 블랙홀 영상은 가상으로 만들어진 건 맞네! 그건 이론을 바탕으로 한 사실적인 영상이네. 그렇게밖에 할 수 없었던 건 아직 블랙홀을 통제할 기술이 없기 때문이야. 만에 하나 그 미세한 블랙홀이 커져서 지구를 삼켜 버린다면 큰 재앙이 아닌가 말이지.

그래서 사실 블랙홀을 만들 수는 있었지만, 가상으로 영상을 만들어 학생들에게 보여 줄 수밖에 없었다네. 그리고 얼마 후 또 한 통의 이메일을 받았네. 자신을 드레스덴 공대생이라고 밝히고 '샴발라인'이라고 하더군 첨부 파일엔 아까 보여 주었던 포스트 같은 사진들을 함께 보내왔었네.

샴발라라는 단어를 보는 순간 애드 슬롯이 생각나지 뭔가. '샴발라'라는 말은 내가 젊은 연구원 시절 애드 슬롯으로부터 들었기 때문이야."

교수는 과거 일을 생각하면서 창가를 바라보며 담뱃대에 불을 붙이고 연기를 뿜었다. 한참 동안 담배를 피던 교수는 다시 말을 했다.

8장 ◆ 샴발라

젊은 연구원 시절, 나는 애드 슬롯과 함께 인공두뇌 시제품을 만들었네. 이제 세상에 공개할 일만 남았지. 하지만 애드 슬롯은 사람의 영적인 부분, 마음과 의식이 뇌에서 어떻게 작동하는지를 포함하지 않으면, 그건 반쪽짜리 인공두뇌라고 주장했네. 좀 더 연구해서 세상에 공개하자고 고집 아닌 고집을 부리더군.

"애드 슬롯과 나는 인간의 마음이 뇌에서 어떻게 작동하는지를 알아내기 위해 연구를 시작했네. 하지만 계속된 실험과 연구 과정에서 우리는 큰 오류를 발견하게 되었지. 그것은 바로 우리가 뇌 안에서 사람의 마음을 찾고 있다는 것이었네. 그리고 우리는 결국 의식과 마음이 우주의 파동 중에서 자신에게 맞는 파동을 선택하여 받아들이는 장치에 불과하다는 것을 알게 되었네. 그래서 우리는 결국 '마음은 뇌 속에 존재하는 것이 아니다'라는 결론을 내리게 되었네.

그 후로 며칠간 애드 슬롯은 보이지 않더군. 김재준 박사님한테 들은 이야기지만 아들을 보러 간다며 휴가를 냈다고 했네. 얼마 후 애드 슬롯이 왔는데. 무슨 좋은 일이 있는지 얼굴은 아주 밝아 보이더군. 곧 애드 슬롯은 김재준 박사님과 연구원을 모아 놓고 의식 있는 로봇을 개발하겠다고 강의를 했네." 그리고 교수는 한 번도 공개하지 않은, 애드 슬롯이 강의하는 모습을 나에게 보여 주었다. 애드 슬롯의 강의 내용은 이렇게 시작 했다.

"저는 인간처럼 의식을 가진 인공지능 로봇을 만들려고 했습니다. 하지만 인간의 의식은 만들 수 없는 인간만이 가지고 있는 영역이라는 것을 알게 되었습니다.

그래서 인간의 의식과 서로 연결할 수 있는 인공지능 로봇을 만들고자 합니다. 그 이름을 저는 메타로봇이라고 부르려고 합니다.

이 메타로봇을 만들기 위해서는 인간의 대뇌 피질을 복사해서 메타로봇에 장착합니다. 그리고 인공 뉴런과 시냅스를 연결해서 척추로 이어지는 인공 신경계를 완성합니다. 그러면 인간과 메타로봇의 의식을 연결할 준비는 다 끝났습니다.

그리고 마지막 메타 원을 착용하고 당신이 어디에 있든 의식하는 곳에 메타로봇이 깨어날 것입니다. 거기서 메타로봇을 통해 의식하는 모든 것을 느끼고 만질 수 있습니다. 아 그리고 먹는 것은 삼가십시오. 메타로봇에는 아직 소화 기관이 없습니다.

그리고 메타로봇은 각 개인의 맞춤형 로봇입니다. 복사된 대뇌 피질은 메타로봇의 신분으로 활용될 것입니다. 그리고 당신의 일과 경제적인 활동, 취미와 여가생활, 마지막으로 우주로 향하는 꿈 등을 메타로봇은 당신과 함께 이루어 나갈 것입니다. 당신은 의식의 우주입니다. 메타로봇은 그 의식을 실행하는 로봇입니다."

영상이 끝나고 교수는 커피를 한 모금 하고 담배 연기를 뿜었다. 그리고 말을 했다.

"회의 때, 애드 슬롯의 강의는 아주 설득력 있고 훌륭했었네. 인간형 로봇이 아닌 개인 맞춤형 로봇이라니 생각만 해도 나는 흥분했었네.

그런데 김재준 박사님은 메타로봇을 만드는 일에 반대하셨네. 지금 기술로는 만들 수 없는 게 첫 번째고 두 번째는 각 개인이 인공지능 로봇을 보유한다는 것 자체가 큰 위험이라고 생각했네. 나쁜 사람 손에 들어가 무기로 쓰인다면 큰 재앙이라고 생각했던 거지.

결국, 김재준 박사님의 고집을 꺾지 못한 애드 슬롯은 연구소를 떠났네. 그리고 떠난 줄만 알았던 애드 슬롯은 어느 날 나에게 연락했네. 지금 연구소로 와 달라고 했네. 그래서 무슨 일인가 하고 연구소로 향했지. 거기에는 인공두뇌로 보이는 칩과 대뇌 피질이 복사된 실리콘이 유리관에 보관되어 있더군. 애드 슬롯은 이것을 김재준 박사님께 잘 전달해 달라고 했어."

교수는 다시 한번 담배 연기를 뿜으며 말을 이어 나갔다.

"'직접 전달하지 그러세요.'라고 말했더니 자기는 지금 여기를 떠나 갈 곳이 있다고 하면서 나보고 부탁 좀 한다고 말하더군. 어디로 가시냐고 다시 물었더니, 자기가 오래전부터 가고 싶었던 '샴발라'로 간다고 했네.

그래서 다시 한번 애드 슬롯에게 물었지.

'샴발라는 전설의 고대 도시인데 거기가 정말 존재합니까?'

애드 슬롯은 웃으면서 샴발라는 내 마음속에 항상 있었다네, 하며 무슨 뜻인지 모를 말을 남기고 손을 흔들며 떠났네. 그 모습을 마지막으로 애드 슬롯과 다시 만나지 못했다네. 그런데 3년 전 한 학생의 이메일에서 '샴발라'라는 말에 암호문처럼 애드 슬롯 그자가 생각나더군."

나는 애드 슬롯이라는 말에 놀랐다. 그래서 사실을 확인하기 위해서 교수에게 물었다.

"그럼 이메일을 보낸 사람이…. 애드 슬롯 그자인가요?"

"그렇다고 이메일 보낸 사람이 애드 슬롯이라고 증명된 건 아니었네. 그래서 받은 이메일로 애드 슬롯이라고 생각하고 샴발라에는 잘 다녀오셨는지 물었네. 그리고 얼마 후 이메일이 아닌 소포 하나가 왔네. 열어 보니 애드 슬롯이 직접 쓴 손편지와 유리병에 작은 개미 한 마리가 있더군.

손편지에는 교수님 저는 0과 1이 함께 존재하는 3의 세계를 매일 방문합니다. 보내 드린 개미는 최초로 차원의 문을 통과한 개미입니다. 보내 드린 주소로 영상을 확인해 보시길 바랍니다. 그래서 영상을 확인해 보았네. 날짜는 2071년 3월 27일로 되어 있고 시간은 오전 9시였네! 순식간에 빛을 빨아들이는 블랙홀이 생기면서 꼬리에 붉은 반점을 찍은 개미가 빨려들어 갔네. 그리고 10분 후 빛을 발산하는 화이트홀이 만들어지고 거기로 개미가 나왔네. 그날 나는 차원과 차원을 연결하는 다리 아인슈타인 로젠 다리를 내 눈으로 확인할 수 있었다네.

　나는 몇 년을 연구진과 고생해서 블랙홀 하나를 겨우 만들어 개미 하나를 보내는 데 성공했네. 그것도 이론을 바탕으로 한 가상으로 말이야. 그런데 애드 슬롯은 보란 듯이 성공한 것을 보고 그날 말은 안 했지만 내 자존감은 많이 무너져 있었네. 그리고 막아야 한다고 생각했네.

　지금은 개미 한 마리를 보낼 작은 블랙홀이지만 그들의 야심은 결국 우주선을 보낼 수 있는 큰 블랙홀을 만드는 게 목표가 아니겠는가. 그래서 이번에 메타로봇을 탈취한 것 같네. 블랙홀을 만들기 위해서는 진공 에너지를 움직일 수 있는 인간의 계산된 의식이 필요하네! 그런 인간의 의식은 불안전하므로 많은 집중력이 필요하네. 그런데 메타로봇은 인간의 의식을 사용할 줄 알면서 계산적이고 정확히 진공 에너지를 움직일 수 있으므로 블랙홀을 만드는 최적의 장비라고 할 수 있네.

　그리고 이 모든 기술은 지금 우리 인간의 기술로는 불가능한 일이네. 하지만 애드 슬롯 그자는 이것을 3년 전에 벌써 시작했네. 지금쯤 얼마나 발전했는지 무척 궁금하네.”
　지금까지 교수의 말을 들으면 재미있는 미래 공상 과학 영화를 보는 듯한 느낌이다. 그리고 교수는 그들의 과학 기술에 대해 두려움을 느끼는 것 같았다. 나도 사실 마찬가지다.
　‘그렇다면 프린츠 학생의 메타로봇들이 블랙홀을 만들기 위해 납치된 것일까?' 하는 생각이 들었다. 어서 빨리 프린츠 학생을 찾아야 한다는 생각이 든다.

"교수님, 저는 프린츠 학생을 빨리 찾아야겠습니다. 교수님 말대로라면 프린츠 학생이 위험에 처할 수도 있다는 생각이 듭니다."

"걱정하지 말게, 기호 군. 지금 내 메타로봇 엘리자베스가 탈취된 메타로봇을 도운 학생 중에 영화촬영한 여학생 뒤를 쫓고 있네. 조만간 그들이 집회한다는 첩보가 있었거든. 아마 거기에 프린츠 학생도 오지 않을까 하는 생각이 드네. 조만간 좋은 소식이 있을걸세. 집회 장소를 알아낸다면 제일 먼저 기호 군에게 아니 영웅에게 먼저 연락을 하지."

"고맙습니다. 교수님. 오늘 많이 배우고 갑니다." 나는 교수에게 인사를 하고 영웅에게서 빠져나왔다. 그리고 영웅을 숙소로 이동시켰다.

솔림 일기

1장 ◆ 민들레 홀씨

병원에 입원한 지 오늘로써 일주일째다. 여전히 팔과 다리는 뻣뻣하고 입을 헹굴 때마다 피가 나왔다. 오늘부터 일주일 동안은 종양세포가 잘 제거되었는지 확인하기 위해 조직 검사를 진행한다고 했다.

비가 오려는 모양이다. 날씨가 흐리고 꾸물꾸물거린다. 창가에 민들레 홀씨 하나가 붙어 있었다. 바람이 불면 가냘프게 흔들릴 뿐 어디든 가지 못하고 있었다.

창가에 빗방울이 하나둘씩 떨어진다. 민들레 홀씨는 바람에 흔들리며 버티다 굵은 빗방울에 힘없이 씻겨 내려갔다.

잠깐이지만 민들레 홀씨의 빠른 이별이 좀 아쉽기만 했다. 앞으로 좋은 친구가 될 수도 있었는데, 생각하며 제니를 바라보았다.

"안 그래 제니야." 제니는 이상하다는 듯 나를 쳐다보면서

"계산이 좀 안 되는데 어떻게 민들레 홀씨랑 친구가 될 수 있는지."라고 말했다.

"솔림 친구는 제니가 있다."라고 이야기한다.

"맞아 제니야 이 방에서 유일한 친구는 제니 너 하나야. 내 유일한 친구."

제니는 만족하는지 고개를 끄덕였다.

"소낙비인가?" 굵은 빗방울은 금세 잦아들고 시커먼 먹구름 사이로 태양이 비춘다. 창가는 어느새 언제 비가 왔냐는 듯 햇살로 들어차 있다.

2장 ◆ 블록 축구

갑자기 현기증이 난다. 어지럽고 속이 메슥거린다. "제니야 이제 침대에 누워서 좀 쉬어야겠다."

"솔림, 스트레칭 할 거야?" 하고 제니가 물어본다.

"아니 제니야. 그냥 좀 쉬고 싶어." 막상 침대에 누우니 잠이 오지 않는다. 제니는 침대에서 엎치락뒤치락하는 나를 향해 말했다.

"솔림, 어제 블록 축구 경기가 있었는데. 볼래?" 블록 축구는 내가 유일하게 좋아하는 스포츠 경기이다. 지난번 5위를 차지한 뉴덴 레드 레온 시스터즈팀을 좋아한다. 여성 다섯 명으로 구성된 팀이다. 팀 리더인 메바

애는 올해 27세 일본인 가정에서 태어났다. 12살에 뉴덴 시에 이민 와서 한국말을 잘하는 편이다. 그녀의 판단력과 경기운영은 뉴덴 시 사람에게 많은 신뢰와 사랑을 받고 있다.

메바애가 운영하는 메타로봇은 애바라는 로봇인데 비인가 로봇이 만든 휴머노이드 로봇이다. 메타로봇으로 전환된 로봇 중 하나이다. 휴머노이드 로봇은 인간의 모습과 가까운 지능형 로봇이다. 그래서 애바의 모습도 날씬한 여성의 모습을 하고 있다.

몸은 전체적으로 흰색이고 유광이다. 그리고 얼굴은 갸름한 계란형이다. 얼굴은 입과 코가 없는 대신 이쁘게 만들어진 눈이 두 개 있다.
평상시 혼자 활동할 때는 붉은색 눈을 하고 있다가 메타로봇으로 이입되면 초록색 눈을 하고 있다.

경기장 불빛에 애바의 몸이 빛나는 것을 보고 사람들은 여신 같다고 해서 애바 여신이라는 애칭을 붙여 주기도 했다. 애바가 레드 레온 시스터즈 붉은 유니폼을 입고 경기를 할 때면 사람들은 여신을 위해 노래를 부른다.

"어 어 엇 우리에게 붉은빛을 비추는 어 어 엇 우리의 여신 애바 애바 애~바." 노래에 맞춰 애바는 붉은빛을 발산하며 경기장 여기저기를 뛰어다니며 사람들의 환호에 답례한다.

선수 방에서 경기 준비를 하고 있던 메바애도 대형 스크린에 얼굴을 비추며 사람들에게 인사를 한다.

경기 전 선수들은 홈팀과 원정팀으로 나누어진 방에서 메타로봇을 제어할 수 있는 장비를 착용한다. 먼저 메타 원 헬멧을 쓰고 여러 센서가 부착된 유니폼을 입는다. 경기 시작 10분 전 메타 비전에 들어가 사크룸을 켜고 메타로봇으로 이입한다. 이입된 메타로봇이 잘 제어되는지 확인이 되면 심판은 경기 규칙을 각 메타로봇에 알려 주고 경기 알림음과 동시에 경기는 시작된다.

블록 축구는 메타로봇을 위한 프로리그 경기이다. 메타로봇 5대가 한 팀이 되고 감독의 전술에 따라 공격과 방어로 나누게 된다.

경기방식은 이렇다. 시간은 축구 경기와 마찬가지로 전·후반 45분 경기이다. 90분 동안 무너진 성들의 블록을 쌓아서 많은 성을 확보하거나. 그리고 골인 지점에 골을 많이 보내 점수를 많이 획득하면 승리가 결정되는 경기이다. 공격 시간 5분이 주어지고 5분 안에 블록을 깨트리면 공격은 계속 이어진다. 공격팀이 블록을 깨트리지 못하면 공격권은 상대방에 넘어간다. 그리고 골인 지점에 골을 가지고 가면 모든 블록은 무너지고 점수 1득점을 하게 된다. 점수를 얻지 못하거나 동등한 점수로 경기가 끝난다면 블록으로 만들어진 성들의 개수를 보고 승리 팀을 결정한다.

경기가 시작되면 무너진 성들의 블록은 자동으로 쌓아진다. 공격팀은 다시 쌓아진 블록을 찾아서 공으로 무너뜨리고 공격을 계속 이어 가면 된다. 만약 쌓아진 블록을 찾지 못해 무너뜨리지 못하거나 공을 방어팀에게 빼앗긴다면 목표지점으로 가기 위한 공격은 지체되고 점수를 내는 데 어려움이 있을 수 있다.

반대로 방어팀이 공을 소유하게 되면, 공격팀을 막기 위해 공을 공격 반대 방향으로 보내 공격팀의 쌓아 놓은 블록을 깨뜨리거나 멀리 보내 공격 시간을 줄이면 된다. 그리고 함정을 만들어 공으로 유인해서 블록으로 가는 모든 문을 막으면 공격은 5분간 멈추게 되고 하나의 성이 완성되게 된다.

오늘 참가하는 메타로봇 팀들을 소개하겠다. 먼저 뉴덴 레드 레온 시스터즈는 애바를 중심으로 아린, 보빈, 엘라, 미래이고 서울 스카이 홀 팀은 리더인 코난을 중심으로 번개, 태풍, 이탄, 부루이다.

첫 번째 공격은 홈팀인 뉴덴이 먼저 시작한다. 애바가 공을 잡고 시작 휘슬과 동시에 공을 몰고 나간다. 엘라와 미래는 블록 지점을 찾기 위해 좌우로 흩어지고, 보빈과 아린은 애바의 공을 받기 위해 앞으로 나아간다.

서울팀의 반격도 만만치 않다. 코난과 번개가 공을 가로채기 위해 애바 쪽으로 달려간다. 애바는 몰고 있던 공을 아린에게 보내기 위해 공을 찬다. 찬 공은 벽면을 두 번을 튕기며 코난의 옆을 빠져나간다.

벽을 튕기며 나온 공을 아린이 받는다. 코난이 다시 아린의 뒤를 쫓는다. 아린은 엘라가 보내 준 지점에 공을 보내기 위해 벽면을 향해 공을 찬다. 공은 벽면을 세 번 튕기더니 언제 왔는지 보빈이 그 공을 받는다.

보빈은 공을 받자마자 쌓아진 블록을 향해 공을 찬다. 블록은 깨어지고 공격은 계속 이어 간다. 그리고 닫혔던 성의 문은 열리고 열린 문을 통해 애바와 아린이 들어간다. 엘라는 무너진 블록을 쌓기 위해 재빨리 움직인다. 만약 공을 빼앗기면 방어팀에 의해 공이 반대로 가는 것을 막기 위해서다.

뉴덴의 공격은 계속 이어지고, 10분 정도 성들에 둘러싸여 공격권이 지체되었지만, 35분간 공격으로 골인 지점에 골을 보내 2점을 얻게 되었다.

서울의 공격도 빠르고 정확하다. 힘과 속도는 서울이 우세해 보이지만 뉴덴 방어에 속수무책으로 당하면서 공격권을 20분밖에 가져오지 못했다. 결과는 2 대 0 서울팀의 참패로 경기는 마무리되었다.

3장 ◆ 메타버스 거리

경기를 보고 언제 잠들었는지 한숨 자고 일어나니 몸이 개운해졌다. 좀 출출해서 제니에게 "배고파 제니야."라고 했더니 제니는 병원 서빙 로봇에게 연락해서 간단한 식사를 가지고 오도록 했다.

몇 분 뒤 서빙 로봇이 따뜻하게 데워진 수프와 빵과 우유를 가지고 왔다. 그러고 보니 오늘 온종일 먹지 못했다. 배고플 만도 하다.

식사하고 창가를 바라보았다. 샛별 하나가 노을 진 하늘 위로 떠오르는가 싶더니 세상은 어느새 어두워지고 샛별 하나가 저녁을 밝게 비춘다.

병원에만 있다 보니 사람들이 그리워진다. 그래서 창가로 가서 디지털 창을 활성화했다. 가상 뷰가 켜지고 거리의 사람들이 보였다. 낮에는 사람들보다 사람들 업무를 보기 위해 돌아다니는 메타로봇들이 거리를 차지한다.

해가 지고 저녁이 되면 거리에는 메타로봇들은 어디론가 사라지고 시내 중심으로 사람들이 모여든다. 거리를 자세히 보기 위해 메타 원을 착용하고 창 쪽으로 바라보았다. 창은 뉴덴 시 전체를 보여 주는 지도가 나왔다.

손으로 '메타버스 거리'를 선택하고 로그인했다. 순간 메타버스 거리가 내 눈에 보이고 사람들 소리가 내 귀에 들렸다. 나는 손동작을 통해 나를 앞으로 이동시켰다.

몇 달 전 친구들이랑 메타버스 거리 로긴 12길에서 식사를 하고 가상 게임 공간에 접속해서 마법사 게임을 했던 기억이 난다. 그래서 로긴 12길 쪽으로 이동했다. 혹시 친구들을 만날 수 있을까 하는 기대감일 수 있다.

메타버스 거리는 유일하게 가상 세계와 현실 세계가 공존해서 만나는 곳이다. 메타 원을 벗으면 현실 세계만 보이지만 메타 원을 착용하면 가상공간의 세계를 함께 경험할 수가 있다. 솔직히 메타 원을 벗으면 현실 세계에서 보이는 사람들이 몇 명이나 될까 하는 궁금증은 있다. 그래도 꽤 많지 않을까 하는 생각이 든다.

사람들은 대부분 메타버스 거리에 직접 와서 게임을 즐긴다. 친한 사람들과 어울려 맛집을 찾아 다니며 식사도 하고, 팀을 만들어 게임도 할 수 있기 때문이다.

거리 식당에 맛있는 음식을 보니 속이 메스껍고 피곤했다. 그래서 더 놀지 못하고 다시 병원으로 왔다.

오늘 날씨가 맑아서 그런지 깜깜한 하늘에 구름 한 점 걸치지 않고 환한 달빛만이 내 얼굴을 비춘다.

"신라의 달밤(달에 세워진 호텔)에서 사람들은 지금 지구를 보면서 무슨 생각을 하고 있을까?"

환한 달빛 에너지를 받으니 왠지 기분도 좋아졌다. 기운도 난다.

오늘은 병원에서 휴식을 주는 날인 것 같다. 방문하는 간호사 로봇도 없고, 별다른 진료도 없이 하루가 그냥 가 버렸다.

내일 아침 일찍부터 종양 검사가 있다. 그래서 제니가 아까부터 계속 잠을 재촉한다.

피곤도 하고 해서 제니가 건네준 알약 하나를 먹고 침대에 누워 잠을 청했다.

기호 일기

1장 ◆ 조용식 교수의 연락

오전 6시 사크룸 소리에 잠을 깼다. 사크룸을 켜는 순간 교수의 목소리가 들려왔다. 교수와 헤어진 후 나는 교수의 연락을 기다리며 시간을 보냈다.

주말 동안 필립 형사와 배아쉔의 도움으로 프린츠 학생과 탈취된 메타로봇을 추적하기 위해 노력했지만 결국 어떤 진전도 이루지 못했다. 그나마 소득이 있다면 프린츠 학생과 메타로봇을 태운 차량이 발견되면서 운전한 남학생의 신원과 여자 친구 신원까지 확보하게 되었다.

그리고 나는 주말 내내 교수의 연락을 기다렸다. 그 기다리던 목소리가 지금 내 귀를 통해 뇌파를 흔들고 있다. 나는 잠에서 깨어나 정신을 차리고 아주 자연스럽게 교수에게 말을 했다.

"교수님. 혹시 찾았습니까?"

"너무 이른 아침이라 자고 있지 않나 걱정했는데 마침 깨어 있어 다행이네. 기호 군. 마침내 우리 엘리자베스가 탈취된 메타로봇이 있는 곳을 알아냈네. 지금 엘리자베스가 있는 곳으로 가게. 위치는 영웅에게 알려 주겠네. 아 그리고 이번 작전은 경찰에 알리지 말고 비밀 작전으로 했으면 좋겠네. 나도 곧 거기로 가겠네."

"교수님도 오신다고요."

"이번 작전은 메타로봇과 프린츠 학생을 찾는 것도 있지만 메타로봇을 조종하는 비인가 로봇의 위치를 아는 것도 중요하네. 그래서 그들을 추적하기 위해 잔상 복원을 해야 하네. 잔상 복원은 아주 근거리에서만 확인할 수 있네. 내가 준 잔상 복원 칩을 가지고 와야 하네. 그것을 메타로봇 사크룸 가까운 곳에 붙이기만 하면 기호 군의 임무는 끝나네."

"교수님 걱정하지 마세요. 영웅과 제가 여러 번 연습했습니다. 이미 칩은 영웅이 가지고 시내 쪽에 잠복하고 있습니다. 지금까지 교수님의 연락만 기다리고 있었습니다. 저도 곧 출발해서 영웅과 함께 합류하겠습니다."

"알겠네. 잠시 후 다들 보는 거로 하지."

"예 그럼" 나는 교수와 통화를 끝내고 영웅이 있는 곳으로 가기 위해 바쁘게 움직였다.

제일 먼저 샤워를 하고 검은색 모자가 달린 운동복으로 갈아입었다. 그리고 드론과 잔상 복원 칩에 사용될 총을 챙겼다. 드론을 이용해 잔상 복원 칩을 메타로봇에 부착하기 위해서이다. 메타 원을 착용하고 자율운행 차량을 불렀다. 동시에 영웅과 연결했다. 영웅은 비 오는 거리에 혼자 서 있었다. 내 명령을 기다리는 모양이다. 밖에 비가 오고 있다는 것을 영웅을 보고 알았다.

'우직한 놈 비를 피해 서 있던가 하지.' 혼자 서 있는 영웅이 처량하다는 생각이 들었다. 그래서 만나서 함께 움직이기보다는 영웅을 먼저 엘리자베스가 있는 곳으로 이동시키기로 했다.

영웅이 있는 곳은 드레스덴 시에서 제일 큰 쇼핑센터 건물 뒤쪽이다. 이른 아침 비가 오는 거리라서 그런지 몇몇 메타로봇만 보일 뿐 오고 가고 하는 사람은 보이질 않는다. 쇼핑센터 건물 뒤쪽은 도로가 아닌 사람과 메타로봇만 다닐 수 있는 인도로 되어 있었다. 영웅은 비 오는 인도 어딘가에 서 있었다.

2장 ◆ 차원의 문

자율운행 차량이 숙소 앞에 대기하고 있다는 연락이 왔다. 나는 영웅과 통화하면서 차 문을 열었다. 자율운행 차량은 나에게 인사를 했다.

"안녕하세요. 로라라고 합니다. 원하는 목적지를 말씀해 주세요." 나도 로라에게 인사를 하고 제일 먼저 엘리자베스 위치와 우리가 가야 할 목적지를 확인했다.

"안녕 로라, 지금 '네로'(위치 정보 시스템)를 켜 줄래?"라고 말했다. 차량 앞 유리에 엘리자베스 위치와 영웅의 위치 그리고 탈취된 메타로봇들의 위치가 표시되었다. 영웅으로부터 엘리자베스까지는 걸어서 10분 거리이다. 또한, 엘리자베스는 탈취된 메타로봇으로부터 아주 가까운 곳에 있었다.

나는 자세한 위치를 보기 위해 네로로부터 각각의 위치를 가상 시뮬레이션해서 메타 원으로 가져왔다. 옛날 유럽식 건물과 도로가 눈앞에 들어왔다. 엘리자베스는 도로를 앞에 두고 보이는 건물을 감시하고 있었다.

나는 영웅을 움직였다. 걸어서 가는 것을 선택했다.

조금 걷다 보니 '차원으로 가는 다리'가 나왔다. 사람들이 점점 많아졌다. 특히 아시아인들이 눈에 띄게 많아 보였다. 아마도 관광객인 듯하다. 이렇게 관광객이 많다는 것은 우리가 가는 길에 관광지가 있다는 이야기다. 그래서 지도를 끌어다가 보았다.

영웅이 가는 길에는 특별한 것이 있었다. 그것은 바로 '차원의 문'이라 불리는 놀랍도록 거대한 구조물이었다. 이 구조물은 축구장만큼이나 넓게 펼쳐진 돔 형태로 디자인되었고, 동서남북으로 입구가 있었다. 각기 다른 방향에서 접근할 수 있도록 설계된 이 구조물은 그 자체로도 이미 눈길을 끌었다.

이 차원의 문은 과거 스위스 알프스 산맥이 보이는 그린델발트를 모티브로 만들어졌다고 전해졌다.

"이 여름에 드레스덴에서 눈 덮인 알프스 산을 볼 수 있다니."

나는 갑자기 생각했다. 이런 기회가 찾아올 줄이야, 누가 상상했겠어? 드레스덴에서, 여름에, 눈 덮인 알프스 산을 볼 수 있다는 사실에 나는 뜻밖의 기대감이 커졌다.

영웅은 남쪽 문을 통과해서 케이블카를 타고 북쪽 문으로 나가야 했다. 거기에서 3분 거리에 엘리자베스가 있다. 나는 서둘러 영웅을 차원의 문 쪽으로 보냈다. 차원의 문은 큰 원형의 문이었다. 문이라기보다는 알 수 없는 네온사인 불빛들이 빨려 가듯 영웅을 이끌었다.

차원의 문을 통과하면서 알 수 없는 안개가 그치고 눈앞에 웅장한 눈덮인 알프스 산맥이 보였다. 방금까지 비를 맞고 걸었지만, 이곳은 맑고 화창한 날씨였다. 하늘은 높고 푸르다. 가상현실이지만 자연의 위대함을 깨닫게 했다.

사람들은 주변 식당에서 음식을 먹거나 자연을 즐기듯 벤츠에 앉아 알프스산을 보고 있었다. 나도 여기서 잠시 쉬고 싶다는 생각이 들었다. 그러자 영웅이 말을 걸었다.

"안 돼 기호 정신 차려. 지금 임무가 먼저야."

"영웅아, 형 정신 충분히 차리고 있거든. 임무의 중요성도 알고 있고. 됐다. 어서 케이블카 타고 북문으로 가자." 나는 마치 나 자신을 재촉하듯 이, 영웅을 다그치며 케이블카를 타는 곳으로 향했다. 케이블카를 타려 는 사람들이 많아서, 실제로 타는 데에는 시간이 좀 걸렸다. 하지만 영웅 은 시간을 잘 지키며, 그런 지체에도 불구하고 늦지 않게 케이블카를 타 고 북문을 빠져나왔다.

북문을 빠져나와 다시 차원의 다리를 건넜다. 그리고 마침내 엘리자베 스가 있는 곳에 도착했다. 지금 엘리자베스는 3층 건물에서 잠복 중이다. 거기서 조용식 교수를 기다리는 듯하다.

엘리자베스는 여기가 영화촬영을 위해 만들어 놓은 마을이라고 했다. 한마디로 영화 세트장이다. '영화 세트장. 이번에 프린츠 학생과 메타로 봇을 도운 사람도 영화인이었잖아.'라는 생각이 들었다. 그렇다면 엘리자 베스는 처음부터 여학생을 쫓은게 아니고 여기서 그 여학생이 오기만을 기다렸다는 생각이 든다.

'역시 교수님이야.' 일단 영웅을 엘리자베스가 잘 보이는 맞은편 건물 우측에 몸을 숨겼다. 여전히 비는 계속 내렸다. 비를 피해 숨을 곳이 마땅 치 않았다. 그래서 할 수 없이 비를 맞으며 임무 수행을 하기로 했다.

나도 5분 후면 영웅이 있는 곳에 도착한다. 나는 비 맞는 것을 좋아한다. 어릴 적에는 비를 맞고 흠뻑 젖어서 집에 오면 엄마한테 매번 혼나고 했다. 비를 맞으면 스트레스가 풀리고 기분이 좋아진다.

기분이 좋을 때나 나쁠 때나 하늘을 보면서 '오늘은 비가 올까?'라고 비를 부른 적도 있었다. 이 모든 것은 어릴 때의 이야기이다. 하지만 어른이 되어도 그 기분은 아직도 남아 있다.

3장 ◆ 비전

차 앞 유리에 비친 '네로'를 보며 영웅의 위치를 확인했다. 차를 영화 세트장 근처에 세워 뛰어가기로 했다.

"로라 여기에 차를 세워 줘." 나는 차 문을 열고 영웅이 있는 곳으로 뛰어갔다. 아까부터 세차게 내리었던 비는 어느새 가는 빗줄기로 바뀌었다. 아직 이른 아침이라서 그런지 운동하기 위해 나온 몇몇 백인 남성만 보일 뿐 한산함 그 자체였다. 가는 빗줄기임에도 빗물은 내 얼굴을 내리치고 흘렀다. 나는 빗물을 조금씩 닦으며 영웅에게 도착했다. 영웅은 헐떡거리는 나를 보며 자기 자리를 양보했다. 그리고 영웅은 옆으로 물러났다.

나는 영웅이 양보한 자리에 쪼그리고 앉아 주위를 살펴보았다. 그리고 엘리자베스에게 내가 도착했다는 신호를 보냈다. 이제 교수만 도착하면 된다. 마침 교수가 메타 원으로 연락을 취해 왔다.

"기호 군, 비에 젖은 모습이 마치 물에 빠진 생쥐 같군."

"예? 생쥐 같다고요. 교수님?"

"하하하 농담이네. 여기 엘리자베스가 있는 곳에서 사람들을 보니 다 작게 보이는군. 그리고 자넨 비에 젖어 있어서 그렇게 보였을지도 몰라. 상처가 되었다면 미안하네." 나는 교수의 말이 끝나자마자 몸을 일으켜 양 어깨와 팔에 힘을 주어 몸을 크게 만들었다. 그리고 엘리자베스를 향해 보여 주었다.

"이래도 교수님 제가 생쥐로 보이십니까?"

"아닐세. 아주 큰 호랑이로 보이네."

"하하하 교수님 농담도 잘하시네요. 교수님 언제 여기에 도착하세요?"

"지금 열심히 가고 있네. 이번에 새로 나온 비전을 타고 가고 있네."

"비전을 타고 오신다고요? 지금 비전을 사고 싶어도 예약자가 많아서 몇 년을 기다려야 한다던데, 정말 대단하시네요. 교수님."

"좋은 친구를 두면 좋은 것을 빨리 살 수 있네." 나도 사실 비전을 구매하기 위해 예약을 했다는 것을 말하고 싶었다. 하지만 교수에게 이런 것으로 부담을 주는 것은 예의에 어긋나는 것 같아서, 그런 말은 하지 않았다.

"어떤가. 기호 군, 지금 사고 싶다면 내가 힘 좀 써 줄 수 있는데 말이야."

"아닙니다. 교수님. 저는 영웅만 있으면 됩니다. 신경 써 주셔서 고맙습니다."

비전은 정말로 인기가 좋다. 메타로봇 다음으로 사람들이 사고 싶은 품목 중에 하나다. 비전은 블록 축구선수들이 사용하는 메타 비전을 모티브로 해서 자동차로 만들었다. 메타 비전은 원형으로 된 방과 정육면체로 된 방이 있다. 거기에 블록 축구선수들이 들어가서 몸으로 움직이며 메타로봇을 조정한다.

이번에 새로 나온 비전은 투명한 유리에 한 개의 원통 바퀴가 전체적으로 돌아가며 움직인다. 차 안에는 걷거나 뛸 수 있는 러닝머신 같은 발판이 중간에 있다. 운전자는 운동하면서 드라이브를 즐길 수 있는 아주 좋은 차량이다.

기본적으로 비전은 자가 차량이지만, 자율운행 자동차이다. 단점이라면 한 명만 탑승할 수 있다.

4장 ◆ 잠복

"아무튼, 도착하기 전까지 이번 작전에 대해 간단하게 설명을 하겠네. 오늘 오전에 자네가 있는 그 건물에서 영화촬영이 있을 걸세. 시대 배경은 50년 전쯤 되어 보이네. 1층은 식당이고 그 위층들은 다 숙박 시설이네. 메타로봇과 프린츠 학생은 2층 숙박 시설로 꾸며진 방에 있다고 생각이 되네. 오늘 엑스트라 30명과 독일 최고 미남 배우 피터 슈미트가 온다고 하니 대단한 구경거리가 될 것 같군 그래."

"영화촬영이 있다고요? 그런 말씀은 없었잖아요. 교수님."

"그동안 내가 말할 기회가 없었나 보군."

"하지만 오늘 영화촬영은 그들에게도 좋은 이슈가 되는 건 분명하네. 이번 작전이 마지막이면서 아주 중요한 일이 될 걸세. 며칠 전에 이번 영화에 대한 시나리오를 입수했네."

"이번 영화의 시작은 1층 식당에서 사람들이 식사하는 장면부터야. 그다음으로는 주인공이 차에서 내려 식당으로 들어가는 장면이지. 그리고 그다음부터가 중요한데, 1층에 있던 주인공이 2층으로 도망가는 적들과 추격전이 벌어질 거야. 그때 내가 심어 놓은 배우가 숨어 있는 메타로봇을 향해 잔상 복원 칩을 발사하게 될 거세. 그다음에는 영웅과 기호 군이 가서 이들을 체포하면 이번 작전은 끝나는 거지."

"그럼 우리가 가지고 온 잔상 복원 칩은 필요가 없겠는데요. 그쪽에서 준비했다면……." 나는 애써 가지고 온 잔상 복원 칩을 사용하지 못하는 것을 아쉬워했다.

"그렇지 않네. 기호 군. 잘 가지고 있게. 혹시 모르지 만약 그쪽에서 실패하면 기호 군이 처리해야 하네."

"알겠습니다. 교수님. 그런데 프린츠 학생이 여기 있는 게 확실한가요?"

"여기에 있네. 이들이 여기 온 이후로 엘리자베스와 내가 지켜보고 있었으니 어디 숨지 않은 한 여기 같이 있는 건 확실하네."

"그런데 교수님 저들은 왜 여기 숨어 있는 거죠. 지난번 교수님 말씀대로라면 저들은 우주로 갈 준비를 해야 하는 거 아닌가요."

"음. 저들은 우주로 가기 전에 사람들 눈을 피해 지낼 곳이 필요했던 것 같군. 그래서 지금 여기를 선택한 건 아닐까 하는 생각이 드네."

교수의 말대로 여기는 관광객, 영화관계자 이외에는 사람들이 드물다. 그리고 세트장 내부는 조금만 손보면 사람이 지낼 수 있는 공간이 생긴다. 또한, 도시와 가까워 도움 주는 사람들이 오가는데. 어려움이 없어 보인다. 그런데 왜 오늘일까? 다시 교수는 입을 열었다.

"이제 준비가 다 끝난 것 같다는 생각이 드네. 우주로 갈 준비 말이야.

엘리자베스의 정보에 따르면 지난번 프린츠 학생과 메타로봇 탈출을 도왔던 학생들이 여길 자주 왔다고 하더군. 오늘 남학생은 영화 소품 차량을 직접 몰고 와서 촬영이 끝나면 그들을 태우고 목적지까지 운전해서 갈 것 같군. 그리고 여학생은 지난번처럼 영화 엑스트라로 출연해서 시간이 되면 그들과 합류해서 탈출을 도울 것 같다는 생각이 드네."

말하는 도중에 교수가 비전을 타고 엘리자베스가 있는 건물 앞에서 내렸다. 교수는 검은색 운동복을 입었고 머리에는 진한 청색의 모자를 쓰고 있었다. 건물에 들어가면서 우리 쪽을 보면서 두 손가락을 모자챙에 붙이며 경례를 했다. 잘 도착했다는 신호일 것이다.

"기호 군 잠깐 여기로 와서 나와 함께 커피 한잔하지 않겠나."

"좋아요. 교수님 바로 올라가겠습니다." 말이 끝나자마자 도로에 검은색 아우디 승용차가 한 대 오고 있었다. 지금 도로에서는 볼 수 없는 차량이다. 덜덜거리는 엔진음 소리가 여기까지 들렸다. 여전히 밖에는 빗줄기는 약해졌지만, 비가 내리고 있었다. 나는 쭈그리고 앉아 누가 내리는지 보려고 건물 모퉁이에 조심스럽게 안 들킬 정도만 얼굴을 내밀었다. 차량에서 익숙한 얼굴을 한 남자 한 명이 내렸다. 옆에 같이 쭈그리고 앉아 있던 영웅이 옆에서 내 몸을 밖으로 밀었다. 나는 조금 화난 얼굴로 영웅을 보며 말했다.

"영웅, 밀면 어떡해. 들킬 뻔했잖아." 영웅은 내 화난 얼굴을 보고 조금씩 옆으로 움직이기 시작했다. 갑작스러움에 화가 났지만, 영웅이 쭈그려서 움직이는 모습이 귀여워서 웃음이 나왔다. 다시 차량 쪽으로 얼굴을 내밀어 남자의 행방을 확인하려고 했지만 남자는 보이지 않았다.

"영웅 아까 그 남자 드레스덴 공대 건물에서 프린츠 학생을 제보한 학생 맞지?" 영웅은 정보를 검색해서 그 학생이 맞다는 것을 확인해 주었다. 그리고 교수도 그 학생을 봤을 거란 생각을 했다. 나는 메타 원으로 교수를 찾았다.

"교수님도 보셨죠. 그 학생이 왔다는 건 이제 영화촬영이 시작되고 떠날 준비가 되었다는 거네요. 아마 저기 보이는 검은 승용차를 이용할 것 같은데요."

"그럴 것 같군. 지금 2층으로 간 것을 보면 메타로봇과 프린츠 학생의 상태를 확인하면서 오늘의 작전에 대해 설명하러 간 것 같네만. 좀 더 확인해 봐야겠네. 이제 곧 영화촬영이 시작되겠군." 잠시 후 2층으로 올라갔던 학생은 내려왔다. 그리고 타고 왔던 아우디 자동차를 타고 어디론가 사라졌다. 이제 비는 그치고 뜨거운 태양의 햇살이 비추기 시작했다.

5장 ◆ 잔상 복원 장치

오후가 가까워지면서 사람들과 메타로봇들이 분주하게 움직이고 영화 관계자들도 하나둘씩 들어와 자리를 잡기 시작했다. 나는 영웅과 함께 교수가 있는 곳으로 자리를 옮겼다. 이 층에 있는 교수 뒤쪽에 빈 소파에 자리를 잡고 앉았다. 교수 앞에는 아주 큰 모니터가 설치되어 있는데 밖의 상황을 실시간으로 볼 수 있었다. 마치 창밖을 실제로 보는 듯한 느낌이다.

교수는 나에게 커피를 한 잔 내어 주며 말을 했다. "자 이제 여기서 영화촬영 하는 것을 보면서 우리의 일을 시작하면 되겠군. 아 그리고 엘리자베스는 오늘 처음 보지 않나. 기호 군."

"예 교수님 그런데 엘리자베스는 여자 메타로봇 아닌가요." 교수는 뒤로 고개를 돌려 나를 보며 웃으며 말을 했다.

"사실 엘리자베스는 내 딸 메타로봇이었네. 딸아이가 블록 축구선수로 들어가면서 엘리자베스가 필요 없게 되었거든. 그래서 내가 딸아이로부터 인수하게 되었네."

"아 그렇게 된 거군요. 전 또 교수님이 취향이 그쪽인가 해서 괜히 의심했네요."

"하하하 기호 군도 참." 교수는 조금 쑥스러운지 머리를 긁적긁적 긁으며 말했다.

"이제 의심이 풀려서 다행이군 그래." 교수의 말에 나도 크게 웃었다.

웃으면서 손에 들고 있던 커피를 한잔 마셨다. 보이는 건물 앞에는 여전히 촬영 준비를 하느라 사람들이 저마다 손에 무언가 하나씩 들고 바쁘게 움직이고 있었다. 시간이 지나면서 관광객들로 보이는 구경꾼들도 하나둘씩 모여 인파를 이루었다. 교수는 아까부터 소파 앞 테이블에 놓인 예전 노트북만 한 장비를 만지며 시간을 보내고 있었다.

"교수님 지금 앞에 있는 장비가 잔상 복원 장비인가요?" 교수는 장비를 응시한 채 손을 들어 앞으로 흔들며 자기 쪽으로 오라는 제스처를 취했다. 그래서 나는 소파에서 일어나 교수 뒤에 서서 허리를 살짝 숙이고 교수 어깨너머로 장비를 봤다. 교수는 자랑하듯 설명해 줬지만 나는 통 무슨 내용인지 알 수 없었다.

교수는 시간을 확인하기 위해 손목에 찬 시계를 확인했다. 그리고 엘리자베스에 말했다.
"엘리자베스 시간이 되었다. 광속 레이더를 가지고 옥상으로 올라가."
엘리자베스가 들고 있는 광속 레이더는 예전에 사람들이 사용하던 VR 헤드셋 같은 느낌이다. 저걸 엘리자베스가 쓰고 빛의 속도로 날아가는 전파에너지를 잔상으로 만들어 교수가 가지고 있는 장비로 보낸다. 그러면 교수는 전파에너지 잔상을 시간대별 위치를 확인해서 최종 도착 지점을 정확히 알아맞힌다. 정말 놀라운 장비인 건 확실한데 과연 그럴 수 있는지는 의문이다.

다시 시간을 확인하던 교수는 이제 영화촬영이 곧 시작될 것 같다는 말을 했다. 앞에 보이는 모니터에서도 조금 전까지 분주하게 움직이던 촬영 스탭은 보이지 않고 일 층 식당에 배우들과 카메라만 보였다. 나도 이제 아래로 내려가 사람들과 섞여 교수의 신호를 기다리는 게 좋을 것 같다는 생각이 들었다.

"교수님 저와 영웅은 내려가서 교수님의 신호를 기다리겠습니다."

6장 ◆ 영화촬영

나는 1층으로 내려가 사람들이 있는 곳으로 갔다. 그리고 맞은편 건물 2층으로 올라가기 좋은 곳에 자리를 잡고 영화촬영이 시작되기를 기다렸다.

시간이 되자 스탭 한 명이 사람들 앞으로 다가와서 영화촬영이 곧 시작되니 조용히 해 달라는 부탁을 하고 돌아서 갔다.

잠시 후 1층 식당에 카메라가 돌아가며 영화촬영이 시작되었다. 모니터 중앙에 앉은 사람이 감독인 듯 슈니트, 슈니트, 외치며 촬영한 장면을 모니터를 보면서 연신 웃어 보였다.

그리고 오전에 보았던 검은색 아우디 차량이 들어왔다. 감독은 들어오는 차량 속도가 마음에 들지 않았는지 검은색 아우디를 뒤로 잠시 물렸다가 감독의 신호에 다시 들어왔다. 아까보다 빠른 속도였다. 차가 1층 식당 앞에 멈추고 정장을 한 두 남자가 차에서 내렸다. 한 남자가 유독 잘생긴 걸 보면 주인공인 듯하다. 운전석에서 내린 남자도 정장하고 차에서 내려 담배 한 대를 피웠다. 그리고 다시 차에 타 운전석에 앉았다. 운전석에 앉은 남자는 처음에 몰랐지만 분명 오전에 2층으로 올라간 남학생이었다.

촬영은 계속되었다. 카메라는 1층 식당을 비추고 있었다. 연신 감독은 슈니트, 슈니트를 외치며 영화를 편집해 가고 있었다. 마침내 1층 촬영이 끝났는지 감독과 배우로 보이는 사람들이 모니터 앞에 모여 촬영한 장면을 보며 이야기하고 있었다. 스탭들은 2층 촬영 준비를 하기 위해 또 바쁘게 움직였다. 스탭 중에는 메타로봇들도 있었는데 거의 모든 작업을 처리하는 것 같았다. 그런데 자세히 보니 2층에는 오늘 보지 못한 메타로봇 2대가 스태프로 활동하는 모습이 보였다. 자세히 보니 프린츠 학생 메타로봇이었다. 당황한 모습으로 옆에 있는 영웅을 봤다.

"영웅 너도 봤지. 쟤들이 왜 여기에서 일하고 있지?" 영웅은 탈취된 메타로봇이 확실하다고 했다. 그럼 저들도 우리를 봤을 수도 있다. 신분을 확인했다면 도망갈 수 있다는 생각이 들었다. 일단 건물 뒤로 몸을 숨겼다. 그리고 메타 원을 통해 2층 모니터와 연결해서 그들의 움직임을 확인했다. 스태프들과 영화촬영 준비에 몰두하는 것을 보면 아직은 별다른 움직임은 없는 듯하다.

"저들의 행동을 교수님도 보셨죠."

"그래 봤네. 예상 밖의 일이군. 하기야 가만히 숨어서 의심받는 것보다. 저렇게 나와서 영화 관계자처럼 행동하는 게 더 나을 수 있을 것 같네."

"어쨌든, 우리는 숨어서 저들을 지켜보기로 하겠습니다. 저들이 우리를 발견하면 어떤 행동을 할지 모르기 때문입니다."

"그게 좋을 듯하네. 일단 우리의 작전은 계속하는 걸로 하지."

"예 교수님. 그런데 교수님 2층에서 영화촬영이 시작되면 메타로봇에 잔상 복원 칩을 발사할 사람과 연락은 되었나요."

"그 사람과 따로 연락할 필요 없네. 어떤 상황에서도 잘 대처할 거야. 그만큼 믿을 만한 사람이니까 걱정할 것 없네. 기호 군."

"예 알겠습니다. 아무튼, 계속 지켜보도록 하겠습니다."

"음, 저쪽도 많이 준비했을 것 같지만, 나도 나름대로 꼼꼼하게 준비했기 때문에 성공적으로 마무리될 걸세. 걱정하지 말고 프린츠 학생을 만나기 위한 준비를 하는게 좋을 것 같군. 기호 군."

"예 알겠습니다." 나도 모르게 상관에게 말하듯 자신감 있는 목소리로 말을 했다. 옆에 있는 영웅이 나를 쳐다본다. 한심하다는 표정의 느낌이다. '설마, 아니겠지 영웅은 로봇이야. 그런 감정을 가지면 안 돼. 그래도

영 찝찝하단 말이야.'

괜히 영웅에게 화를 내며 말을 한다.

"영웅, 너는 탈취된 메타로봇을 체포하기 위해 준비는 다 끝난 거야? 레이저 전자총. 스카이 큐빅에 연결할 사크룸 2개, 준비된 건 확실해. 실수하지 않도록 다시 한번 시뮬레이션해." 영웅은 몇 번이고 연습한 걸 잘 알고 있다. 하지만 다시 한번 강조를 했다. 레이저 전자총은 인공지능 칩을 정지시키는 역할을 한다. 인간에게는 아무런 피해가 없지만, 메타로봇에게는 아주 치명적이다. 그래서 위협적인 상황이 아니면 메타로봇에 사용하지 않는다. 메타로봇도 그것을 알기 때문에 레이저 전자총을 보면 잘 협조해 주는 편이다. 그리고 메타로봇에 부착된 기존 사크룸을 제거하고 스카이 큐브 서버와 연결된 사크룸으로 교체해 주면 된다. 오늘 영웅이 할 일이 그것이다.

7장 ◆ 체포

2층 촬영 준비가 끝난 모양이다. 모니터 앞에 있던 감독과 배우들은 건물 앞 계단 앞에 모여 다음 촬영에 필요한 배역과 역할에 대해 의견을 나누는 모습이 보였다.

배우들의 웃음소리가 잔잔하게 들리는 가운데 감독이 직접 앞으로 나와 영화촬영 시작을 알리는 '큐' 사인을 보냈다.

조용하게 진행되었던 1층 촬영과 다르게 2층은 꽝꽝거리는 문소리와 창문 깨지는 소리 그리고 가끔 울리는 총소리가 구경하던 사람들을 긴장시켰다.

감독은 첫 번째 촬영이 마음에 들지 않았는지 다시 촬영할 것을 주문했다. 스탭들은 촬영장 복원과 배우들의 분장을 돕기 위해 바쁘게 움직였다. 그중에 리더로 보이는 사람이 2층에서 돕던 메타로봇을 찾는 듯한 목소리가 들렸다. 그리고 메타로봇들이 와서 스탭을 돕기 시작했다. 그런데 우리가 찾던 메타로봇들이 보이질 않았다.

'설마 도망간 건 아닐까?'라고 생각하고 있는데. 교수로부터 연락이 왔다.

"기호 군 집중하게나. 이제 곧 작전이 시작되네. 메타로봇을 제압할 기회가 지금이라고 2층 촬영장에서 연락이 왔네."

"예 교수님." 교수와 연락을 마치고 영웅에게 신호를 보냈다.

"영웅 준비해 이제 움직여야 해." 영웅과 나는 사람들 눈을 피해 건물 안으로 들어갔다.

"지금 올라가게 기호 군. 올라가서 우측으로 세 번째 방을 찾아. 거기에 메타로봇과 우리 사람이 대치하고 있을 걸세."

"교수님 잔상 복원 칩은 발사했나요."

"다행히도 안전하게 안착했다는 연락이 왔네. 메타로봇에게 이입된 곳에 통신이 송신되길 기다리고 있네. 곧 위치가 밝혀질 걸세."

"예, 아주 좋은 소식입니다." 나는 교수와 연락 하면서 2층으로 올라갔다. 좌우로 긴 복도가 나왔다. 좌측으로 보이는 방에는 촬영 준비를 하는지 조명과 카메라가 보였다. 다시 우측으로 고개를 돌려 우측 세 번째 방에 방문이 열린 것을 확인했다. 저곳이 교수가 말한 방이다. 우측 복도를 걸어가고 있을 때 교수가 다급하게 말을 걸어왔다.

"지금 그곳에는 프린츠 학생이 없네. 지금 뉴덴에 있네. 지금 거기 메타로봇은 뉴덴에 있는 프린츠 학생이 이입되어 있네. 어서 가서 메타로봇을 확보하고 프린츠 학생과 연락하게."

"예! 교수님 그렇다면 프린츠 학생과 대화를 해 봐야겠습니다. 지금 도착했습니다." 나는 반쯤 열린 문을 열고 들어갔다. 영웅은 준비한 대로 레이저 전자총을 메타로봇에 겨누었다. 그리고 사크룸을 교체하기 위해 다가갔다.

"잠깐 영웅, 아직 사크룸을 교체하면 안 돼." 말이 끝나자마자 옆에 레이저 전자총을 들고 있던 사람이 우리를 보며 깜짝 놀라며 인사를 한다. 그는 필립 형사였다.

"아니 영웅하고 기호 요원님 여긴 어떻게………."

"아니 형사님이 여길 어떻게 오셨어요. 잠깐만요. 형사님! 지금 프린츠 학생이 이입되어 있나요?"

"늦었어요. 요원님 벌써 빠져나갔습니다."

"이런. 프린츠 학생으로부터 무슨 이야기 못 들었나요?" 필립 형사를 보며 아쉬운 표정으로 말을 했다.

"아쉽게도 아무 소득이 없습니다." 나는 다급하게 교수를 찾았다. 교수는 아무 말이 없었다. 메타 원을 확인했지만 꺼져 있었다. 뭔가 일이 잘못되고 있다는 생각이 들었다.

"혹시 형사님 조용식 교수를 아세요?"

"조용식 교수라면 나를 여기로 보낸 박사님 같은데 만나지는 못하고 통화만 했습니다."

"그분이 지금 연락이 안 됩니다. 죄송하지만 여기 메타로봇 좀 처리해 주세요." 필립 형사에게 뒤처리를 부탁하고 조용식 교수에게로 달려갔다. 잠시 후 교수가 머무는 곳에서 드론 한 대가 떴다. 그리고 빠르게 사라졌다. 교수가 있었던 곳은 깔끔하게 정리되고 사라졌다.

솔림 일기

1장 ◆ 하얀 고양이

아침에 몸 상태를 확인하기 위해 10분 동안 스트레칭을 했다. 무용을 시작하면서 몸에 밴 습관이다. 몸은 예전처럼 유연하다. 밤톨 같은 머리만 빼면, 언제 아팠냐는 듯 예전처럼 건강한 몸으로 돌아온 느낌이다.

그런데 오늘 종양 검사가 있다고 하니 좀 긴장된다. 이게 퇴원을 위한 마지막 관문인가 싶다. 마음 같아서는 지금이라도 당장 집에 가서 엄마 품에 안겨 앙살 부리며 엄마가 해 준 따뜻한 밥을 먹고 싶다.

'우리 홍 여사님은 지금 뭐 하고 있으려나. 통화해 볼까?' 엄마는 지금쯤 서재에서 피카니 바이올린 연주곡이나 왈츠 음악을 들으며 청소를 하고 있을 것 같다. 때때로 예전처럼 무용하며 가끔 춤을 추기도 하고, 읽고 싶은 책이 있으면 청소를 멈추고 몇 시간 동안 책을 읽는다. 제니가 말하기를 오늘 엄마는 뉴덴 대학에서 강의하는 날이라고 했다. 그리고 보니 오늘이 화요일이라는 것을 잊고 있었다.

"맞아 제니야. 화요일하고 목요일은 엄마가 강의하는 날이야. 통화는 저녁에 하도록 하자."

종양 검사까지 시간이 남았다. 그런데 계속해서 침대에 누워 있는 것은 환자 같아서 싫었다. 그래서 메타 상점에 가서 볼만한 책을 골라 보기로 했다.

침대에 앉아 있는 나에게 제니는 홀로그램을 비추었다. 나는 홀로그램 안에서 메타 웹에 접속했다. 메타 웹 안에는 제니의 캐릭터로 보이는 하얀 고양이 한 마리가 나와 나를 메타 상점으로 이끌었다. 메타 상점 안의 공간은 조금 익숙하게 느껴졌지만, 우리 집 안이라는 것을 깨닫지 못했다. 하지만 시간이 지나면서 우리 집 안이라는 것을 알게 되었다.

'여긴 우리 집 내부잖아.'라고 생각하며 하얀 고양이를 계속 쫓아갔다. 하얀 고양이는 하얀빛이 흘러나오는 방문을 열어 이리 들어오라고 손짓을 했다.

'여긴 내 방인데……'

"제니야, 여기는 우리 집이잖아. 지금 이곳은 내 방인데, 누가 이런 것들을 준비한 거야." 분명 엄마라고 생각했지만, 제니의 말로는 나를 위해 아빠와 제니가 만들었다고 했다. 이걸 본 엄마는 너무 좋아했다고 한다. 그러고 보니 아빠의 빈자리가 크다. 지금 아빠와 메타로봇 아톤이 있었다면 엄마한테 큰 힘이 되었을 텐데……

'아무튼, 아빠가 출장에서 돌아올 때까지 치료 잘 받고 건강하게 잘 있자.' 나 스스로 기분 좋게 파이팅을 했다. 작은 내 방 안 메타 상점에는 제니에게 어울릴 만한 액세서리들이 많이 있었다. 그중에서도 로봇들의 감정을 볼 수 있는 홀로그램도 있었다.

'로봇들에게 감정이라니.' 말도 안 되는 소리지만 재미있겠다는 생각은 든다. 그래서 제니에게 어울릴 만한 것을 찾아보기로 했다. 찾아볼 것도 없이 가장 인기 있는 것을 골랐다. 감정에 따라 로봇 목덜미에서 꽃들이 피어나고 꽃들의 색깔과 크기가 그때그때 다르다. 꽃망울이 터지는 퍼포먼스의 따라 나비와 벌들이 날아든다. 이게 제니한테 잘 어울릴 거란 생각이 들었다.

"제니야 이거 한 번 해 봐. 재미있을 것 같은데." 제니도 좋다고 한다. 그래서 결제를 하고 제니에게 선물을 보냈다. 제니는 선물을 바로 착용했다. 제니의 목덜미에 크고 작은 보라색 꽃들이 피어난다. 그리고 잠시 후 꽃망울을 터뜨리며 향을 풍기는 퍼포먼스를 만들어 낸다. 그 향을 따라 나비와 벌들이 제니의 얼굴과 머리 위로 빙빙 돈다. 제니는 벌과 나비를 쫓다가 꽝하고 넘어진다. 그 광경이 얼마나 웃긴지 나도 모르게 낄낄거리며 웃었다.

"제니야 좋아." 제니는 좋은지 목덜미에 다시 노란 장미꽃 한 송이를 만들어 내며 제니의 얼굴을 가린다. 간만에 제니 때문에 웃어 본다.

2장 ◆ 우리 집

하얀 고양이는 내 방을 나와 1층으로 나를 안내했다. 1층 주방에는 엄마가 요리하고 있었다. 옆에 남자는……. 아빠다!

나는 반갑게 아빠를 불렀다.

"아빠" 아빠는 놀라며 카메라가 있는 곳으로 고개를 돌렸다.

"오! 솔림아. 벌써 일어난 거야."

"벌써라뇨 아빠, 지금 시간이 몇 시인데요. 그런데 아빠 집에는 언제 오셨어요."

"지금 방금 도착했어. 우리 딸 솔림이가 집에 온다는 소식을 듣고 주방에서 엄마랑 이야기하면서 도와주고 있었다."

"아빠 주방에서도 내 모습이 보여요?"

"응, 홀로그램으로 보고 있어. 우리 딸 오늘 정말 이쁘다." 나는 앞에 있는 제니를 흘리며 째려보았다. 제니는 나를 인식했는지 목덜미에서 빨간 장미꽃이 나와 꽃망울을 터뜨렸다. '저건 무슨 감정이야. 미안하다는 뜻인가.' 아빠는 다시 말을 했다.

"솔림아 제니를 너무 나무랄 건 없어요. 내가 비밀로 해 달라고 했다."

"아니 아빠 오신 줄 알았다면 좀 씻고 왔을 텐데 말이에요."

"아니야 솔림아 아빠는 지금 모습이 좋아. 세상에서 가장 이뻐 보여."

"아빠도 참 내가 뭐가 이쁘다고. 엄마는 좋겠다. 아빠가 집에 오셔서."
나는 엄마를 보면서 말을 돌렸다.

"그래 좋아. 엄마는 이번 주 솔림이도 퇴원하고 우리 가족이 함께 모여 식사를 하면 더 좋을 것 같은데."

"예, 엄마 저도 빨리 그러고 싶어요. 엄마 오늘 강의 있는 날 아니에요. 집에 계시는 걸 보고 깜짝 놀랐어요."

"그래, 솔림아. 오늘 수업하는 날이야. 아빠가 온다고 해서 좀 쉴려고 했는데, 대신해 줄 사람이 없어서, 수업을 못 하면 학생들에게 미안한 마음이 들고 해서. 그냥 오후로 수업을 미루기로 했어. 아빠가 오후에 데려 다준다고 하니, 나한테는 좋은 일이지 뭐."

엄마는 살짝 웃으며 옆에 있는 아빠를 향해 눈길을 돌렸다. 이렇게 메타 웹 안에서 생각지도 못한 엄마 아빠를 만나다니 그것도 가상으로 만들어진 집에서. 색다르지만 좋았다. 제니에게 말은 안 했지만 고맙게 생각하고 있다.

"엄마 아빠 이제 쉬세요. 나는 이제 서재에 가서 읽을 책들을 골라야겠어요." 인사하고 나가려고 하는데 아빠가 불렀다.

"솔림아 서재에 가면 아빠가 골라 놓은 책이 있어. 한번 읽어 봐 재미있을 거야."

"예 아빠 고마워요." 나는 다시 인사를 하고 서재로 향했다.

3장 ◆ 천상의 시간

메타 웹 안에서 서재는 완벽하게 복원되어 있었다. 언제 왔는지 하얀 고양이가 밝게 빛나는 책 위에서 폴짝폴짝 뛰고 있었다.

'저 책이 아빠가 재미있다고 한 책인가.'

'천상의 시간'

나는 책을 꺼내 홀로그램 안에서 책을 펼쳤다.

천사로 보이는 두 아이가 초원의 언덕에 엎드려 무언가 몰래 보고 있었다. 그곳에는 둥근 웜홀 하나가 있었다. 주위를 경계하는 천사는 없었다. 두 천사는 여기에 오면 안 되는 듯 잔뜩 경계하는 눈빛이다. 두 천사의 이름은 단과 요다. 단이 요에게 말을 한다.

"요 내가 여기 온 이유는 말이야 우리의 친구 한을 보기 위해서야."

"단 우리의 친구 한이 여길 왜 오는데? 그리고 여기는 어디야. 우리가 여기 와도 괜찮은 거야?"

"아니 우리는 여기 오면 안 돼. 하지만 한의 마지막 모습을 보고 싶어서……." 하고 단은 말을 잇지 못하고 눈물을 흘렸다.

"단 너 오늘 너무 이상한 거 알아. 우리의 친구 한이 왜 우리를 떠난다는 거야. 그리고 너는 여길 어떻게 안 거야."

"지난번 우연히 한의 뒤를 쫓아서, 그때는 여기가 뭐 하는 곳인지 알지 못했지만 얼마 전 한의 이야기를 듣고 여기가 어떤 곳인지 알게 되었어. 이곳은 죄지은 천사들을 땅의 지배자들이 사는 행성으로 보내지는 곳이야. 삶과 죽음이 반복되는 곳이지."

"단. 도통 네가 무슨 말을 하는지 모르겠어. 삶은 뭐고 죽음은 뭐야. 단. 너는 이해할 수 있어?"

"아니 나도 이해하지 못해. 하지만 한은 그것을 아는 것 같아서." 요는 단을 똑바로 바라보며 알 수 없다는 표정으로 소리쳤다.

"우리의 친구 한이 그것을 어떻게 아는 건데. 단 나한테 속 시원하게 말 좀 해 봐."

"요. 진정해 나도 한에 대해 모든 것을 알지 못해. 지난번 한이 차원이 낮은 곳으로 여행을 갔다 온 건 알고 있지."

"그거야. 우리도 함께하려고 했지만 천사장 시몬의 부탁으로 다른 행성으로 가는 일이 생겨서 함께 갈 수 없었지. 혼자 갈 거라고는 생각 못 했어."

"그런데 한 혼자 갔다 왔나 봐. 시공간이 존재하는 그곳에서 한은 예전의 자신을 기억한 것 같아. 범죄 한 천사의 모습을……."

"뭐 한이 범죄 한 천사였다고?"

"맞아, 요 그리고 땅의 지배자들이 사는 행성에서 살았던 기억들. 사랑하는 가족들, 친구들, 그중에도 아끼는 딸이 있었나 봐! 그리고 부인까지도, 그들을 놔두고 자신만 천상에 왔다는 것에 큰 죄책감을 느끼는 것 같더라고 나는 한 번도 느끼지 못한 감정을 한은 느끼고 있다는 것에 신기하면서도 위로해 주고 싶었어. 그리고 한은 끝내 내 앞에서 눈물을 흘렸어. 한의 눈물은 정말 따뜻했어. 요, 너도 한번 느껴 봐야 알 텐데."

"미안하지만 단, 난 너의 말을 이해할 수 없어. 지금까지 한 번도 느끼지 못한 감정들이니……. 하지만 한의 결정에 대해 조금은 이해할 것 같다."

"맞아. 요, 우리가 가지고 있지 못한 감정들을, 한은 가지고 있는 것 같아. 그리고 그것으로 인해 죄책감에 사로잡히게 된 거지. 죄를 갖고 여기서는 살 수 없다는 것을 잘 알고 있는 한은 오늘 여기로 올 수밖에 없는 결정을 스스로 한 것인지도 몰라."

단과 요는 고개를 웜홀 쪽으로 돌린다. 어두웠던 웜홀 주변이 밝게 빛난다. 한 천사가 웜홀 앞에 서 있다. 아마도 천사 '한'인 것 같다. 천사는 마지막 날갯짓하는 듯 날개를 몇 번 펄럭이더니 다시 접는다. 그리고 허리에 차고 있던 천사의 칼을 높이 들어 자신의 날개를 하나씩 잘라낸다. 잘린 날개를 하나둘씩 모아 무슨 의식을 치르듯 기도하고 웜홀 쪽으로 발걸음을 옮긴다. 무슨 생각이 났는지 웜홀 앞에 잠시 서 있다가 웜홀 안으로 들어갔다. 그렇게 한은 천상의 세계에서 사라져 버렸다. 그걸 지켜보던 단과 요는 처음으로 뜨거운 눈물을 흘리며 친구의 마지막 모습을 지켜보았다. 단은 눈물을 훔치며 생각했다.

'눈물은 정말 따뜻하구나.' 이제 정말 한을 볼 수 없다는 생각에 다시 한 번 눈물을 흘렸다.

단이 갑자기 결심한 듯 일어나 웜홀 쪽으로 걸어갔다. 요가 당황했는지 앞에 가는 단을 저지했다.

"단, 무슨 생각으로 저길 가려는 거야. 우리가 여기 온 걸 시몬이 안다면 어떤 처벌이 내려질지 알잖아. 그만 돌아가자 단." 단은 요가 무슨 말을 하든 웜홀 쪽으로 걸어가고 있었다. 그리고 단은 걸어가면서 요에게 말을 했다.

"요, 난 한의 날개를 가지고 가야겠어. 언젠가 돌아올 한을 위해 저 날개를 내가 보관해야 되는 게 맞아." 요는 포기하듯 단에게 말을 했다.

"단, 우리 이제 그만 돌아가자. 한도 이해할 거야." 요의 말이 끝나자마자. 커다란 날개를 펼친 어른 천사가 단의 앞에 나타났다. 순간 요는 몸이 얼어붙은 듯 움직이지 않았다. 단은 어른 천사를 바라보며 작은 소리를 내뱉었다.

"시몬!" 천사장 시몬은 나지막하면서도 또렷하게 단과 요에 말을 했다.

"단아 요야 어둠이 있는 곳에 가지 말라는 내 말을 잊었느냐?"

"아닙니다. 시몬! 우리는 단지 우리의 친구 한을 보기 위해 왔습니다. 여기 오면 안 되는 것을 알면서도……." 요는 기어들어 가는 목소리로 말 끝을 흐렸다. 시몬은 자신의 앞을 막 지나가려는 단의 팔을 잡았다. 단은 무엇에 홀린 듯 웝홀 쪽으로 손을 뻗으며 힘없이 말을 했다.

"한의 날개를. 한의 날개를 가지고 가게 해 주세요." 단은 힘없이 말을 하고 땅바닥에 털썩 주저앉았다. 시몬은 단의 행동에도 아랑곳하지 않고 앞을 바라보며 침착하면서도 우렁차게 하게 말을 했다.

"단아 요야. 한의 일은 시온성 어머니께서 허락하신 일이다. 한의 날개 는 시온성으로 가지고 가겠다. 너희들은 속히 이곳을 벗어나 시온으로 가라." 시몬의 말이 끝나자 요는 단에게로 가 무릎을 꿇은 듯 앉아 있는 단을 다독거리며 시온으로 가자고 했다. 단은 알아들었는지 한의 날개를 뒤로한 채 요와 함께 천사의 날개를 힘차게 펄럭이며 자신들이 왔던 곳으로 돌아갔다.

"제니야 『천상의 시간』, 종이책으로도 읽고 싶다." 나는 아직 종이책 읽기를 좋아한다. 페이지를 한 장 한 장 넘기는 재미와 종이 질감에서 나오는 냄새가 좋다. 그리고 무엇보다 종이책으로 읽을 때 떠오르는 이미지와 영상은 기계의 힘으로 만들어진 것보다 훨씬 더 감정이 순수하게 느껴진다는 것을 알 수 있다.

종양 검사 시간이 되었는지 제니가 캡슐을 열었다.

"제니야 벌써 시간이 이렇게 되었니. 음. 천상의 시간 잘 보관해 놔. 돌아와서 다시 읽을 테니까."

제니는 걱정하지 말라는 듯 아까 사 준 홀로그램으로 노랑 개나리꽃을 피우며 나비 한 마리를 나에게 날려 보냈다.

"제니야 언니 금방 갔다 올 테니까 심심하더라도 좀 참고 있어." 제니에게 심심하다는 감정은 없다. 내가 캡슐에 들어가면 내 옆에서 나의 뇌파와 건강을 계속해서 점검한다.

종양 검사를 잠깐 받고 다시 돌아올 텐데 하며, 요란한 걱정을 하고 있다고 말하겠지만 나는 캡슐 안에서 눈을 감을 때마다. 이게 마지막이라는 생각이 든다. 다시 돌아올 수 없는 요단강을 건너는 건 아닌지 하는 걱정과 공포가 조금씩 밀려온다. 하지만 제니가 있어서 걱정과 공포는 희망으로 바뀐다. 캡슐로 들어가기 전 내 마음이 이렇다.

사실 제니는 내가 캡슐로 들어가면 바빠진다. 나의 몸 상태에 대해 순간순간 의료진이 필요할 때마다 제니는 정보를 공유한다. 캡슐에 들어가 몸을 뉘었다. 오늘따라 마음이 평화롭다. 이제 조금씩 졸음이 밀려온다. 캡슐이 검사실로 이동하는지 서서히 움직인다. 이동하는 캡슐 옆으로 제니가 같이 가고 있다.

기호 일기

1장 ◆ 뉴덴의 풍경

오늘 수사지휘 브리핑을 위해 어젯밤 늦게 뉴덴에 도착했다. 영웅은 며칠 더 드레스덴에 머물게 했다. 아직 좀 더 조사할 사항이 남아 있고, 참고인 조사도 진행해야 해서 영웅을 남겨 두고 혼자 먼저 뉴덴에 왔다.

아침 일찍 서둘러 일어났다. 오늘 있을 브리핑을 한 번 더 점검하기 위해서다. 조용식 교수의 마지막 통화가 계속 생각난다. '지금 그곳에는 프린츠 학생이 없네. 지금 뉴덴에 있네.' 분명 잔상 복원은 정상적으로 작동된 게 분명하다.

우리가 그날 2층에 도착하기 전 프린츠 학생은 메타로봇에 이입되어 있었다. 잔상 복원 칩이 작동되고 위치가 발각되었다는 것을 알았을 때 프린츠 학생은 이입을 해제했다. 그들은 잔상 복원 장치가 잘 작동되는지 확인하고 잔상 복원 장치와 같이 조용식 교수를 납치했다.

그리고 교수는 어디로 갔는지 알 수가 없다. 결과적으로 우리가 그들로부터 당한 거다. 그들의 치밀한 계획 속에 우리가 당한 것이다. 머리가 복잡해지고 답답해진다. 당장 냉장고 문을 열고 맥주라도 한잔하고 싶은 생각이 든다.

하지만 참아야 했다. 아침부터 술로 내 얼굴을 붉게 물들이고 싶지는 않다. 대신 교수가 준 커피 원두를 갈아 진한 향의 커피를 내렸다. 커피를 한잔 마시니 각성이 되어 정신이 점점 맑아지는 느낌이다.

나는 오랜만에 뉴덴의 아침 풍경을 보기 위해 창가에 배치한 테이블과 의자 앞으로 갔다. 잠시 커피잔을 테이블에 올려놓고 모션 동작으로 뷰를 열었다. 어두웠던 창은 점점 밝아지면서 오늘 날씨가 맑다는 것을 알 수 있었다.

6월의 아침 햇살은 도시를 깨우듯 빌딩 숲 사이로 힘차게 뻗어 나갔다. 멀리 보이는 드론들 사이로 우주 궤도 엘리베이터 '스카이원' 건설현장이 보인다. 스카이원의 지상 정거장으로 보이는 큰 원형의 원반이 웅장하게 보였다.

언제 완성될지 모르겠지만 메타로봇들이 열심히 일하고 있다. 십 년 안에는 완성되리라 생각한다. 그때쯤이면 화성에 인간이 살 수 있는 도시가 생길 것이다.

십 년 후 영웅과 함께 화성을 여행하면서 밤하늘에 떠 있는 지구를 바라보는 상상을 해 본다. 생각만 해도 흥분되고 짜릿하다.

짜릿한 상상 속에 빠진 나를 깨운 건 유다 부국장의 연락이었다. 부국장은 브리핑이 끝나면 자신의 방에 잠시 잠시 들르라는 내용이었다. 안 그래도 뉴덴에 도착한 어젯밤에 부국장에게 따로 보고할 보고서를 만들어 놓았다. 내용은 전부 조용식 교수에 관한 내용이었다.

특히 오늘 브리핑에 넣지 않은 비인가 로봇들을 추앙하는 사람들의 모임과 모임의 성격이 무슨 신앙처럼 퍼져 나가고 있다는 조용식 교수의 말과 증거 자료들을 보고서에 넣었다. 그리고 비인가 로봇들의 블랙홀에 관한 이야기도 할 생각이다.

물론 증거 자료는 없다. 조용식 교수가 증거가 될 만한 자료를 가지고 있다는 확신이 있지만, 교수는 지금 없다. 그래서 하루빨리 공개수사로 전향해서 조용식 교수의 행방을 찾아야 한다.

"그들이 가지고 있는 블랙홀은 앞으로, 그리고 미래에도 인류에게 큰 재앙이 될 것이 분명하다."

2장 ◆ 뉴덴의 거리

정리가 안 된 방과 거실을 뒤로하고 출근을 하기 위해 현관문 쪽으로 갔다. 집사 로봇의 잔소리에 고개를 돌려 집 안을 보았다. 널브러진 옷가지와 책들을 보니 마음이 복잡하다.

'휴~ 갔다 와서 정리해야겠다.'

"집사 갔다 와서 정리할 게. 잔소리는 이제 그만, 나도 마음이 복잡하니까."

"예 기호 님. 그럼 정리 목록을 적어서 사크룸으로 보내겠습니다."

"그래 알았어. 집사."

나는 얼른 건물을 빠져나와 거리를 걸었다. 집에서 경찰국까지는 10분 정도 거리다. 차량을 이용해 갈 수도 있지만, 오늘은 좀 걷고 싶었다. 아직 6월이지만 아침 햇살은 여름이라도 온 것처럼 덥고 따가웠다.

'벌써 여름이 시작된 건가. 올여름은 일찍 시작하나 보다.' 하며 혼자 중얼거렸다. 그래서 그런지 거리에는 사람들보다 메타로봇을 더 많이 볼 수 있다.

출근길에 걷다 보면 우측에 사람들이 항상 붐비는 편의점이 있다. 그곳에도 오늘은 사람이 없다. 여름이 시작되면 일광 화상 환자들이 유행처럼 번지고 있는 요즘 자외선 지수를 확인하고 바깥나들이를 하는 것이 일상이 되었다.

'아무래도 오늘 자외선 지수가 높은 날인가 보다. 그래서 사람들이⋯⋯.' 라고 생각하니. 지금 내가 밖에 돌아 다니는 것이 바보 같다는 생각이 들었다. 지나가는 메타로봇들이 힐끔힐끔 쳐다보는 이유가 '저 사람은 자외선 지수도 안 보고 나오나 봐' 하는 비아냥처럼 보이지만 난 상관없다.

자외선 지수가 높든 낮든 항상 준비를 철저히 하고 나오기 때문이다. 하지만 벌써 얼굴 주변이 따끔거렸다. 그리고 벌겋게 달아오르고 있었다.

'차를 타고 출근할 걸 그랬나.' 하고 마음 한구석에 후회도 있었지만 이 정도는 늘 있는 일이라서 개의치 않고 계속 걸었다. 그리고 어느새 메타로빅 회사 앞을 지나가고 있었다.

3장 ◆ 신라의 달밤

'메타로빅'은 할아버지가 최초로 메타로봇을 만들고 퇴직한 회사이다. 사실 표면에는 메타로봇 최초 개발자로 할아버지의 이름이 새겨져 있지만, 조력자로 애드 슬롯과 조용식 교수가 있다. 애드 슬롯과 할아버지는 로봇을 만들고 사용하려는 의도는 달랐지만, 애드 슬롯이 없었으면 메타로봇은 세상에 나오지 못했을 거란 생각이 든다.

할아버지 자서전을 보면 메타로봇을 세상에 공개하는 데 있어서 로빅 회장과 큰 의견 충돌이 있었다고 했다. 로빅 회장은 메타로봇을 이용해 큰돈을 벌 기회로 세상에 빨리 공개하자고 했지만, 할아버지는 반대했다. 당장 메타로봇이 사람들의 삶에 도움이 되겠지만 악한 사람들 손에 메타로봇이 들어간다면 큰 범죄를 저지를 수 있는 무기가 될 수 있다고 했다. 그렇게 되면 회사는 사회로부터 비난을 받게 되고 가치는 떨어질 거라는 경고를 했다. 그래서 할아버지는 로빅 회장에게 우주개발 프로젝트를 세우고 메타로봇을 사용하자고 했다. 그 첫 번째로 메타로봇을 달에 보내자고 했다.

두 번째는 서울 신라 호텔과 런칭해서 달에 '신라의 달밤'을 세우자고 했다. 물론 건설인력은 메타로봇들이 담당한다고 했다.

세 번째는 메타로봇을 이용해 화성에 사람이 살 수 있는 신도시를 만들자고 했다. 할아버지의 말을 경청하던 로빅 회장은 의자에서 일어나면서 아주 자신감 넘치는 목소리로
"그 프로젝트, 바로 실행하시죠." 하며 밖으로 나갔다고 한다.

자서전에서 할아버지의 말에 따르면 '로빅 회장은 내 말을 듣고 잠시 생각한 뒤 호탕하게 웃으며 말했다'고 한다. 다음은 할아버지 자서전에 로빅 회장과의 대화 내용이다.

2054년 3월에 메타로봇이 달에 첫발을 디디는 그날 로빅 회장은 나를 끌어안으며 "박사님 성공할 줄 알았습니다."라고 말하고 감동의 눈물을 흘렸다.

며칠 후 로빅 회장을 만났을 때 나는 물었다. "회장님, 내가 그날 메타

로봇을 세상에 공개하는 것을 반대하고 우주개발 프로젝트를 말했을 때 아무런 검토도 없이 그 자리에서 바로 승인을 해 주었는데 왜 그러셨습니까?" 하고 물었다.

로빅 회장은 나를 빤히 바라보다가 웃으며 말을 했다.
"박사님, 그날 사실 박사님의 고집을 꺾으려고 갔었는데. 박사님의 말을 듣다 보니 메타로봇의 아주 좋은 서사가 그려지더라고요. 무엇보다 '신라의 달밤'이 아주 멋졌습니다.

그래서 생각할 것도 없이 박사님이면 성공할 거라는 생각에 결정을 내렸습니다. 이제 메타로봇이 달에 첫발을 내디뎠으니 다음 프로젝트를 실행해야 할 때가 된 것 같군요."

나는 로빅 회장의 얼굴을 보며 살짝 미소를 지으며 말을 했다.
"오늘부터 프로젝트를 실행하려고 합니다." 하고 말을 하자 로빅 회장은 깜짝 놀라며 나를 바라보았다.

그래서 그 자리에서 준비해 온 홀로그램을 띄워 호텔 디자인과 호텔 내부 그리고 온도 변화에 대한 단열 문제와 해로운 방사선을 차단하는 문제를 현재 기술로 해결할 수 있다는 설명도 했다.

이처럼 로빅 회장의 적극적인 지지와 로비가 있어서 6년이라는 길지 않은 기간 동안 신라의 달밤을 완성할 수 있었다. 여기에는 메타로봇의 희생과 노력이 있었다. 그들이 없었더라면 시간이라는 말은 무의미하다. 아니 달에 호텔을 짓겠다는 생각을 하지 않았을 것이다. 사람들이 하기에는 너무 위험한 일이다. 이번 공사 기간 동안 20대의 메타로봇을 잃었다. 신라의 달밤 프로젝트를 시작하고 달에 선발대로 메타로봇 30대를 보내면서 완전히 해결을 보지 못한 부분은 통신 문제였다.

4장 ◆ 신성한 물건

달에 있는 메타로봇들과 최대한 가깝게 통신하기 위해 운영자들을 지구 궤도를 돌고 있는 민간 우주정거장으로 보냈다. 하지만 통신 상태는 좀처럼 나아지지 않았다.

그러던 어느 날 조용식 연구원이 찾아왔다. 지금 독일 통신회사에서 연구원으로 일을 하고 있다면서 이번에 만든 통신 기기라며 '사크룸'을 내게 보여 주었다. 라틴어로 '신성한 물건'이라는 의미인데, 그 당시 사크룸은 나에게는 신의 선물로 느껴졌다.

두 개의 사크룸은 하나의 빛처럼 움직였다. 사크룸 하나는 메타로봇에게 장착하고 또 하나는 운영자가 가지게 된다. 두 개지만 하나처럼 인식이 된다. 마치 내 영혼이 메타로봇에 들어간 것처럼 내 영혼은 하나지만 두 개의 몸을 가지고 있는 것처럼 느껴졌다.

이건 양자 기술로 만들어진 통신 기기가 틀림없다. 이렇게 작게 만들어지다니 놀라운 기술이다. 조용식 연구원이 이번에 대단한 일을 해냈다고 생각했다.

나는 사크룸을 사용하면서 운영자를 더는 우주정거장으로 보내지 않았다. 운영자들을 지구에 있는 우주센터로 보냈다. 지구에서 달에 있는 메타로봇을 운영할 수 있다는 게 처음에는 신기했지만, 점차 익숙해져 갔다. 사크룸을 만든 독일 통신회사는 사크룸으로 회사 이름을 바꾸고 뉴덴으로 본사를 이전했다. 조용식 연구원은 독일에 남아 물리학 교수로 학생들을 가르친다고 했다.

뉴덴에서 다시 만나 좀 더 많은 이야기를 하고 싶었는데, 아쉽다는 생각이 들었다. 이제 은퇴를 고려할 나이가 되었다. 다음 세대를 위해 메타로봇을 세상에 정식으로 공개하자는 제안을 로빅 회장에게 전달했다.

제안을 받은 로빅 회장은 "지금 공개해서 사람들과 공유하기에 딱 좋은 시점인 것 같습니다. 우리는 이미 신라의 달밤 개발을 통해 메타로봇이 사람들에게 왜 필요한지 홍보를 충분히 했다고 봅니다."

그는 이미 메타로봇을 운영할 수 있도록 법과 제도를 준비했다고 했다. 로빅 회장은 기업을 하기보다 정치를 해도 될 것 같다는 생각이 들었다. 여기까지가 할아버지 자서전 이야기다.

할아버지는 2062년 3월에 메타로봇을 세상에 공개하고 은퇴를 했다. 내

나이 12살 때 일이다. 그때 나는 케냐 나이로비에서 살고 있었기 때문에 할아버지를 직접 보지 못했다. 하지만 뉴스에서 메타로봇을 공개하던 그 날, 메타로빅 새로운 CEO 옆에 서 있던 할아버지의 모습이 기억이 난다.

메타로빅 회사 정면에 사크룸 회사도 보인다. 도로 하나를 두고 서로 마주 보고 있다. 사크룸 회사 건물은 사크룸 그 자체다. 일자로 된 기둥에 끝이 ㄱ 자로 꺾여 있다. 일자 기둥과 ㄱ 자로 꺾여 있는 전면부는 홀로그램 스크린을 연상케 하는 빛이 은은하게 빛나고 있었다. 가끔 광고와 영상이 나오기도 한다. 마치 성스러운 물건처럼 느껴진다.

'저걸 조용식 교수가 만들었다는 말인가.' 조용식이라는 이름이 할아버지 자서전에 나왔지만, 알지 못했다. 그를 드레스덴에서 만났을 때도 할아버지와 연구원 생활을 했다고 말을 했을 때도 그가 사크룸을 만들었다는 할아버지 자서전 내용이 있었는데도 불구하고 나는 그를 제대로 알지 못했다. 알았다면 그를 만났을 때 사크룸에 관해 물어봤을 텐데 아쉽다.

5장 ◆ 수사 보고

메타로빅 빌딩 우측 모퉁이를 돌아 2개 빌딩을 지나 유엔본부 산하 메타로봇 경찰국에 도착했다. 우선 7층에 올라가 오랜만에 만난 동료들과 인사를 하고 가방에서 오늘 필요한 브리핑 자료를 챙겼다. 자료를 다 챙기고 사무실 창가를 바라보았다. 뉴덴 도시 중간에 흐르는 '뉴덴' 강의 모습이 아름다웠다.

한참을 처다보고 있는데 팀장이 와서 어께를 툭 치며

"뭐 해. 회의 늦겠다. 어서 준비하고 내려와."

"예. 뭐." 하며 브리핑 자료를 챙겨 팀장 뒤를 쫓아 회의실이 있는 3층으로 내려갔다.

회의실 안은 30분 전이지만 사람들이 많이 들어와 있었다. 나는 브리핑실에 가서 브리핑 준비를 하기 위해 자료를 검토했다. 첫 번째 발표자라서 그런지 좀 긴장이 되긴 했다. 나는 심호흡을 하고 시간이 되기를 기다렸다. 잠시 후 브리핑실에 1팀장과 2팀장이 함께 들어 왔다. 2팀장이 나한테 먼저 물었다.

"드레스덴에서 무슨 일 있었던 거야."

"오늘 브리핑에서 다 말씀드리겠습니다."

"그래, 그리고 조용식 교수 네가 보기에는 어때? 이상한 사람 같지 않았어."

"이상한 느낌은 못 받았습니다. 그냥 물리학 교수라서 그런지 좀 박식하고 똑똑하다는 느낌만 받았습니다."

"그래. 아니 내가 보기에는 그쪽 사람 같아서. 아무도 모르게 감쪽같이 사라진 것도 그렇고. 아무튼, 모르겠지만 의문점이 많아. 아! 그리고 오늘 조용식 교수에 대해 중요한 영상이 있으니까 잘 봐두라고."

대화 도중에 유다 부국장이 회의장에 들어와 착석했다. 다시 일어나서 나를 보고 시작하라는 손짓을 했다.

나는 브리핑실을 나와 사람들 앞으로 나갔다. 1팀장과 2팀장이 팀장 자리에 앉는 것을 보고 브리핑을 시작했다.

드레스덴에서 벌어진 메타로봇 탈취 사건과 프린츠 학생의 실종 사건 최종적으로 조용식 교수의 납치 사건까지 비인가 로봇에 의해 벌어진 사건이라는 것을 강력하게 추정한다고 말을 했다. 이번 사건은 메타로봇을 조종해서 벌어진 사건이기 때문에 비인가 로봇의 실체와 증거는 아직 확보하지 못했다고 했다. 하지만 비인가 로봇이 어떻게 메타로봇을 탈취하고 조종했는지에 대한 과학적으로 입증될 만한 영상이 있다고 했다. 그리고 홀로그램을 띄워 조용식 교수와 교수실에서 대화했던 영상을 보여 주었다. 그리고 성과도 있다고 했다. 탈취된 메타로봇을 찾았고 메타로봇과 프린츠 학생을 숨겨 주고 도주를 도왔던 남학생과 여학생을 체포했다고 했다. 마지막으로 조용식 교수가 납치되기 전 목소리를 들려주었다.

'지금 그곳에는 프린츠 학생이 없네. 지금 뉴덴에 있네. 지금 거기 메타로봇은 프린츠 학생이 이입되어 있네. 어서 가서 프린츠 학생을 확보하게.' 나는 브리핑을 마치면서 확신에 찬 목소리로 말을 했다.

"지금 여기 뉴덴 어딘가에 비인가 로봇과 실종된 프린츠 학생, 납치된 조용식 교수가 있다고 봅니다. 빨리 수사본부를 차려서 이들을 찾아야 합니다." 하고 브리핑을 마쳤다.

6장 ◆ 사라진 드론

그리고 2팀장에게 다음 브리핑을 넘기고 내려왔다. 2팀장은 영상 하나를 보여 주며 시작했다.

"영상 하나를 보겠습니다. 조용식 교수 납치로 추정되던 그날 스카이 큐브가 보낸 영상입니다."

영상에는 드론 한 대가 스카이 큐브 쪽으로 빠른 속도로 다가오고 있었다. 그리고 스카이 큐브 앞에서 거짓말처럼 드론이 사라져 버렸다. 곧이어 또 다른 스카이 큐브가 찍은 영상을 보여 줬다. 이번엔 드론이 이륙해서 빠른 속도로 앞으로 나아갔다. 그리고 아까처럼 거짓말처럼 드론이 사라져 버렸다. 다들 놀라는 표정이다. 여기저기서 웅성거렸다.

"비인가 로봇들이 외계 기술을 가지고 온 거야 뭐야."

"사라진 조용식 교수를 수사해야 되는 거야? 어디 있는지도 모를 비인가 로봇을 찾아야 되는 거야?"

영상은 2번, 3번 반복되는 가운데 2팀장은 조용히 하라며 소리쳤다. 조용해지자 유다 부국장이 단상에 나와 수사지휘를 했다. 내일부터 수사본부를 설치하고 본부장으로 유다 부국장 자신이 맡는다고 했다.

7장 ✦ 시공간 내비게이션

회의가 끝나고 부국장은 자기 방으로 나를 불렀다. 그는 책상에 앉아 조금은 진지한 표정으로 말하기 시작했다. 나는 그 앞에 서서 그의 말을 경청했다.

"기호 군 사라진 그 드론에 누가 타고 있다고 생각하나."

"글쎄요. 납치된 조용식 교수, 비인가 로봇들 아닐까요. 영상에서 그렇게 확인했습니다."

부국장은 책상에서 홀로그램을 켜고 사진 한 장을 보여 주었다. 메타로봇 엘리자베스가 드론에 타고 있는 누군가와 이야기하는 장면이었다. 얼굴은 자세히 보이지 않았지만 분명 프린츠 학생이었다. 나는 눈을 동그랗게 뜨고 부국장을 쳐다보며 말을 했다.

"이건 프린츠 아닌가요?"

"맞아. 프린츠 학생이야."

"왜 프린츠 학생이 저기서 엘리자베스와 이야기하고 있는 거죠."

"나도 처음에 그게 의문이었지. 하지만 엘리자베스 모습을 보고 떠오르는 사진이 한 장 생각나더군. 2년 전 내가 수사팀장이었을 때 누군가 이메일을 한 통 보내왔었네. 최근 로봇으로 변신한 애드 슬롯이라고 하더군. 이 사진일세."

부국장은 홀로그램에 또 다른 사진 한 장을 띄웠다. 애드 슬롯으로 추정되는 로봇의 뒷모습과 옆으로 살짝 돌린 얼굴이었다. 뒷모습만 봤을 때 영락없는 엘리자베스였다. 얼굴은 메타로봇처럼 보이기 위해 개조를 했다고 하지만 얼굴선과 모든 면에서 둘은 똑 닮아 있었다.

'애드 슬롯이다. 그럼 조용식 교수는 납치된 게 아니다. 일을 마치고 함께 자신의 아지트로 간 것이다.' 나는 사진을 보다가 문득 생각나는 게 있어서 부국장 얼굴을 보며 말을 했다.

"조용식 이 사람 딸이 한 명 있다고 했습니다. 지금은 뉴덴 여자 블록축구 선수로 있다고 했습니다."

"알고 있네! 일본인 이름으로 메바애라고 했던가. 조용식 교수의 친딸이 아니라는 게 밝혀졌네. 어렸을 때 입양했다고 하더군. 왜 메바애가 자신의 부모를 찾았는지 모르겠지만, 12살에 자신의 부모를 찾기 위해 독일로 떠나 뉴덴에 도착한 것으로 확인되었네."

"그 이후로 조용식 교수와는 연락을 끊고 살았다고 하더군. 그런데 재미

있는 건 메바애의 메타로봇 애바는 비인가 로봇을 전향시켜 개조한 메타로봇이라고 하더군. 사람의 '이입'을 허락한 최초의 비인가 로봇이라고 해."

"이상하지 않나. 조용식 교수 주변에 비인가 로봇이 있다는 것이, 애바도 그렇고, 애드 슬롯도 그렇고, 이번 사건도 그렇고, 내가 보기에는 애드 슬롯과 조용식 교수와 함께 비인가 로봇을 만들지 않았나 싶네. 뭐든 깊은 연관이 있는 건 확실해."

"그리고 조용식 교수는 이번 세대에 보기 드문 천재 과학자야. 교수가 가지고 있는 '잔상 복원 장치', 그건 시공간 내비게이션이야."

"시공간 내비게이션요? 그게 뭐죠 부국장님."

"그것은 휘어진 시공간을 3차원 평면으로 만들어, 도착 지점까지 안전하게 도달할 수 있도록 도와주는 기계라네. 슈~우 알겠나." 부국장은 어린아이처럼 손동작하면서 설명했다.

"아 그리고 잔상 복원 장치를 찍은 영상이 있다고 했지." 나는 주머니에서 메모리칩을 꺼내 부국장 책상에 올려놓았다.

"예 부국장님 여기 있습니다. 그리고 조용식 교수와 블랙홀에 관한 대화가 담긴 영상도 있습니다."

"알았네. 수고했네 기호군."

"아니 뭐 내일부터 바빠질 텐데요."

"기호 군 자넨 내일부터 일주일간 휴가 갔다 오게. 그동안 휴가도 제대로 즐기지 못하지 않았나."

"아니 내일 당장 수사팀이 꾸려질 텐데 괜찮을까요."

"수사 인력은 많아 메타로봇도 있고, 자네 하나 휴가 간다고 해서 수사에 차질이 생기진 않아. 동생도 아프다면서 병문안도 가야지."

"예, 그럼 잘 다녀오겠습니다. 충성."

"그리고 영웅은 오늘 당장 뉴덴으로 불러들이게. 이제 그쪽에서의 조사는 끝났어."

"예, 알겠습니다. 충성." 나는 한 번 더 인사를 하고 부국장 방을 나왔다.

나는 7층으로 올라가 팀장에게 휴가 신고를 하고 짐을 챙겨 집으로 향했다. 집에 도착하자마자 드레스덴에 있는 영웅에게 이입해서 기차역으로 이동했다. 마침 내일 아침 9시에 뉴덴에 도착하는 기차가 있어서 예매하고 태웠다. 휴가라는 생각에 괜히 기분이 좋았다. 그리고 내일부터 하루 일과를 머릿속으로 그려 보았다.

'내일 아침 9시까지 기차역에 가서 영웅을 맞이하고, 다음 날에는 솔림이가 퇴원하는 날이니까, 삼촌 집에 가서 솔림이를 만나고 돌아와야겠다. 그다음 영웅과 캠핑 가는 거지 뭐. 히히'

냉장고에서 맥주를 한 캔 꺼내 마시며 '이게 얼마 만의 맥주냐.' 하며 지난날의 수고를 생각하며 잠이 들었다.

엄마 일기

1장 ◆ 아침 식사

주방 쪽에서 솔림 아빠 목소리가 들린다.

"여보. 솔림 엄마. 오늘 강의 있는 날 아니야. 아침 먹고 가야지." 방문 열리는 소리가 들린다. 내 상태를 확인하고 싶은 모양이다.

"홍 여사 오늘 왜 이렇게 힘들어해." 하며 침대에서 일어나기 위해 몸을 뒤척이는 나에게 남편이 말을 했다. 나는 잠이 덜 깬 목소리로 늦게 일어난 이유에 대한 변명 아닌 변명을 했다.

"어제 늦게까지 솔림이랑 통화하고 강의 준비하고 새벽에 잤더니 좀 피곤하네. 당신은 아주 코 골고 잘 자던데."

"어제 좀 피곤했나 봐. 집안일이라는 게 쉽지가 않네. 당신 결벽증 때문에 더 힘들었던 것 같기도 하고……." 결벽증이라는 말에 순간 욱하는 마음에 소리쳤다.

"결벽증 아니야~ 남들보다 좀 청결할 뿐이야. 야~ 김나안 오늘 좀 살살 건든다. 결벽증 단어 싫어하는 거 알면서."

"아이고 홍 여사님 잠이 다 깨셨나 봐요."

"잠이 깨긴 뭘 깨. 씻고 와서 보자 김나안."

"예 예 씻고 오세요. 밥상 잘 차려 놨습니다."

"아무튼, 못 말려."

솔림 아빠는 누굴 닮아서 성격이 능글능글한지 모르겠다. 아버님은 아닌 것 같고 어머니는 뵙지는 못했지만 조용한 성격이라고 했다. 그럼 누나들 틈에서 자라서 그런가. 아니면 아버님이 아들 없다고 어디서 데리고 온 거 아니야. 헉! 설마.

샤워를 마치고 식탁에 앉아 밥을 먹고 있는데. 맞은편에 앉아 있는 솔림의 아빠가 계속해서 나를 힐끔힐끔 쳐다보는 것 같았다. 그 순간, 장난기가 솟구쳤다. 아까 당한 일에 대해 복수를 하고 싶어졌다.

"솔림 아빠 가족 중에 누굴 닮았어?" 약간 당황하는 눈초리로 나를 보며 말을 했다.

"나야 엄마 판박이지. 왜."

"아니 지금 보니까 아버님도 안 닮고 누님들하고도 안 닮은 것 같고 어머니는 사진으로만 봤는데 당신 안 닮았어."

"무슨 소리야 엄마 닮았다고 다들 그러는데. 큰누나하고도 좀 닮지 않았어."

"당신 솔직하게 말해 봐. 아버님이 어디서 데리고 온 거 아냐?"

"야! 홍수연 뒤끝 있네! 아까 그것 때문에 나한테 이렇게까지 해야 하겠냐."

"장난 아니야. 지금이라도 부모님 찾아봐."

"알았어요. 찾아볼 테니까 아침이나 드세요. 솔림 엄마."

"그런데 당신은 요즘 아톤만 믿고 너무 출근 안 하는 것 아니야."

"안 그래도 오늘 회사 가 보려고 합니다. 살림은 딱 내 체질이 아닌 것 같아서. 헤헤 그건 아니고 오늘 회사에 중요한 일이 있어서 가 보려고. 갔다가 일찍 올 테니까. 당신도 일찍 올 거지?"

"응, 오늘 일찍 와야지. 내일 솔림이 퇴원하는 날이니까 방 청소도 다시 하고 음식도 좀 하고 할 일이 많네."

"아 그리고 내일 기호하고 영웅도 온다고 하네."

"어머! 기호가 지금 뉴덴에 와 있어. 난 독일에 있는 줄 알았는데."

"며칠 전에 뉴덴에 들어왔대. 오늘부터 휴가라고 하더라고."

"잘됐네. 내일 뉴덴에 있는 가족 다 모이는 거야. 그리고 제니, 영웅, 아톤까지 로봇들도 다 모이네. 제니하고 영웅, 내일은 좀 조용하게 지냈으면 좋겠다. 우리 집 로봇들은 왜 이렇게 싸우는지 몰라."

"하하하 그러게." 남편의 웃음소리에 지금까지 힘들고 어두웠던 마음이 밝아졌다.

나는 아침을 먹고 출근을 하기 위해 현관문을 나섰다. 주방에서 일하던 솔림 아빠는 손을 흔들며 잘 갔다 오라고 말했다.

2장 ◆ 어린 시절 엄마

대학교에 도착해 사무실로 향했다. 커피를 한 잔 마시며 책상에 앉아 오늘의 강의 준비를 하고 있었는데, 사크룸으로부터 메시지가 하나 도착했다. 그 메시지는 '타임머신'이라는 회사로부터 온 것이었다.

얼마 전, 엄마가 돌아가시기 하루 전으로 여행하고 싶다고 타임머신 회사에 신청했다. 이제야 접수가 되었는지 여행에 참여해도 된다는 메시지이다.

솔림이가 병원에 입원한 이후, 어릴 적 돌아가신 엄마가 그리워졌다. 어린 시절에 대한 엄마의 추억은 많지 않지만, 가장 선명하게 기억나는 것은 교통사고로 세상을 떠나시기 하루 전의 엄마의 모습이다.

그날도 학교 수업을 마치고 친구와 함께 집으로 가는 길이었다. 교회 앞을 지나가는데, 엄마가 오늘도 기도하러 교회에 오신 것 같았다. 목사님과 여자 집사님 한 분과 이야기를 나누며 서 계셨다. 나는 엄마를 보고 반가운 마음에 큰 소리로 "엄마!"라고 외쳤다. 나를 보자 엄마는 환하게 웃으며 팔을 벌려 나를 품에 안았다.

"우리 딸 수연이 학교 마치고 오는 길이야. 집에 아빠 오셨다."
"아빠요. 오늘은 일찍 오셨네요." 아빠는 여기 부산에서 제주도까지 운행하는 여객선 선장이다.
"엄마 오늘은 무슨 기도하셨어요."
"우리 딸 건강하게 잘 크게 해 달라고 했지. 그리고 아빠는 항상 안전하게 운행 잘 하고 집에 오게 해 달라고 기도했지. 우리 딸 어서 가자 아빠 기다리시겠다." 여기까지가 엄마와 나눈 마지막 기억이다.

다음 날 새벽, 예배를 보러 가기 위해 교회에 가던 엄마는 음주 운전자의 차에 치여 세상을 떠났다. 그 사건 이후, 아빠는 고모가 사는 뉴덴으로 나를 보냈다. 그렇게 뉴덴에서의 새 생활이 시작되었다. 아빠는 일이 바빠서 그런지 몇 년에 한 번씩만 나를 보러 뉴덴에 찾아왔다. 내가 대학에 입학할 즈음, 아빠는 퇴직하고 부산에서 생활하셨다. 대학을 졸업하고 얼마 지나지 않아, 아빠는 병으로 인해 세상을 떠났다는 소식을 들었다. 아빠의 장례식 때문에 뉴덴에서 처음으로 부산으로 내려가게 되었다.

부산에 가서 제일 먼저 가 본 곳이 예전에 살던 동네였다. 교회는 그 자리에 있었지만 새로 지어진 건물은 낯설게 느껴졌다. 다행히도 초등학교는 그대로였다. 나는 초등학교 운동장을 거닐며 어릴적 추억을 생각했다. 어릴 때는 넓게 느껴졌던 운동장이 초라할 만큼 작아 보였다. 초등학교 정문을 나서서 교회까지 걸었다. 그리고 생각했다. 타임머신이 있다면 어릴 적 그날로 돌아가서 엄마를 구하고 싶다는 생각이 들었다.
'타임머신, 설마 있다고 해도 내가 사는 동안 만들어지겠어.' 하며 아빠 장례식장으로 갔다.

솔림이가 입원한 후, 나 혼자 집에 남게 되면서, 무겁게 느껴지는 죄책감과 우울감이 밀려왔다. 솔림이를 임신한 채로 화성에 갔다 온 것에 대한 죄책감, 그리고 솔림이를 잃게 된다면 어떻게 해야 할지에 대한 두려움이었다. 그럴 때마다 엄마에 대한 그리움은 점점 더 커져만 갔다.

3장 ◆ 타임머신

'타임머신이 있다면 과거로 가서 엄마를 구하고 솔림이를 임신한 채로 화성에는 가지 않을 거야.' '타임머신' '타임머신' 계속 머릿속을 떠나지 않았다.

 그래서 혹시나 하는 마음에 궁금해서 사크룸을 켜고 메타 웹에 들어가서 타임머신에 관련된 내용을 검색해 보았다. 그런데 있었다. 메타 웹 안에 타임머신이라는 회사가 있었다. 나는 타임머신 회사에 들어가 관련 뉴스와 댓글 영상 사용자 체험 후기 등 확인했다. 이 회사는 과거의 시간과 기억을 인공지능으로 복원해서 가상현실 세계를 만들어 준다고 했다. 가상 세계지만 엄마를 만날 수 있다는 생각에 마음이 좀 흥분했다. 나는 흥분을 좀 가라앉히고 어떻게 해야 하는지 매뉴얼을 스캔했다.

 과거의 시간과 기억을 제공하려면 메타 원의 도움이 필요했다. 안방에서 메타 원을 찾아 쓰고 매뉴얼에 따라 내 과거와 기억을 타임머신에 저장했다. 저장하면서 엄마에 대한 그리움인지, 묘한 감정과 기분이 들었다. 시간은 30분 정도 걸렸다. 타임머신 회사는 가상현실을 구현하기 위해 며칠 걸린다고 했다. 다시 마음이 동요하고 흥분되었다.

 '앞으로 며칠 후면 엄마를 만날 수 있는 건가.' 하고 생각하면서 바쁜 일상 속에서 잠시 잊고 있었는데 오늘 이렇게 메일이 온 것이다. 혹시나 메타 원을 집에 두고 온 건 아닌가 하고 가방을 뒤져 봤다. 다행히도 메타 원이 가방 안에 있었다. 강의 수업 시간 내내 시간이 어떻게 흘렀는지 모르겠다. 집중할 수 없었다. 학생들에게 양해를 구하고 수업을 일찍 접었다.

4장 ◆ 시간 여행

나는 학교 안에 '메타 월드'(메타버스를 할 수 있는 공간을 제공해 주는 곳)를 찾았다. 마침 가까운 곳에 있어서 걸어서 이동했다. 메타 월드에서 자리를 잡고 메타 원을 켰다.

그리고 메타 웹에 접속해서 타임머신 안으로 들어갔다. 갑자기 눈앞이 환해지면서 초등학교 운동장 안에 서 있었다. 지금은 이름을 알 수 없는 친구가 옆에 있었다. 그 친구의 이름은 은서이다. 그날의 기억이 조금씩 들어온다.

내 몸은 12살 소녀의 몸으로 되어 있었다. 나는 신기한 듯 내 몸을 여기 저기 만지고 손을 앞으로 내밀어 작아진 손을 감상하듯 쳐다보았다. 손 뿐만 아니라 온몸이 작아졌다.

'이때는 손이 작고 귀여웠구나.' 옆에 있는 은서가 이상한 듯 나를 쳐다 보며 말을 했다.

"수연아 너 괜찮아? 오늘 이상하다."

"그래 은서야 반갑다."

"뭐가 반가워. 어제도 봤으면서 정말 괜찮은 거야?"

"응 괜찮아. 오늘 기분이 좋아서 그래."

"뭐가 그리 좋은데 수연아."

"오늘 아빠가 집에 일찍 오셨거든."

"그래, 얼른 집에 가자. 배고프다."

우리는 학교 정문을 나와 우측으로 돌아 교회 쪽으로 걸어갔다. 은서와 한참 이야기를 하고 걷는데 누군가 와서 내 머리를 쓰다듬고 앞으로 지나 갔다. 키가 크고 날씬한 여자였다.

'그날 저 여자가 내 기억 속에 있었나.' 희미한 기억 속에 분명 한 여자 가 내 머리를 쓰다듬고 간 기억이 있다. 무의식 속에 사라져 버린 기억까 지 구현하다니 정말 대단한 프로그램이라는 생각을 했다.

옆에 있는 은서가 말을 했다.

"아는 사람이야?"

"아니 모르는 사람인데."

"모르는 사람인데 네 머리를 왜 만지고 가. 불러서 물어볼까?"

"아니 됐어, 내가 이뻐서 그랬나 보지 뭐."

"뭐야." 하며 은서가 익살스러운 표정을 지었다. 교회 앞을 지나갈 때 은서가 교회 앞에 있는 엄마를 보고 말을 했다.

"수연아 너희 엄마 아니냐?"

"어 엄마다. 엄마~" 하고 크게 불렀다. 하마터면 눈물이 날 뻔했다. 나는 엄마에게 달려가며 은서에게 인사를 했다.

"은서야 내일 보자."

"그래 수연 내일 봐."

엄마는 나를 보고 환하게 웃으며 교회 계단을 내려왔다. 팔을 벌리고 안으며 말을 했다.

"우리 딸 수연이 학교 마치고 오는 길이야? 집에 아빠 오셨다." 나는 엄마를 꼭 껴안으며 말을 했다.

"잠깐만요. 엄마 이렇게 잠깐만 있어 주세요." 엄마는 내 행동에 당황했는지 내 머리를 쓰다듬으며 말을 했다.

"수연아 엄마 어디 안 가. 네 옆에 꼭 붙어 있을게." 나는 엄마를 안고 눈물을 흘렸다. 그것을 본 엄마는 걱정스러운 얼굴로 말을 했다.

"수연아 무슨 일 있는 거야?" 눈물을 닦으며 말을 했다.

"엄마, 어젯밤 엄마 사고 나는 꿈을 꾸었어요. 그래서 엄마. 내일 새벽 기도 안 가면 안 돼요?" 엄마는 내 말이 황당했는지 웃으며 말을 했다.

"수연아 꿈은 반대로 되는 거 몰라? 엄마는 하나님께서 다 보호해 주시기 때문에 그런 일은 없어. 심신이 약해질수록 하나님께 기도하고 예배 드리는 것만이 우리 같은 성도가 하나님의 은혜를 받는 길이야." 하나님 앞에서 견고한 엄마의 마음을 돌이킬 수 없다고 생각했다. 그래서 내일 나라도 엄마 옆을 지켜, 사고를 예방해야겠다고 생각했다.

"그럼 엄마. 내일 새벽에 예배 갈 때 나도 꼭 데리고 가 줘요." 엄마는 또 한 번 환하게 웃으며 말을 했다.

"그렇게 새벽기도 가기 싫어하더니 이제 자기 입으로 간다고 하네. 하나님이 우리 수연이를 많이 사랑하나 보다."

"엄마 정말 내일은 꼭 같이 가야 해요."

"그래 알았어 수연아." 말이 끝나고 엄마랑 집으로 가려고 하는데 아까 내 머리를 쓰다듬은 여자가 반대쪽에서 올라오고 있었다.

5장 ✦ 그곳에서 솔림이를 보다

여자의 옆모습이 낯익어 보였다. 나는 쫓아가 확인해 봐야겠다는 생각이 들었다. 그래서 잠시 엄마 손을 놓고 학교 정문 쪽으로 뛰어가며 말을 했다.

"엄마 먼저 집에 가세요. 나 학교에 뭐 좀 놔두고 왔어요. 금방 갈게."

"뭘 놔두고 왔는데. 엄마 여기서 기다릴까?"

"아니에요. 엄마. 아빠도 와 계시는데 먼저 가세요."

"알았다. 빨리와." 엄마가 집에 가는 것을 확인하고 나는 그 여자를 쫓았다. 쫓아가면서 생각했다. 무의식 속에 잠겨 있는 기억을 끄집어내서 새로운 기억으로 만들어 내는 것을 보고 또 한 번 감탄했다.

여자는 편의점에 들러 맥주를 사 와 가방에 넣었다. 여자는 시장 골목을 지나 동네 둑길까지 왔다. 그곳에는 빨간 차 한 대가 서 있었다. 여자는 운전석에 타고 있는 남자에게 맥주를 건네주고 자기도 한 캔을 따서 앞에 먼 산을 바라보며 마셨다. 대낮부터 음주 운전이라니 좀 한심해 보였다. 갑자기 여자가 나를 바라보았다.

나는 깜짝 놀랐다. 그 여자 얼굴이 솔림이와 똑 닮아 있었다. 아니 솔림이었다. 지금 솔림이보다 키가 크고 예뻐 보였지만 분명 얼굴은 솔림이었다. 여자가 웃었다. 그리고 차를 타고 어디론가 가 버렸다. 나는 너무 놀라 입이 다물어지지가 않았다. 프로그램 시간이 다 되었는지 화면이 점점 어두워졌다. 타임머신 프로그램 안에서 나왔다. 그리고 메타 원을 벗었다. 앞에 있는 아이스 커피를 벌컥벌컥 마시며 놀란 가슴을 잠재웠다.

'솔림이가 왜 거기 있지.'

가슴이 답답하고 의문이 가득했던 나는 결국 '타임머신' 회사에 전화를 걸었다. 나는 담당자에게 오늘 있었던 일을 전부 설명하고, 프로그램에 오류가 있거나 내 기억에 문제가 있는지 확인해 달라고 요청했다. 하지만 담당자는 프로그램에는 이상이 없다고 확인해 주었다.
그리고 담당자는 나에게 설명했다.

"가끔 우리는 무의식 속의 기억들이 자신의 것이 아닌 것처럼 느껴질 때가 있습니다. 이는 잘못된 것이 아닙니다. 최면과 같이 무의식 속에서 기억을 끄집어내는 것처럼, 우리 회사는 가상현실을 통해 무의식 속의 기억까지 정확하게 반영합니다. 이는 우리가 섬세한 감각을 완벽하게 표현할 수 있다는 장점을 의미합니다."

'그럼 솔림이가 내 무의식 속 기억 속에 있다는 건가. 솔림이가 왜 내 기억 속에 있는 기지. 그것도 내 어릴 적 기억 속에 말이야.' 나는 놀라시 않을 수가 없었다.

그래도, 솔림이가 건강하게 자라고 있는 모습을 보며 나는 안도의 숨을 쉬었다. 그녀의 아름다운 모습이 너무나도 고마웠다. 이번에 퇴원하고 나면, 다시는 입원하지 않았으면 하는 바람이다.

솔림 일기

1장 ◆ 퇴원

아침에 퇴원하기 위해 환자복을 벗고 엄마가 가져온 옷으로 갈아입었다. 모자와 마스크를 쓰고 제니를 데리고 그동안 정들었던 무균실에서 나왔다. 밖에는 엄마와 아빠가 기다리고 있었다.

아빠가 먼저 나를 안아 주었다. 그리고 내 볼에 입맞춤하고 말했다. "우리 공주님 고생했어요."

엄마는 눈물을 뚝뚝 흘리며 고개를 숙이고 서 있었다. 그런 엄마를 안아 주며 말을 했다. "엄마 울지 마. 나 이제 건강해요. 이제 입원할 일 없을 거에요."

"그래 우리 딸 솔림아! 건강하게 이쁜 아가씨로 잘 클 거야. 엄마가 봤어."

"엄마, 뭘 봤는데요?"

"엄마가 나중에 집에 가서 이야기해 줄게. 집으로 가자 솔림아."

"예 엄마."

병원 주차장에 실비아가 주차하고 있었다. 나는 제니를 실으려고 실비아에게 트렁크 문을 열어 달라고 했다. 트렁크에는 이미 아톤이 앉아 있었다. 나를 본 아톤이 반갑게 인사를 했다.
"안녕 우리 꼬마 아가씨." 아톤은 나에게 인사를 하고 가슴쪽에 보관함을 열어 작고 하얀 들꽃 하나를 주었다.

"아톤, 이게 뭐야 완전 이쁘다. 고마워 아톤" 옆에서 이걸 본 아빠가 말을 했다.

"아톤이 나를 닮아 순수한 면이 있다니까." 뒤에 타고 있던 엄마는 아빠를 보며 말을 했다.

"이그 못 말려. 얼른 타세요. 솔림 아빠." 하며 아빠에게 손짓했다.

가족이 모두 탄 것을 확인한 실비아는 집으로 향했다.

드디어 집에 도착했다. 아빠가 현관문을 열고 나를 먼저 집 안으로 들였다. 집 안으로 들어서면서 '와! 집이다.'라고 소리 지를 뻔했다.

2장 ◆ 줄리아 언니

나는 거실 쇼파에 앉아 제니에게 말을 했다.

"제니야 집에 오니까 너무 좋다." 제니는 내 마음을 아는지 제니 목 주변으로 환한 꽃들을 피웠다. 그중에 나비 한 마리가 날아와 내 코 주변에 앉았다. 그리고 뿅 하고 사라졌다. 나는 그것을 보고 한참을 웃었다.

아빠는 저녁에 기호 오빠와 영웅이 식사 시간에 맞춰 여기로 온다고 했다. 오랜만에 기호 오빠와 영웅을 만날 수 있다는 생각에, 저녁 시간이 더욱 기다려졌다. 그리고 줄리아 언니가 오늘 우리 집에 올 예정이라는 사실을 아직 부모님께 말하지 않았다는 것이 떠올랐다. 그래서 주방에 있는 엄마 아빠를 불러 말을 했다.

"엄마 아빠, 줄리아 언니도 온다고 했어요." 아빠는 줄리아 언니 소식에 대해서 못 들었는지 나에게 물었다.

"오늘, 줄리아가 온다고? 지금 뉴덴에 있대?"

"예 아빠. 지금 뉴덴에 있어요. 일 때문에 한 일주일 정도 머문다고 했어요." 아빠는 주방에서 걸레질하던 엄마를 보며 말을 했다.

"여보 당신도 들었어요? 줄리아가 온대요." 엄마는 주방에서 환하게 웃으며 말을 했다.

"예 들었어요. 아주 좋은 소식이네요." 점심을 먹고 오후가 되면서 줄리아 언니가 먼저 왔다. 우리 식구는 언니를 반갑게 맞이했다. 아빠는 언니를 보고 웃으며 말을 했다.

"줄리아, 뉴덴에 왔으면 삼촌 집에 먼저 오지 그랬어. 여기서 지내도 되는데."

"미안해요. 삼촌, 같이 일하는 팀원들이 있어서 뉴덴 시내 가까운 호텔에 숙소를 잡았어요." 엄마는 아빠를 툭 치며 언니에게 미안하다는 듯 말을 했다.

"아니야 아니야. 줄리아. 이 사람이 괜히 하는 소리야. 바쁜데 우리 솔림이 때문에 와 준 것만 해도 고마워. 얼른 자리에 앉아, 솔림이하고 이야기 나누고 있어, 시원한 음료수하고 과일 좀 가져다줄게."

"고맙습니다, 숙모님." 줄리아 언니는 동양적인 얼굴형에 연한 갈색 피부와 아담한 키를 가지고 있었다. 그녀의 눈은 매우 아름다웠고, 전체적으로 이쁜 외모를 가지고 있었다. 우리는 엄마가 가져다준 음료수와 과일을 먹으며, 언니의 일상에 관해 이야기를 나누었다.

"언니, 일은 요즘 바쁘세요?"

"아니 솔림아 회사에 의뢰받는 일만 하는 거라서 그렇게 바쁘지는 않

아. 우리 팀이 주로 하는 일은 로봇 장갑하고 가슴 쪽에 붙이는 홀로그램 패치를 만들고 있어."

"팀원들은 몇 명이에요?"

"팀장 포함 다섯 명이야. 모두 여자라서 가끔 모여서 여행도 가고 가끔 쇼핑도 하고 맛집도 찾아가서 같이 먹고 그래."

"우와. 정말 신나고 재미있게 사시네요. 언니." 언니는 나를 보고 걱정 스러운 얼굴로 물었다.

"솔림아 이제 몸은 괜찮은 거니?"

"예, 언니. 걱정 안 하셔도 돼요. 이번에 자가면역 세포 이식 수술이 잘 돼서 이제 입원할 일은 없다고 하네요. 가끔 병원 가서 통원 치료만 받으면 돼요."

"잘됐다 솔림아. 삼촌도 숙모님도 이제 마음 편안하겠네."

"예 그렇죠. 뭐." 언니와 나는 소파에서 일어나. 창밖을 보며 도시를 구경했다. 그리고 창에 부착된 AI 뷰를 만지며 도시 전반을 여행하며 재미있는 시간을 가졌다.

3장 ✦ 기호 오빠

저녁이 가까워질 무렵, 기호 오빠와 영웅이 도착했다. 오빠는 나를 따뜻하게 안아 주었다. 영웅과 아톤은 오랜만에 만나 팔을 잡고 힘자랑을 하며 서로 인사했다. 제니는 그들을 시샘하듯 영웅의 다리를 툭 치며 지나갔다.

그것을 본 엄마는 로봇들에게 한마디 한다. "오늘도 서열이니 뭐니 시끄럽게 싸우면 싹 다 묶어 놓고 확 분해해 버릴 거야. 그런 줄 알아." 엄마는 이를 꽉 물고 눈을 부릅뜨고 말을 했다.

한 번도 본 적 없는 엄마의 행동은 우스꽝스러웠지만, 그럴 수도 있다는 생각이 들어, 나는 애교스럽게 엄마의 허리를 툭 치며 고개를 흔들었다. 그리고는 엄마를 부르며 웃었다.
"엄마."
"아니, 뭐 그렇다고." 하며 기호 오빠를 보고 반갑게 맞이했다.

기호 오빠와 줄리아 언니는 얼마 전에 만났음에도 불구하고, 마치 오랜만에 만난 친구들처럼 서로의 안부를 물으며 반가움을 나눴다. 그걸 보던 아빠는 서운했는지 오빠에게 한마디 한다. "기호야 삼촌 여기 있다. 혹시, 설마 날 패싱 하는 건 아니겠지?"

오빠는 들켰다는 듯 멋쩍은 웃음을 지으며 아빠에게 인사를 했다. "하하하 패싱이라니요 삼촌. 삼촌이 여기 뉴덴에 있으니까 제가 다 든든합니다."

"기호야 넌 어떻게 갈수록 말을 이쁘게 잘하냐." 하며 만족하는 표정으로 엄마 쪽으로 고개를 돌려 소리치며 말을 했다.

"여보 솔림 엄마. 어제 가족 중에 닮은 사람이 없다고 했지. 찾았어 기호가 날 닮은 것 같아. 나 여기 가족 인정, 맞지."
과일을 씻고 있는 엄마는 아빠를 한번 흘기며 말을 했다.
"그래 당신 찐 가족 인정" 아빠는 만족한다는 듯 웃으며 앉았다.

4장 ◆ 저녁 식사

가족이 모두 모여서 웃고 이야기를 나누는 이 시간이 있어서 정말 행복하다는 생각이 들었다. 오늘은 분명히 특별한 날이다. 식사 준비가 다 되었는지, 엄마는 다들 손 씻고 와서 식사하라고 했다. 엄마의 한마디에 모두 손을 씻고 식탁에 앉았다.

식탁 가운데 엎드려 있는 칠면조 고기를 보고 기호 오빠가 먼저 감탄하며 소리 지른다.

"우와. 이거 칠면조 아니야? 정말 크다. 칠면조 고기는 처음인데 숙모님 잘 먹겠습니다." 옆에서 웃고 있는 줄리아 언니를 보고 오빠는 말을 했다.

"누나. 누나는 칠면조 고기 먹어 봤어요?" 언니는 당연하다는 듯이 고개를 끄덕이며 말을 했다.

"응. 우리 집은 엄마가 가끔 해 주셔, 아빠가 좋아하시거든."

"나만 못 먹었네. 나만. 왜 칠면조 고기를 여태껏 못 먹었지." 한탄하는 오빠 접시에 아빠가 다리를 하나 뜯어 놓는다. 오빠는 생각보다 큰 칠면조 다리를 보고 또 한 번 감탄하며 놀라는 표정을 지었다. 옆에 있던 엄마가 다그치듯 아빠를 나무랐다.

"여보 이 큰 걸 그냥 주면 어떻게 먹어요. 이런 건 이렇게 살을 발라서 줘야 먹기가 좋죠." 엄마는 칠면조 다리를 잡고 살 바르는 기계로 깨끗하게 살코기를 뜯었다. 그 뜯은 살코기를 접시에 놓고 샐러드를 그 위에 올려놓았다. 그리고 소스를 뿌렸다. 오빠에게 이렇게 먹으면 된다며 한번 먹어 보라고 권했다. 오빠는 엄마가 시킨 대로 해서 칠면조 고기를 먹었다. 너무 맛있다는 오빠의 표정을 보며 다들 한 번 웃었다.

아빠는 오빠에게 독일에 간 일은 잘 해결되었냐고 물었다.

"잘 해결되었는지는 모르겠는데. 여러 의문점만 남기고 왔어요. 그 의문점을 풀기 위해 휴가가 끝나면 본격적으로 수사를 시작해야 하는데 어디서부터 시작해야 하는지 잘 모르겠어요. 아! 그리고 삼촌 애드 슬롯에 대해 잘 아세요."

"애드 슬롯, 그 사람은 내가 학생 때 우리 집에서 같이 살았는데. 잘생기고 성격도 좋고 무엇보다 아버지를 잘 따랐던 분 같은데. 그분이 왜."

"이제 그분 사람이 아니에요. 로봇이에요. 휴가 전에 부국장실에서 그 것을 확인했어요. 무엇보다 믿을 수 없는 건 로봇으로 변한 애드 슬롯과 한동안 같이 있었다는 거예요. 메타로봇으로 위장해서 감쪽같이 몰랐어 요." 아빠는 애드 슬롯이 로봇으로 변했다는 말에 황당하다면서도 오빠 가 대견스럽다는 듯 말을 했다.

"기호 이제 보니 대단하네! 수사 핵심 요원이잖아. 부국장이 그런 중요 한 사진도 보여 주고 말이야. 우리 집안에서 경찰 국장이 나오겠는데." 옆 에 있던 언니가 아빠의 말을 거들었다.

"그러게요. 축하해 기호야." 오빠는 언니를 보고 약간 화가 난 목소리로 소리치며 말을 했다.

"누나마저 왜 그래, 나 경찰 계속할 생각 없어. 내 꿈은 우주에 있어. 지 금보다 과학 기술이 발전하면 영웅과 함께 우주의 여러 행성을 돌아다니 는 게, 내 꿈이야."

"오 기호, 그것도 좋은 꿈이다." 아빠가 말을 했다. 아빠의 말을 듣던 엄 마는 웃고 있었다. 웃고 있는 엄마 얼굴이 참 이쁘다. 오늘 정말 행복해 보인다. 나는 엄마가 오늘 아침에 '내가 봤다'라는 말이 생각이 났다. 그래 서 엄마에게 물었다.

"엄마 오늘 아침에 내게 했던 말, '내가 봤다는 말', 무슨 말이야?" 엄마는 생각지도 못한 질문에 좀 당황했는지 좀 머뭇거렸다.

"음 그게 말이야." 이번에는 아빠가 끼어들었다.

"그래 여보 나도 아까부터 그게 뭔지 궁금했다고. 뭐 신들린 사람도 아니고 뭘 자꾸 봤다고 하니까. 당신이 좀 이상하다고 생각했어." 엄마는 아빠를 매서운 눈으로 째려보며 말을 했다.

"솔림 아빠 우리 둘만 있는 것도 아니고 애들도 있는데 단어 선택 좀 얌전하게 하지. 그래."

"아니 그게 아니고 솔림이가 궁금하다고 해서 그렇지 뭐." 아빠는 엄마의 기세에 눌렸는지 조용히 기죽은 듯 말을 했다. 아빠의 말이 끝나자 엄마는 어제 일을 생각하며 침착하게 말했다.

"어제 강의가 끝나고 메타 웹에 접속해서 타임머신 안에 들어갔지. 정확히 말하면 우리 엄마가 사고로 돌아가시기 전날로 시간 여행을 한 거야. 타임머신은 의외로 프로그램 완성도가 높더라고, 내가 12살 소녀 시절의 모습으로 시간 여행했는데 정말 그곳에 있는 것처럼 느껴졌으니까. 그날 친구도 만나고 엄마를 만나서 대화도 하고 다 좋았는데. 프로그램 시간이 다 되어 갈 무렵 키가 크고 날씬한 여성이 또 보이더라고."

"또 보았다고, 언제 그 여자를 언제 본 적 있어?" 아빠가 엄마의 말을 끊으며 말했다.

"아니 그게 아니라. 프로그램 안에서 친구와 함께 걷고 있는데 내 머리를 쓰다듬고 간 여성이었어. 그 여성이 어딘가 익숙하게 느껴지는 거야. 그래서 그 여성을 뒤따라갔지."

"어릴 때 친구들과 자주 놀던 둑길까지 갔는데 빨간색 차 한 대가 보이더라고, 그 차에는 이미 운전석에 한 남자가 타고 있었어. 누구인지는 기억이 안 나. 얼굴을 확인할 수 없었으니까."

"여성은 운전석 남자와 잘 아는 사이인지 웃으며 이야기를 나누다가 사온 맥주캔을 건네주었고 자신도 맥주캔을 열어 한 모금 마시면서 먼 산을 바라보는 것처럼 보였어. 그런데 그때 그 여성이 고개를 돌려 정면으로 나를 쳐다보는 거야."

"그 여자의 얼굴이 너무나도 익숙한 우리 딸 솔림이었다는 거지." 엄마 말을 듣고 있던 오빠가 완전 소름 돋는다며 무슨 영화의 한 장면 같다고 말했다. 엄마는 계속 말을 이어 갔다.

"프로그램을 마치고 나오면서 생각했지. 우리 딸 솔림이 정말 이쁘게 잘 컸다." 아빠가 옆에서 엄마의 눈치를 보는 듯하다가 말을 했다.

"그런데 여보 솔림이가 거기 왜 나와." 엄마는 고개를 돌려 아빠를 보며 말했다.

"나도 모르겠어. 타임머신 담당자 말로는 기억에는 없지만, 무의식 속 기억까지 없어지는 건 아니라고 하면서, 인공지능이 구현해 낼 수도 있다는 말만 되풀이하더라고."

"그럼 솔림이가 나중에 어른이 되면 당신 어린 시절로 시간 여행을 한다는 거네. 하하하 말도 안 돼." 아빠는 엄마 옆에서 손을 저으며 말을 했다.

"말이 안 되긴요. 삼촌 미래에는 충분히 가능성이 있지요. 나는 삼촌 어린 시절로 한번 가 보고 싶은데요." 오빠의 말에 아빠는 당황하며 오빠를 바라보며 말을 했다.

"내 어린 시절에는 왜! 한 대 때리고 도망가려고." 아빠의 말에 오빠는 손을 저으며 말을 했다.

"에이 삼촌 저 그런 유치한 짓 안 해요. 삼촌이 예전에 음악에 푹 빠졌다고 하셔서, 얼마나 노래를 잘 부르시는지 확인하고 싶어요." 오빠의 말에 아빠는 목을 가다듬으며 자신감 있는 목소리로 말을 했다.

"노래 예전엔 내가 좀 했지. 안 그래요? 솔림 엄마?" 엄마는 웃으며 오빠를 보며 말을 했다.

"맞아 기호야, 삼촌 노래 잘했어. 아마 그것 때문에 결혼했는지도 몰라."

"정말이에요 엄마?" 나는 엄마의 갑작스러운 고백에 놀라며 말을 했다.

"응 맞아 솔림아. 아빠 노래 잘했어." 우리 이야기를 듣고 있던 줄리아 언니가 한마디 한다.

"아 맞다. 그러고 보니 우리 부모님 결혼식 때 삼촌 노래하는 거 봤는데. 나 정말 그거 보고 울컥했어요." 오빠는 줄리아 언니 말을 듣고 못마땅하다는 듯이 말을 했다.

"결혼식이면 축가일 텐데 사람을 울컥하게 만들어. 말도 안 돼." 오빠 말에 아빠가 약간 흥분하며 한마디 한다.

"뭐가 말이 안 돼 이 녀석아. 노래는 사람의 감정을 전달하는 거야. 결혼식이든 뭐든 울컥할 수도 있지." 옆에 있던 엄마가 아빠를 툭 치며 말을 했다.

"그만해요 여보. 웃자고 하는 소리인데. 애들한테. 흠."

"미안합니다. 삼촌 기분 상했다면 사과할게요." 아빠는 오빠의 사과에 웃으며 말을 한다.

"아니다. 기호야. 삼촌이 사과할게." 언니가 화제를 바꾸기 위해 병실에서 생활이 어땠는지 나한테 물었다. 사람들 시선이 나한테로 모여졌다.

"병실에 있을 때는 아무것도 할 수 없어서 답답하다고 생각했는데 그렇지 않았어요. 제 옆에는 항상 제니가 있어서 지루함 대신에 재미있는 일들이 많았어요."

"제니가 집에 있는 드론을 움직여서 뉴덴의 여러 곳을 구경할 수 있었고요. 집에서는 볼 수 없었던 블록 축구를 열심히 시청하면서 블록 축구의 재미를 알게 되었어요."

"무엇보다도 병실에서 인공호수 월든을 볼 수 있어서 좋았어요. 월든 호수는 어릴 적 할아버지와의 추억이 있는 곳이라서 저에게는 아주 특별한 곳이에요."

"그리고 이번에 아빠가 추천해 준 『천상의 시간』을 읽으면서 이번 주가 어떻게 흘러갔는지 모르게 지나갔네요." 듣고 있던 언니가 궁금했는지 책 내용을 물었다.

"『천상의 시간』 이름 이쁘다. 작가가 누구야."

"음, '이새로미' 작가라고 홀로그램 책을 주로 쓰는 작가예요. 이번에 종이책도 출간한다고 하네요. 종이책 나오면 꼭 사 보려고요. 언니한테도 선물할게요."

"그리고 『천상의 시간』은 천상에 사는 천사들의 이야기인데. 주인공으로 단, 요, 한이 나오고 총 12장으로 이루어져 있어요. 1장에는 한이라는 천사가 자신의 날개를 자르고 천사들의 감옥이라고 하는 '땅을 지배하는 자들의 행성'에 들어가는 것부터 이야기가 시작돼요."

"2장에는 한이라는 천사가 자신의 날개를 자르고 그 감옥이라는 행성에 갈 수밖에 없는 이유에 관한 이야기가 전개되고요. 3장부터 10장까지는 정말 흥미진진한 천사들의 모험 이야기가 펼쳐집니다."

"천사들의 모험 중에는 생소하고 이해하기가 어려운 부분도 있지만, 우리보다 높은 차원에 있는 천상의 세계에서는 가능할 것 같다는 생각이 들기도 하더라고요. 그리고 놀라운 점은 천사의 세계 안에 우리 메타로봇이 등장한다는 거예요. 정말 신기했어요."

"그리고 아까 엄마가 말했던 '타임머신' 시간 여행을 하는 행성도 있고요. 인간과 천사들이 공존하는 행성도 있어요. 언니한테 정말 '강추'예요. 종이책이 출간되면 언니한테 꼭 보내도록 하겠습니다."

내 말을 듣던 오빠가 약간 기분 상한 말투로 말을 했다.

"야 김솔림 넌 나한테는 강추도 안 하고 종이책 선물한다는 말도 없냐?

오빠 차별당함."

"에이 차별은 무슨 오빠는 수사자료 읽어야 하는데 『천상의 시간』읽을 시간이라도 있겠어요?"

"그러게 그런데 이 책은 한 번 읽고 싶다."
"알았어 오빠. 오빠한테도 종이책 보낼게요."
"그럼 오빠는 나한테 뭐 줄 건데요."
"나. 음 오빠는 말이야. 뉴덴시의 법과 질서를 확립해서 솔림에게 안전한 도시를 만들어 줘야지."
"에이 뭐야. 진짜 못 말려." 오빠의 말에 다들 한바탕 웃었다. 웃다가 오빠는 잠시 뭔가 생각이 났는지 웃음을 멈추고 말을 했다.

"아 그리고 이번 제 생일날 뉴덴에서 가족 파티를 할 생각입니다. 지난번 우리 집에서 고모하고 고모부는 참석하기로 했습니다. 누나 맞지?"
"응 맞아. 기대를 많이 하시더라고." 기대를 많이 하고 있다는 언니의 말에 오빠는 부담이 되었는지 헛기침을 잠시 했다. 목을 가다듬고 오빠는 다시 말을 했다.

"삼촌하고 숙모님도 오실 거죠?" 이번에는 아빠하고 엄마가 동시에 말을 했다.
"그럼 당연히 가야지." 아빠는 궁금하다는 듯 오빠에게 물었다.
"기호야. 파티 장소는 정했니?"

"예 삼촌. 뉴덴 외곽에 별들이 유난히 잘 보이는 곳이 있더라고요. 그곳으로 일단 정하고 '로봇 하우스'를 이용해 가족들이 잠깐 쉴 수 있는 공간을 꾸며 보려고 하고 있습니다." 아빠는 눈이 동그레져 오빠를 쳐다보며 말을 했다.

"로봇 하우스? 그게 뭐야."

"요즘 아버지가 운영하는 사업입니다. 삼촌, 공식적인 이름은 '변신 자율모듈 로봇 하우스'입니다. 아프리카에서 반응이 좋은가 봐요. 이럴 때 아빠 찬스 써야죠."

"매형도 참, 이렇게 좋은 사업이 있으면 나한테 연락을 해야지, 오늘 당장 연락해 봐야겠다." 옆에 있던 엄마는 오빠를 보고 대단하다며 칭찬을 했다.

5장 ◆ 행복

오늘 저녁 식사는 너무 행복했다. '엄마, 아빠, 기호 오빠, 줄리아 언니 정말 고맙습니다.' 나에게는 너무 사랑스러운 가족이라는 걸 새삼 느낄 수 있는 시간이었다.

저녁 식사를 마치고 엄마가 준비한 디저트를 먹으며 다시 한번 행복한 시간을 보냈다. 디저트를 먹는 중간에 제니를 통해 자율운행 차량이 왔다는 연락을 받았다.

오빠가 차를 미리 부른 것 같았다. 오빠와 언니는 자리에서 일어나 갈 준비를 했다. 가면서 오빠와 언니는 나를 따뜻하게 안아 주었다. 나는 오늘 와 줘서 고맙다고 했다.

언니와 오빠가 가고 피곤했는지 잠시 소파에 누웠다. 그것을 본 아빠는 나를 안고 침대에 뉘었다. 아빠는 내 이마에 입맞춤하며, "피곤하겠다. 잘 자라."라고 말하고 신중하게 문을 닫아 주었다.

잠시 뒤 엄마가 약을 가지고 내 방에 왔다. 엄마는 내가 약 먹는 것을 도와주고 팔에 주사도 한 대 놓아 주었다.

"엄마 언제 이런 걸 다 배웠어요."
"엄마가 못하는 게 어디 있니. 우리 딸 솔림이를 위해서라면 뭐든 할 거야." 하며 엄마는 내 머리를 몇 번을 쓰다듬고 잘 자라는 말과 함께 불을 끄고 갔다.

나는 불 꺼진 방에서 눈을 감고 엄마가 봤다는 미래의 나를 떠올렸다. '내가 정말 엄마의 어린 시절로 시간 여행을 한 걸까?' 하는 의문이 들었다. '엄마 말이 참 신기하다.'라고 생각하며 잠이 들었다.

기호 일기

1장 ◆ 파티 장소

오늘은 이번 휴가의 마지막 날이다. 아직 가족들을 위한 파티 장소를 정하지 못했다. 여러 후보지 중에 마음에 드는 곳이 딱 하나 있다. 다시 한번 확인하기 위해 영웅을 그곳으로 보냈다.

캠핑카 안에는 메타로봇을 이동시키기 위한 작은 사륜자동차 한 대가 있다. 이 사륜자동차는 메타로봇의 전기 에너지를 사용하여 움직인다.

나는 캠핑카 옆에 만들어 놓은 그늘막에서 맥주를 한 모금 하고 영웅에게 이입했다.

"와! 속도가 너무 빠른 거 아니야? 영웅 내가 하는 걸 보라고 운전은 이렇게 하는 거야. 영웅 저기 언덕 보이지. 저곳이 우리가 지난번 캠핑했던 곳이야. 와~ 드디어 찾았다."

이 넓은 초원을 달리는 기분은 말로 표현할 수 없을 정도로 좋았다. 예전에는 사람들이 말을 타고 달렸다고 한다.

'이 초원은 얼마나 아름다운가! 푸른 풀밭과 신선한 공기가 가득한 이곳에서 달리는 기분, 정말 멋지다.' 영웅을 통해 이런 느낌이 나에게 전해진다는 사실이 신기하게 느껴졌다.

영웅이 갑자기 차를 세웠다. 그리고 영웅이 나에게 말을 한다.

"기호, 지금 맥주 마신 거 아냐? 술 마시고 나한테 이입하면 안 되는데."

"알아 영웅. 그래서 메타 원에 알코올 수치를 띄어 놨어. 봐봐 아직 녹색이잖아. 아직은 안전하다는 거지."

"그래도 술 마시고 운전하면 음주 운전이야. 자꾸 그러면 나도 어쩔 수 없이 당국에 신고해야 해."

"뭐? 신고? 그래 내가 졌다. 지금부터 음료수 마실게. 그럼 이제부터 관전 모드로 할 테니까 네가 운전해." 나는 소리를 치며 화를 냈다. 그리고 관전 모드를 실행했다.

영웅은 아무 일도 없는 것처럼 무덤덤하게 시동을 켜고 차를 몰았다. 내가 운전할 때 만큼의 신남과 짜릿함은 없었다. 자가운전을 안 해 본 녀석이라서 운전이 좀 불안하긴 하다. 어느 순간 운전하는 영웅을 내가 코치하고 있었다.

"야 야, 영웅 운전대를 그렇게 팍팍 돌리면 어떡해 몸이 한쪽으로 쏠리잖아. 그럼 뒤집힐 수 있다고. 야 야, 앞에 웅덩이. 핸들을 오른쪽으로 꺾어." 꽝 오른쪽으로 꺾는 순간 돌부리에 걸려 차가 옆으로 넘어졌다. 영웅은 초원의 풀숲으로 팅겨져 나와 굴렀다.

"야, 영웅 괜찮아?" 풀밭에 누워 있던 영웅은 순간 벌떡 일어났다. 그리고 차를 세우고 괜찮은지 확인하고 있다.

"야, 영웅 너 괜찮냐고 차를 왜 봐."

"나는 괜찮아 기호. 차가 이상 있는지 확인해야 해. 그래야 다시 이동하지." 맞는 말이다. 차가 이상 있으면 내가 캠핑카를 타고 가서 데리고 와야 한다. 그래서 영웅과 함께 차를 먼저 확인했다.

"영웅. 이상 없지. 외관상으로 이상 없는 것 같은데. 한번 시동 걸어봐." 영웅은 아무 말 없이 다시 차를 확인해 보더니 시동을 걸고 다시 차를 움직였다.

"이상 없네! 뭐 잘 가는 거 같은데. 영웅 여기부터는 이 형이 운전할게." 영웅은 아무 말 없이 관전 모드에서 직접 모드를 허락했다. 나는 영웅에게 왠지 모를 미안함이 들었다. 아까 술만 안 마셨으면 이런 일이 없었을 텐데 하면서 언덕으로 향했다. 마침내 영웅과 나는 언덕 위에 다다랐다. 언덕 위에서 본 초원은 정말 상쾌하고 아름다웠다. 예전에는 밤이라서 못 봤는데 저 멀리 작은 강이 흐르고 있다는 것을 오늘 알았다.

"경치가 참 좋다 영웅. 예전에 너랑 여기서 캠핑하면서 별을 보던 생각이 난다." 한참 경치를 보며 감상에 젖어 있었다. 그리고 언덕을 내려다보며 말을 했다.

"영웅 저기서 가족들과 파티를 할 거야. 이제 내려가서 본격적으로 파티장 구도를 잡아 보자." 우리는 언덕을 내려왔다.

"그래 바로 여기야. 여기 언덕 바로 밑에 가족들이 쉴 수 있는 숙소를 배치하면 되겠다. 분명히 이 각도면 숙소에서 별들이 잘 보일 거야. 뷰가 아주 좋을 것 같은데. 아주 괜찮아. 그리고 여기 숙소 앞에는 음식을 먹을 수 있는 야외 식탁을 배치하면 되겠다. 그리고 여기 앞쪽으로 작은 무대를 만들어 가족들과 노래도 하고 춤을 출 수 있는 공간을 만들면 되겠다. 영웅 다 그렸냐. 일단 스케치한 걸 보여 줘 봐." 영웅은 스케치한 걸 입체적으로 작업해서 메타 원으로 보냈다.

"잘했다 영웅. 이제 집에 가서 가상현실로 만들어서 가족들이 볼 수 있도록 메타 웹에 올려야겠다. 영웅 이제 슬슬 정리하고 집에 가자." 막상 집으로 가려고 하니까 발걸음이 떨어지지 않았다.

"영웅, 우리 그냥 여기 집 짓고 살까. 너무 좋은데."

영웅은 내가 너무 과장하고 있다고 생각하는지, 마치 내 진심을 확인하려는 듯 나를 바라보았다.

"진짜야 영웅, 마음에 없는 소리 아니야." 영웅은 아무 말 없이 차에 시동을 걸고 내가 운전하기를 기다리고 있었다.

2장 ◆ 여자

"그래 오늘은 이만 가자." 하고 차를 몰고 캠핑카 쪽으로 향했다.

"영웅 갈 때는 좀 조심해서 가자. 아까처럼 넘어지지 말고, 일단 네가 운전 좀 하고 있어, 목이 좀 말라서 음료수 한잔해야겠다." 나는 관전 모드로 전환하고 캠핑카에 올라가 냉장고 문을 열었다. 냉장고에는 맥주가 가득했다. 맥주가 간절했지만, 손은 이미 콜라를 잡았다.

'그래 참자.' 하고 자리에 앉아 콜라를 한 모금 했다. 그런데 아까부터 나를 쳐다보는 시선이 느껴졌다. 어제 도착한 옆 캠핑카에서 한 여자가 나를 계속 보고 있었다.

'내가 좀 매력적이긴 하지, 그렇다고 저렇게 노골적으로 쳐다보나?' 나는 어떤 여자일까 하고 조심스럽게 고개를 돌려 나를 보는 여자를 찾았다. 그런데 한 여자가 내 쪽으로 걸어오고 있었다. 나는 당황해서 고개를 돌려 정면을 봤다.

'뭐지 내가 아는 여자인가.' 아무리 머리를 굴려 봐도 내가 아는 여자는 아니다. 그래 오버하지 말자. 하고 있는데 그 여자가 어느새 내 옆까지 와서 물었다.

"드레스덴에서 만난 그 형사님. 아니세요? 우리 메타로봇 엘리사가 그러더라고요, 그때 만난 형사님 맞다고 하네요. 그러고 보니 목소리가 완전 똑같네요. 와 여기서 다 만나네. 아니, 이런 인연도 있나. 여기는 무슨 일이세요? 여기도 설마 일 때문에 오신 거예요? 뭐 범죄 현장 그런 건가?" 여자는 완전 수다스러웠다. 드레스덴에서 만난 여자는 없다. 그리고 잠깐 머릿속에 스쳐 지나가는 장면이 있었다. '메타로봇 엘리사, 대학 편의점, 여자 메타로봇.' 설마 하면서 여자에게 물었다.

"혹시, 그 편의점?"

"아, 이제 기억하시네. 맞아요. 드레스덴 대학 편의점에서 만났잖아요."

"아 그 서빙 보던 메타로봇. 아 이제 생각난다. 여기는 어쩐 일이세요?" 내 생각이 맞았다.

"캠핑장에 무슨 일로 왔겠어요. 친구들하고 캠핑하러 왔죠."

"형사님도 캠핑하러 오셨어요?"

"저는 형사가 아니라 메타로봇 국제수사요원입니다. 저도 지금 휴가라서 메타로봇과 함께 캠핑하러 왔습니다."

"드레스덴에서는 일하느냐고 제대로 인사도 못 했는데 이렇게 만나서 정말 너무 반갑습니다. 이렇게 다시 보게 되다니 정말 예상 못 했어요. 이런 걸 인연이라고 하는 거 맞죠? 아! 그리고 그때 이입했던 듬직하게 생긴 메타로봇은 어디 갔어요?"

"예. 일 때문에 잠깐 어디 보냈어요. 금방 돌아올 거예요. 지금 이입 중이라서 들어가서 같이 와야 해요."

"휴가 중인데 일도 하시고 바쁘시네요. 끝나시면 옆 캠핑카로 오세요. 친구들 소개해 드릴게요." 하고 갑자기 손을 오므려 내 귀에 대고 작은 목소리로 말을 한다.

"다들 이뻐요." 순간 묘한 감정 들면서 얼굴이 빨개졌다.

"아니요. 오늘 휴가 마지막 날이라서 영웅. 아니 메타로봇이 도착하면 빨리 철수해서 집으로 가야 해요."

"오늘 휴가 마지막 날이시구나! 아쉽네요. 이렇게 만난 것도 인연인데.

우리는 이번 주 내내 있으니까 주말에 생각나면 오세요."

"그럼요, 주말에 시간이 나면 꼭 찾아올게요. 좋은 추억 남기고 가세요." 여자는 고개를 돌려 다시 한번 인사를 하고 옆 캠핑카로 걸어갔다.

3장 ◆ 솔림 다시 입원하다

나는 긴장했던 마음을 풀고 영웅에게 이입하기 위해 메타 윈을 켰다. 잠시 후 삼촌한테서 연락이 오고 있었다.

"예 삼촌 무슨 일이세요." 삼촌은 약간 흐느끼듯 말을 했다.

"기호야. 어젯밤에 솔림이가 또 입원했어. 이번에는 저번보다 더 상태가 안 좋아." 나는 무슨 공황 상태가 온 듯 힘이 쭉 빠졌다. 삼촌의 저런 모습도 처음이다.

"알았어요. 삼촌 바로 병원으로 갈게요." 나는 영웅이 오기를 기다리며 캠핑카를 정리했다. 캠핑카를 타고 가면 빨리 가도 세, 네 시간 걸릴 듯했다. 마음이 급하다. 주위를 살피다가 아까 그 여자 캠핑카에 오토카(자율운행 또는 자가운전이 가능한 차)가 있었다. 천만다행이다 싶었다.

그 여자한테 가서 사정 이야기를 하고 오토카를 좀 빌려달라고 했다. 그 여자는 당연히 빌려줘야 한다며, 오토카를 빌려주었다. 때마침 영웅

이 도착했다. 여자분에게 고맙다는 인사를 하고 영웅을 태우고 솔림이
입원한 병원으로 향했다. 오토카 덕분에 우리는 병원에 생각보다 일찍
도착했다.

삼촌 옆에서 울고 있는 줄리아 누나가 보인다. 삼촌도 나를 끌어안으며
울었다. 삼촌 품 안에서 나도 모르게 눈물이 흘렀다.

삼촌은 누나와 나를 솔림이 있는 가족 대기실로 데리고 갔다. 영웅은
밖에 대기시켰다. 솔림은 작은 침대에 누워 잠이 들은 듯했다. 옆에는 숙
모와 제니가 지키고 있었다. 삼촌이 우리에게 말을 했다.

"어제오늘 솔림이가 피를 너무 많이 토했어. 많이 힘들었을 거야."

"며칠 전에 건강한 모습으로 퇴원했는데 이게 무슨 일이에요, 삼촌."

"병원에서 확률적으로 낮은데 솔림이 몸에서 약물 거부 반응을 일으켰
대. 어떻게 솔림이한테만 이런 일이 벌어지는지 모르겠다."

"그럼 병원에서 약을 잘못 처방한 거 아니에요?"

"지금 병원에서도 확인하고 있어. 일단 기다려 보자." 나는 계속 솔림이
가 누운 작은 침대를 보고있었다. 어느 순간 솔림이가 침대에서 일어나
밝게 웃으며 걸어올 것만 같았다. 솔림이 얼굴이 창백해 보인다. 솔림이

가 피를 토했다는 말에 소름 끼치듯 가슴이 아팠다.

솔림이 팔이 움직였다. 옆에 있던 숙모가 깜짝 놀라 솔림이의 팔을 잡는다. 나는 옆에 있는 삼촌과 누나에게 말을 했다.

"삼촌 솔림이 팔이, 움직였어요." 삼촌도 옆에서 봤다고 했다. 솔림이 팔이 또 한 번 움직였다. 숙모는 솔림이 팔을 잡고 이번에는 뭔가 말하는 것 같았다. 솔림이가 눈을 떴다. 그리고 솔림이도 말을 했다. 숙모는 눈물을 흘리며 솔림이 이름을 부른다. 순간 솔림이 팔이 뚝 하고 힘없이 침대 밑으로 떨어진다. 나는 무언가 잘못되었다는 것을 알았다.

삼촌은 의사를 불렀다. 의사와 간호사들이 급하게 달려와 솔림이 침대를 끌고 나갔다. 숙모도 함께 침대를 붙잡고 끌려 나왔다. 숙모는 "솔림아, 안 돼."라고 소리치며 병원 바닥에 주저앉았다. 숙모는 병원 바닥에 앉아 솔림이 이름을 부르며 계속 울었다. 같이 있던 제니는 계속 솔림을 따라 응급실에 들어갔다.

삼촌은 솔림이 상태를 확인하기 위해 응급실 입구까지 따라갔다. 나는 병원 바닥에서 눈물을 흘리고 있는 숙모를 일으켜 세웠다. 누나와 함께 숙모를 부축해서 솔림이 병실로 갔다.

누나한테 숙모를 맡기고 응급실로 향했다. 삼촌이 서 있었다. 앞에는 의사가 사망 선고를 하고 하얀 가운을 덮고 있었다. 나는 순간 너무 화가 나고 슬퍼서 그곳에 있을 수 없었다.

　문을 박차고 나와 밖으로 달려나갔다. 삼촌이 뒤에서 내 이름을 불렀지만 멈출 수 없었다. 나는 숨이 터질 때까지 달리고 달렸다.

9월
일기

엄마 일기

1장 ◆ 꿈

오늘 아침에 꿈을 꾸었다. 예전 타임머신 안에서 보았던 솔림이 닮은 여자였다. 그 여자는 나에게 손을 흔들며 '엄마'라고 불렀다. 나도 손을 흔들며 '그래 솔림아' 하고 잠에서 깨어났다.

옆에 자는 솔림이의 이마를 쓰다듬으며 작은 목소리로 말을 했다.

"그래 엄마 여기 있어." 솔림이는 잠시 몸을 뒤척이더니 잠이 깼는지 눈을 감은 채 말을 했다.

"엄마 벌써 일어난 거예요?"

"아직 새벽이야 솔림아 더 자. 응."

"엄마도 더 자면 안 돼요? 엄마가 옆에 있어야 잠이 잘 오는데."

"우리 아가씨 오늘따라 웬, 어리광일까. 알았어 엄마랑 자자." 하고 솔림이 옆에 다시 누웠다.

솔림이는 누워 있는 내 품으로 파고들면서 말을 했다.

"엄마 꿈꿨어요?"

"응. 좋은 꿈이야. 솔림이가 엄마 꿈에 나왔어."

"제가요? 엄마한테 무슨 말 했어요."

"음, 무슨 말을 하기보다. 손을 흔들며 '엄마'라고 부르고 갔어."

"그게 무슨 좋은 꿈이에요."

"엄마는 꿈속이든 현실이든 내 눈에 솔림이가 있으면 좋아."

"뭐예요 엄마." 하며 솔림이와 나는 침대에서 서로 바라보며 웃었다.

2장 ◆ 기적

그날 솔림이는 분명 죽어 가고 있었다. 침대에서 솔림은 마지막 힘을 다해 팔을 들어 올려 내 손을 잡았다.

아무 힘도 없는 솔림의 손을 잡으며 나는 울기만 했다. 솔림이는 있는 힘을 다해 말을 했다.

"엄마, 살고 싶어."

"그래 솔림아 엄마가 살릴 거야. 그러니까 엄마만 믿어. 우리 딸 솔림이 왜 이렇게 되었니." 내 말이 끝나기도 전에 솔림이의 팔이 힘없이 떨어졌다. 나는 직감했다. 이제 영원히 솔림이를 볼 수 없다는 것을 알 수 있었다.

의사들이 들어와 솔림이를 데리고 갈 때도 나는 보낼 수 없었다. 마지막까지 솔림이의 온기를 느끼고 싶었다. 나는 정신을 잃었다. 시간이 얼마나 흘렀는지 알 수 없었다. 줄리아가 내 옆에서 울고 있었다. 울고 있는 줄리아를 보고 나는 다시 울었다. 그리고 잠시 후 남편이 숨을 헐떡이며 들어와 나를 보고 있었다.

한참을 서 있던 남편은 눈가에 눈물이 채 마르지도 않은 얼굴로 애써 밝게 웃으며 말을 했다. 남편의 저 얼굴은 예전에도 한 번 본 적이 있다. 게임에서 감옥에 갇혀 있는 나를 구하러 온 남편이 나를 보며 웃었던 그 얼굴이다. 마치 '수연아 내가 왔어 이제 안심해.'라고 하는 것 같았다. 지금 내 앞에서 남편은 세상에서 가장 밝은 얼굴로 나를 보고 있다.

나는 순간적으로 솔림의 안부를 물었다.
"여보, 솔림이 괜찮아?" 남편은 여전히 웃으며 말을 했다.
"응 괜찮아. 위험한 고비는 넘겼어. 지금 캡슐 안에서 치료를 받으며 쉬고 있어. 며칠 있으면 회복될 거래. 우리 딸 솔림이 너무 자랑스러워. 여보."

나는 떠나보낸 줄 알았던 솔림이가 살아서 캡슐에서 안정을 취하고 있다는 소리를 듣고 순간 큰 소리로 "하나님 감사합니다."를 몇 번을 외쳤다.

좀 있어 기호가 들어왔다. 기호도 소식을 들었는지 우리를 보고 말을 했다.
"정말 다행이에요. 삼촌. 숙모님."
"그래 정말 다행이다. 기호야."

기호는 궁금했는지 남편에게 물었다.

"삼촌 어떻게 된 일이에요. 나는 분명히 사망 선고를 하는 의사를 봤는데. 그걸 보니까 못 견디겠더라고요. 그래서 가슴이 터지라고 뛰었죠. 그럴 수밖에 없었어요. 답답하고 화가 났거든요. 솔림이가 나를 살려 주었네요."

"그래 솔림이가 우리 모두를 살렸다."

"그나저나 어떻게 되었는지 설명 좀 해 주세요." 옆에서 기호 말을 듣고 있던 나도 궁금해서 물었다.

"그래요. 여보 설명 좀 해 봐요."

"나는 오늘 기적을 보았다고 말할 수밖에 없어. 정말 기적을 보았거든. 아까 기호가 말한 것처럼 솔림이는 의사로부터 사망 선고를 받았어. 그건 확실해. 나도 봤거든."

"의사가 사망 선고 후 일 분도 채 지나기 전에 제니가 아직 살아 있다고 하면서 의사를 가로막더라고. 의사는 제니에게 무슨 말을 하고 다시 가려고 하는데. 영웅이 갑자기 달려와서 자신의 사크룸과 제니의 사크룸을 꺼내 솔림의 머리 양옆에 세우더라고."

"나는 처음 보는 광경에 어리둥절하고 신기하기도 했어. 의사도 놀랐는지 한동안 말없이 있었지. 그런데 갑자기 사크룸에서 빛이 나오더니, 솔림의 머리 위로 파동치듯 움직이기 시작했어. 그런 다음, 솔림의 맥박이 뛰기 시작했어."

"그걸 지켜보던 의사가 한마디 하더라고 '맥박이 뛰고 있다.' 의사의 말에 나는 너무 놀라 솔림이를 계속 쳐다보았어. 솔림이 맥박이 정말 다시 뛰기 시작하고 몸을 조금씩 움직이기 시작하더라고."

"의사는 재빠르게 캡슐에 솔림이를 옮겨 놓고 이거저거 검사하더니 솔림이를 재우기 시작했어. 의사는 나에게 다가와 솔림이가 고비를 넘긴 것 같다고 하면서 몇 시간 후 깨어나면 면회가 가능하다는 말을 듣고 솔림이를 다시 볼 수 있다는 생각에 기뻐 날뛰었지."

"그리고 생각났어. 이 소식을 당신이 제일 먼저 듣기를 원한다는 것을, 그래서 이렇게 달려왔어. 여보."

"아 그리고 의사 말로는 기적이라고 하더군. 영웅과 제니가 어떻게 했는지 모르겠지만 의사인 자신보다 낫다고 하더라고."

3장 ◆ 이사 그리고 캐빈

우리 가족은 지난달 인공 호수가 보이는 2층 주택으로 이사했다. 그동안 남편은 잔디가 깔린 주택으로 이사하자고 했지만, 나는 반대했다. 솔림이가 모기 알레르기가 있어서 여름에는 항상 주의해야 했기 때문이다.

그나마 고층 아파트에 살면 모기로부터의 위험이 줄어든다고 생각했기 때문에 솔림을 위해서 아파트에 살기를 원했다. 하지만 솔림이는 메타 웹에서 얼마 전에 알게 된 캐빈을 만나고 나서, 집에서 캐빈을 키우고 싶다고 말했다. 그 이후로도 솔림이는 나를 설득하기 위해 계속 노력했다.

"엄마, 캐빈을 낳은 엄마 개는 캐빈을 낳고 얼마 후에 죽었대요."

"엄마, 캐빈 지금 혼자예요. 내가 캐빈 친구가 되어 주고 싶어요. 우리 캐빈 키워요."
나는 캐빈을 아파트에서 키울 수 없다고 했다.

이번에는 남편이 이사하자고 말했다. 마당이 있는 집으로 이사하자고 했는데, 그곳에 캐빈 집을 만들고 나를 위해 화단을 만들겠다고 했다. 그리고 자신은 아톤과 함께 캐치볼을 하며 시간을 보내고 싶다고 했다.

나는 이사를 위해 나를 설득시키는 솔림과 남편 앞에서 눈물을 흘리며 말했다.

"다시는 솔림이를 잃고 싶지 않아. 그러고 싶지 않아." 솔림이는 내 눈물을 닦아 주며 말을 했다.

"엄마, 미안해요. 앞으로 솔림이가 엄마를 두고 떠나는 일은 없을 거예요. 내가 예쁘고 키가 큰 여자로 자랐다고 했잖아요. 엄마가 보았다고 했잖아요. 나 예쁘게 잘 클 테니까. 걱정하지 마세요. 내년에 콩쿠르 대회에 다시 도전할 거예요."

"정말이야, 솔림아?" 솔림이가 애원하듯 설득하는 모습을 보고, 나 혼자서 고집을 부리면 안 된다는 생각이 들었다.

"그래 솔림아. 네가 그렇게 원한다면, 엄마 혼자서 고집을 부리는 것은 아무 의미가 없겠지. 솔림이가 원하는 곳으로 우리 이사하도록 하자. 네가 행복하게 지낼 수 있는 곳으로 가는 게 엄마로서 가장 원하는 바야. 안 그래요, 여보."

옆에 있던 남편이 웃으며 말을 했다.

"하하하 그래요. 여보 잘 생각했어요. 모기는 내가 철저하게 예방조치할 테니까 걱정하지 말아요." 솔림이가 나를 꼭 껴안으며 말을 했다.

"고마워요. 엄마. 캐빈 정말 내가 잘 키울게요." 그리고 얼마 후 우리 가족은 새집으로 이사를 했다. 지금 마당에는 캐빈과 제니가 뒤엉켜 솔림을 따라가고 있다. 남편은 아톤과 공 던지기를 하며 무슨 투수가 된 듯 멋지게 모션을 취한다. 나는 저녁 시간이 돼서 솔림과 남편을 불렀다.

"솔림아 이제 캐빈 목욕시키고 저녁 먹어야지. 여보 당신도 그만하고 어서 들어와요." 남편은 눈을 찡긋하고 아톤에게 공을 던졌다.

"스트라이크. 알았어 여보. 지금 들어갈게." 저런 남편을 보면 어린애같아 웃음이 나온다. 솔림이가 캐빈을 안고 들어왔다.

"엄마 오늘 저녁 뭐예요? 캐빈 밥도 있어요?"

"그래 솔림아. 캐빈 목욕부터 시키자." 솔림과 나는 캐빈을 목욕시키며 행복해했다. 남편도 들어와 같이 거들었다. 솔림과 우리 남편 나안이가 있어서 너무 행복하다. 정말 행복하다.

기호 일기

1장 ◆ 그날의 기억과 생일

오늘 아침에 솔림이가 연락을 해 왔다. 여자 친구랑 한 번 집에 놀러 오라고 했다. 캐빈이 요즘 부쩍 커서 집에서 사고를 많이 친다고 했다. 매일 엄마랑 전쟁 중이라고 했다. 이렇게 솔림이 목소리를 들으니 그날이 생각났다.

응급실에 누워 있는 솔림이를 의사가 하얀 가운으로 덮었다. 나는 그게 무엇을 의미하는지 안다. 나는 받아들일 수 없었다. 그곳에 있으면 미쳐 버릴 것 같았다. 나는 밖으로 나가 뛰었다. 가슴이 터지도록 뛰었다. 그리고 얼마 후 영웅한테서 연락이 왔다.

"솔림이를 도와줘야 해. 길을 못 찾고 있어. 내가 도와줘야 해."

영웅의 연락을 받고 뛰는 걸 잠시 멈췄다.

다시 영웅에게 연락을 시도했지만, 연락이 되지 않았다. 그래서 이번에는 영웅에게 이입을 시도해 봤지만, 그것도 실패했다. 무슨 일인지 알 수 없어서, 병원으로 다시 달려갔다. 병원에 들어서자마자, 영웅이 있는 곳으로 바로 갔는데, 영웅은 보이지 않았다.

내 앞에서 놀란 표정으로 병실로 뛰어가는 삼촌을 봤다. 나는 삼촌 뒤를 따라갔다. 그곳에서 삼촌은 놀라운 말을 했다. '솔림이 살아 있다'는 말이었다. 죽었다고 생각했던 솔림이가 살아 있다는 사실에, 솔직히 많이 놀랐다. 내 팔을 꼬집으며 꿈인지 확인했는데, 그것은 꿈이 아니었다.

줄리아 누나를 호텔로 보내고 삼촌과 숙모 그리고 나는 솔림이 깨어날 때까지 솔림이 누워 있는 캡슐 옆에서 기다렸다. 며칠 밤을 보내고 솔림은 간신히 깨어났다. 엄마 아빠를 알아보고 불렀다. 삼촌과 숙모는 솔림이를 껴안고 하나님 감사한다고 몇 번이고 외쳤다. 나는 솔림과 잠깐 대화를 하고 이제 건강하게 솔림이가 일어날 거라는 생각이 들었다. 정말 거짓말처럼 솔림은 병원에서 입원 한 달 만에 집으로 갔다.

그리고 삼촌은 솔림을 위해서라며, 마당이 있는 집으로 이사를 했다. 그리고 삼촌 집에 새로운 가족이 생겼다. 작고 귀여운 강아지 캐빈이다. 이후로도 솔림은 건강을 회복하고 가끔 친구들과 외출도 하는 등 아프기 전 일상으로 돌아가고 있었다.

오늘은 내 생일이다. 가족들과 파티를 할 예정이었지만 솔림이의 건강

문제도 있고 해서 다음으로 미루었다. 오늘 나는 나이로비에서 부모님과 함께 보냈다. 뉴덴에 있고 싶었지만, 엄마의 간곡한 부탁으로 부모님과 함께 생일을 보냈다. 솔림이는 캐빈과 함께 춤을 추는 영상을 생일 축하한다는 말과 함께 보냈다. 엄마는 솔림이를 보고 얼굴을 붉혔지만 금세 웃으며 행복해했다. 솔림이는 가족들에게 많은 감동을 주는 것 같다는 생각이 들었다. 솔림이가 지금 우리 앞에 있다는 것이 얼마나 감사하고 놀라운지 모르겠다.

'솔림아, 이제 정말 아프지 말고 뉴덴에서 행복하게 살자.'

12월
일기

솔림 일기

1장 ◆ 가족 사진

밖에 눈이 내린다. 눈을 본 캐빈이 밖으로 나가자고 꼬리를 흔들며 나의 몸을 잡아당긴다. 제니는 옆에서 캐빈을 보고 "지금 밖에 가면 더러워져."라고 말을 했다.

캐빈은 제니를 보고 몇 번 짖어대더니 탁자 밑으로 가 엎드렸다.

기호 오빠가 눈이 오는 하늘을 보고 서 있다. 눈이 얼굴에 닿을 때마다 행복한 표정을 짓는다. 오빠는 뒤따라 나온 민주 언니의 손을 잡고 앞으로 뛰어갔다. 그 뒤를 영웅과 민주 언니의 메타로봇 엘리사가 나온다. 우리 가족에게 새로운 식구가 생겨서 너무 기쁘다.

밖에 사람이 있는 것을 확인한 캐빈은 또다시 내 옷을 입으로 끌어당기며 나가자고 떼를 쓴다. 옆에서 제니가 으르렁 화를 내 보지만, 소용이 없었다.

"캐빈 우리도 나가자." 캐빈은 좋아서 날뛴다. 나는 옷을 두툼하게 입고 캐빈과 함께 밖으로 나갔다. 캐빈은 기호 오빠에게 먼저 달려가 아침 인사를 하듯 오빠의 얼굴을 핥아 주었다.

줄리아 언니도 밖으로 나왔다. 나랑 눈을 마주치고 웃으며 눈인사했다.

언니도 하늘 보고 눈을 맞으며 서 있었다. 캐빈이 달려가 언니의 몸을 덮쳤다. 언니는 뒤로 발라당 누워 캐빈의 침 세례를 받기 시작했다. 뒤따라 나오던 큰고모와 고모부는 언니의 손을 잡고 일으켰다. 그리고 나에게 다가와 볼에 입맞춤했다.

갑자기 주위에 찰칵찰칵하는 소리가 들렸다. 작은고모네 서버로봇 셀라였다.

셀라는 나오자마자 여기저기 돌아다니며 사진을 찍기 시작했다. 작은고모, 고모부, 엄마, 아빠가 차례대로 밖으로 나왔다. 이로써 우리 가족은 다 모였다.

작은고모는 가족들 앞에 나왔다. 약간 눈물을 글썽이며 말을 했다.

"우리 가족이 뉴덴에 다 모인 것은 아버지 장례식 이후 처음인 것 같습니다. 오늘 이렇게 눈까지 내려 주어서 너무 행복합니다. 그리고 이런 자리를 마련해 준 우리 아들 기호에게 고맙다는 말을 전하고 싶습니다."라고 고모가 말하자, 우리 가족은 기호 오빠를 향해 박수를 쳤다.

나는 기호 오빠에게 진심으로 감사하는 마음을 눈빛으로 전했다.

그리고 작은고모는 가족 사진을 찍자고 했다. 가족들은 사진을 찍기 위해 나름 포즈를 취했다. 여기저기 뛰어다니던 캐빈이 지쳤는지 내 옆에 엎드려 자기 발을 핥고 있었다. 메타로봇 영웅과 아톤, 엘리사는 사람들 뒤에 자세를 취했다. 제니는 엄마와 나 사이로 와서 자리를 잡았다. 카메라 셔터의 주인공은 셀라였다. 찰칵찰칵하는 소리가 났다.

오후가 되면서 눈은 그쳤다.

밤이 되자. 맑은 밤하늘에는 별들이 초롱초롱 빛나고 있었다. 하늘이 땅으로 내려앉은 것처럼 가까워 보였다.

오늘은 정말 행복한 하루였다. 가족들과 함께 시간을 보내며 웃고 떠들며 즐거운 순간들을 만들었다. 이 소중한 시간은 우리 가족에게 큰 사랑으로 다가왔다. 올 한 해 동안 나 때문에 힘들었을 엄마, 아빠, 그리고 모든 가족들에게 진심으로 미안한 마음이 들었다. 그래서 다가오는 새해에는 아프지 않고 건강하게, 그리고 가족들에게 기쁨을 주는 소중한 사람이 되기로 결심했다.

2장 ◆ 무의식의 교감

그날 죽음을 앞에 두고 어둡고 깜깜한 공간을 여기저기 방황하고 있었다. 어둠 속에서 익숙하고 낯설지 않은 사람이 나타났다. 어릴 때 마지막으로 보았던 할아버지의 모습이었다.

할아버지는 휠체어를 타고 반갑게 내 손을 잡으며 다시 돌아가라고 말했다. 나는 방향을 잃었다고 말하고 어디로 가야 할지 모르겠다고 했다. 그때 제니가 나를 찾기 위해 교감하고 있다는 것을 알았다. 나는 제니에게 여기가 어디인지 모르겠다고 말했다. 그리고 나가도록 빛을 비춰 달라고 했다. 잠시 후 희미한 불빛이 저 멀리서 보였다.

할아버지는 손짓하며 따라가라고 했다. 나는 할아버지를 뒤로한 채 불빛을 따라갔다. 불빛은 점점 밝아졌다. 불빛에 다다랐을 때쯤 불빛을 나도 모르게 잡았다. 순간 나는 정신을 잃었다. 그리고 깨어나 보니 캡슐 안이었다. 캡슐 안에서 치료를 받고 몸이 많이 회복되었다. 캡슐을 나와 병실에서 한 달 정도 치료를 받으면서 내 몸에 떠돌던 암세포는 완전히 사라졌다.

엄마는 말했다. 할아버지가 하늘나라에서 나를 늘 지켜 주시는 것 같다고 했다. 물론 할아버지의 도움도 있었지만, 무의식 속 불빛을 밝히고 나를 인도한 건 제니와 메타로봇 영웅이었다. 제니가 어떻게 내 무의식 속에 들어왔는지는 아직 의문이지만 세상에는 과학으로 설명할 수 없는 것들이 많이 있다. 그래서 제니의 행동을 이해하려고 하는 것보다, 그냥 공감하기로 했다.

뉴덴

ⓒ 김철우, 2024

초판 1쇄 발행 2024년 3월 20일

지은이   김철우
펴낸이   이기봉
편집   좋은땅 편집팀
펴낸곳   도서출판 좋은땅
주소   서울특별시 마포구 양화로12길 26 지월드빌딩 (서교동 395-7)
전화   02)374-8616~7
팩스   02)374-8614
이메일   gworldbook@naver.com
홈페이지   www.g-world.co.kr

ISBN   979-11-388-2869-7 (03810)